O DELÍRIO DE TURING

EDMUNDO PAZ SOLDÁN

O DELÍRIO DE TURING

Tradução de
BERNARDO AJZENBERG

EDITORA RECORD
RIO DE JANEIRO • SÃO PAULO
2010

CIP-BRASIL. CATALOGAÇÃO-NA-FONTE
SINDICATO NACIONAL DOS EDITORES DE LIVROS, RJ

S67d
Soldán, Edmundo Paz, 1967-
O delírio de Turing / Edmundo Paz Soldán; tradução Bernardo Ajzenberg. – Rio de Janeiro: Record, 2010.

Tradução de: El delirio de Turing
ISBN 978-85-01-08133-9

1. Romance boliviano. I. Ajzenberg, Bernardo. II. Título.

10-1611
CDD: 868.99343
CDU: 821.134.2(84)-3

Título original em Espanhol:
El delirio de Turing

Esta obra foi publicada com o subsídio da Direção Geral do Livro, Arquivos e Bibliotecas do Ministério da Cultura da Espanha.

Texto revisado segundo o novo Acordo Ortográfico da Língua Portuguesa.

Impresso no Brasil

ISBN 978-85-01-08133-9

Para Tammy e Gabriel, pelo tempo roubado e agora finalmente restituído.

Para meu irmão Marcelo, que só sabe doar.

Inútil observar que o melhor volume dos muitos hexágonos que administro intitula-se *Trono penteado*, e outro *A câimbra de gesso*, e outro, *Axaxaxas mlö*. Essas proposições, à primeira vista incoerentes, sem dúvida são passíveis de uma justificação criptográfica ou alegórica; essa justificação é verbal e, *ex hypothesi*, já figura na Biblioteca. Não posso combinar certos caracteres dhcmrlchtdj que a divina Biblioteca não tenha previsto e que em alguma de suas línguas secretas não contenham um terrível sentido. Ninguém pode articular uma sílaba que não esteja cheia de ternuras e de temores; que não seja em alguma dessas linguagens o nome poderoso de um deus.

JORGE LUIS BORGES, *A Biblioteca de Babel* (trad. Carlos Nejar)

The king has note of all that they intend,
By interception which they dream not of

WILLIAM SHAKESPEARE, *Henry V*

All information looks like noise until you break the code

NEAL STEPHENSON, *Snow Crash*

Um

1

ASSIM QUE DÁ AS COSTAS ao amanhecer ainda incerto e entra no prédio onde trabalha, você deixa de ser Miguel Sáenz, o funcionário público que qualquer um adivinharia ser por trás do terno cinza amassado, das lentes redondas com armação metálica e do olhar amedrontado, e se transforma em Turing, decifrador de códigos secretos, perseguidor implacável de mensagens cifradas, um dos grandes orgulhos da Câmara Negra.

Insere o crachá eletrônico numa ranhura. Pedem-lhe uma senha, e você digita “ruth 1”. A porta de metal se abre, e quem está à sua espera é o mundo com o qual, sem saber, você sonhou desde menino. A passos lentos e calculados, como cada de um de seus movimentos — com exceção dos da mente, cuja agitação pouco tem a ver com o corpo —, entra num recinto de vidro abobadado. Dois policiais o cumprimentam cerimoniosamente. Olham para a cor de seu crachá, sem realmente vê-la: verde, o que significa Mais do que Muito Secreto. Tudo era tão fácil nos tempos de Albert. Havia apenas duas cores de crachás: amarelo (Secreto) e verde. Depois chegou o petulante do Ramírez-Graham (uma vez você o chamou de *senhor Ramírez* e ele corrigiu: *Ramírez-Graham, por favor*); com a Câmara sob o comando dele, as cores foram se multiplicando: em menos de um ano surgiram o vermelho (Muito Secreto), o branco (Nada Secreto), o azul (Ultra) e o laranja (Prioridade Ultra). A cor dos crachás indica a que partes do edifício a pessoa tem acesso. Ramírez-Graham tem o único crachá roxo, que significa Alta Prioridade. Teoricamente, em todo o edifício de sete andares há apenas um lugar para o qual o crachá roxo é necessário: o Arquivo do Arquivo, uma sala pequena no coração do Arquivo. Essa imensa proliferação chega a ser cômica. Mas você não vê nenhuma graça nela, pois se sente ofendido com o fato de haver colegas de trabalho com crachás Ultra e Prioridade Ultra, autorizados a entrar onde você não pode.

— Sempre cedinho, professor.

— Enquanto o corpo aguentar, capitão.

Os policiais o conhecem, já ouviram as muitas histórias que contam sobre você. Não entendem o que faz nem como consegue fazê-lo, mas o respeitam. Ou talvez o respeitem justamente porque não entendem o que faz nem como consegue fazê-lo.

Você passa junto à parede onde está o grande emblema da Câmara Negra, um círculo brilhante de alumínio com um homem debruçado sobre uma mesa procurando decifrar uma mensagem. Um condor segura nas garras uma faixa com um lema em código Morse: *Razão e Intuição*. É isso mesmo. Ambas são necessárias para penetrar na cripta dos códigos secretos. Não é verdade, porém, que sejam usadas na mesma proporção; pelo menos para você, quem mostra o caminho é a intuição, enquanto a razão se encarrega do trabalho de escavação.

Não entendem o que você faz nem como consegue fazê-lo, mas o respeitam. O que você faz... Será correto continuar falando no presente? Seus momentos de glória, você deve admitir, estão perdidos num passado distante. Por exemplo, em 6 de dezembro de 1974, quando interceptou aquela célula de esquerdistas que usava frases do diário de Che para codificar mensagens. Ou em 17 de setembro de 1976, quando conseguiu alertar o presidente Montenegro a respeito de uma insurreição que vinha sendo preparada em alguns regimentos de Cochabamba e Santa Cruz. Ou em 25 de dezembro de 1981, quando decifrou mensagens do governo do Chile a seu adido de negócios sobre o desvio das águas de um rio na fronteira. Existem mais, muito mais, porém, desde então, os seus sucessos foram bem mais esporádicos, e há tempos você já sente que seus chefes só não o demitem por compaixão. Ramírez-Graham o transferiu, e embora no começo o novo posto parecesse significar uma promoção, logo você percebeu que ele o colocara mais distante da ação: como responsável pelo Arquivo Geral da Câmara Negra, você se transformou num criptoanalista que não mais analisa códigos.

Os passos ressoam no corredor. Você esfrega as mãos para se aquecer. A volta da democracia, no começo dos anos 1980, não desarticulou o trabalho que era realizado no edifício, mas reduziu-o: tratava-se, agora, inicialmente, de interceptar conversas de sindicalistas e, mais adiante, de narcotraficantes (uma gente imprevidente, que falava em frequências de rádio interceptadas com facilidade e nem se preocupava em codificar suas mensagens). Já os anos 1990 conheceram um trabalho espasmódico, de escuta de políticos oposicionistas e empresários com telefones grampeados.

Quando Montenegro voltou ao poder pela via democrática, você ficou feliz: ocorreu-lhe que com ele tudo mudaria, e o seu trabalho voltaria a ter a relevância de antes. Que decepção. A verdade é que não havia nenhum grande risco para a segurança nacional como nos anos de ditadura. Cabia admitir que os tempos tinham mudado. Ainda por cima, na reta final do mandato, ocorreu ao vice-presidente, um tecnocrata carismático — e aqui vale a contradição — de olhos muito abertos e covinhas no rosto, reorganizar a Câmara Negra e transformá-la no eixo de combate ao ciberterrorismo. "Será um dos desafios-chave do século XXI", disse ao visitar o edifício e anunciar sua iniciativa, "devemos estar preparados para aquilo que virá." Em seguida, apresentou-lhes o novo chefe da Câmara Negra, Ramírez-Graham. "Um de nossos compatriotas vitoriosos no exterior, uma pessoa que trocou uma carreira promissora no Norte para vir ajudar seu país." Salva de palmas. Ele lhe caiu mal desde o primeiro instante: um terno preto impecável de executivo financeiro, sapatos reluzentes, o corte de cabelo esmerado. Quando abriu a boca, a impressão foi pior ainda: sim, podia ter a pele um pouco morena e alguns traços de índio, mas seu sotaque em espanhol era o de um norte-americano. E saber que ele nem sequer tinha nascido na Bolívia, mas em Arlington, Virginia, não ajudou em nada.

O olhar esquadrinha as paredes em busca de algum sinal. Mas você só consegue perceber que elas resistem a falar, emudecidas pelo sigilo de algum superior que achou prudente negar aos funcionários da Câmara Negra qualquer oportunidade de distração. Com exceção do círculo de alumínio da entrada, nenhum letreiro, aviso, sinalização: nada daquele emaranhado de signos que poderia desviá-lo da interminável busca do texto que pulsa por trás de todo texto. Mas você é capaz de encontrar mensagens até mesmo em paredes imaculadas. Basta ir atrás. Os óculos estão tortos e sujos — impressão digital, manchas de café —, e a armação fica um pouco desequilibrada para a esquerda. Você sente uma pequena dor no olho esquerdo; a lente deve estar num ângulo errado. Faz semanas que promete a si mesmo marcar uma consulta no oculista.

Ramírez-Graham vai completar um ano no posto. Demitiu muitos de seus colegas, substituindo-os por jovens especializados em informática. Se é evidente que você não faz parte dos planos de reciclagem geracional, por que não o demitiu? Coloque-se no lugar dele: é impossível fazê-lo. Afinal, você é um arquivo vivo, um grande repositório de conhecimentos da profissão; quando sair, levará junto todo um saber milenar, uma enciclopédia infinita de códigos. Os colegas que ainda não completaram 30 anos não se aproximam para lhe pedir ajuda, mas apenas para que os divirta contando histórias de Etienne Bazeries, o francês que no século XIX passou três anos tentando decifrar o código de Luís XIV (tão cheio de complicações que levou mais de dois séculos para ser decifrado), ou de Marian Rejewski, o criptoanalista polonês que ajudou a derrotar a

Enigma na Segunda Guerra Mundial. Esses colegas usam softwares para decifrar códigos, e o veem como uma relíquia anacrônica dos tempos em que a profissão não tinha se mecanizado totalmente (a história do mundo mudou desde a Enigma; mas, em Río Fugitivo, as defasagens históricas são frequentes, e é comum encontrar, lado a lado, o ábaco e a calculadora).

Você para diante da Sala Bletchley, onde computadores estilizados procuram se entender com complexos processos matemáticos de codificação de mensagens e na maioria das vezes se dão por vencidos: são necessários anos para decifrar uma frase. Com o desenvolvimento da criptografia de chave pública, e particularmente com o surgimento do sistema assimétrico RSA, em 1977, é possível hoje em dia codificar uma mensagem com tantos elementos que todos os computadores do universo, colocados para trabalhar em sua decifração, levariam mais tempo do que a idade do universo para encontrar a solução. Ironia das ironias: usando os computadores, os criptógrafos venceram a batalha contra os criptoanalistas, e pessoas como você, que não dependem tanto desses equipamentos, ainda poderiam ser úteis.

Seus jovens colegas: um talento enorme para a ciência da computação, porém imprestável frente ao poder dos próprios computadores. O que fazem é mais atual do que o que você faz (ao menos para o cinema, obcecado em mostrar jovens programadores resolvendo problemas em frente a uma tela de computador), mas tão inútil quanto: são tão anacrônicos quanto você. Decifrar códigos, em geral, tornou-se uma tarefa inútil. Mas alguém tem de fazê-lo: a Câmara Negra precisa mostrar que continua sendo útil ao governo, que o poder não está tão vulnerável quanto de fato está no caso de um embate com alguma conspiração levada a cabo com o uso de códigos secretos.

A Sala está vazia, tomada pelo silêncio. Quando você começou a trabalhar no edifício, os computadores eram gigantescos e barulhentos, armários de metal com cabos para todos os lados. As máquinas foram se miniaturizando e se tornando silenciosas, cada vez mais ascéticas (ainda permanece na Sala Babbage um antigo supercomputador Cray, doação do governo norte-americano). Por vezes você chegou a se sentir inferior em relação aos que trabalhavam na Bletchley, com seus incansáveis algoritmos. Tentou inclusive aprender com eles, transferindo-se de sua velha sala para aquele lugar mais sintonizado com o tempo. Não conseguiu. Não durou muito tempo ali. Interessava-se pela matemática, mas não a ponto de dedicar-lhe as melhores horas da sua vida. Conhece as coisas básicas de informática, domina o computador como poucas pessoas na sua idade e pode fazer muitas coisas com os números, mas lhe faltou o grau necessário de sacrifício para transformar a habilidade em um instrumento cotidiano de trabalho, digno de ser polido sem parar, para não haver nota dissonante na hora do concerto. Havia o culto ao funcional, mas não a paixão. Felizmente, a maioria dos conspiradores daqui não é de alto nível e tampouco sabe manipular um computador muito além do básico.

Você prossegue no seu caminho. Enfia as mãos nos bolsos do paletó. Um lápis, uma lapiseira, algumas moedas. Vem-lhe à mente uma imagem de sua filha, Flavia, e você se deixa dominar pela ternura. Antes de sair de casa, entrou no quarto dela para se despedir com um beijo na testa. Duanne 2019, a heroína criada por Flavia para algumas de suas visitas à rede, olhou para você a partir do protetor de tela de um de seus dois computadores no escritório cheio de fotos de hackers célebres (Kevin Mitnick, Ehud Tannenbaum). Ou crackers, como ela insiste: "É preciso saber diferenciá-los, papai; os crackers são os que se aproveitam da tecnologia com finalidades ilegais." "E por que o seu site se chama TodoHacker e não TodoCracker?" "Boa pergunta. Porque só os que sabem muito do assunto conseguem fazer a diferenciação. E se o meu site se chamasse TodoCracker, não teria nem um por cento dos visitantes que tem." Hackers, crackers: para você, são a mesma coisa. Ou deveria chamá-los de piratas informáticos? Prefere este nome, embora lhe soe estranho: o inglês chegou antes e o hábito se impõe. As pessoas enviam attachments, e não arquivos anexos; e-mails, e não correios eletrônicos. Na Espanha, chamam o protetor de tela de *salvapantallas*; soa ridículo, na verdade. Mas ninguém se deve dar por vencido: vale a pena lutar contra a corrente. Está em jogo a sobrevivência do espanhol como uma língua no novo século. Piratas informáticos, piratas informáticos...

Flavia dormia respirando suavemente, e você ficou a contemplá-la sob a luz da lâmpada do criado-mudo, que emitia um cone luminoso protetor. O cabelo castanho embaraçado e pegajoso caía sobre o rosto de lábios carnudos e úmidos; a camisola deixava o seio direito à mostra, com seu mamilo rosa e pontiagudo. Você a cobriu, envergonhado. Em que momento a sua menininha de rabo de cavalo tinha se transformado numa provocante mulher de 18 anos? Quanto tempo você tinha se descuidado? O que havia feito enquanto ela florescia? Era fascinada por computadores desde pequenina e aprendera a programá-los antes de completar 13 anos. Mantinha na rede um site — TodoHacker — dedicado a informar sobre a pouco difundida subcultura dos piratas informáticos. Quantas horas ao dia passava em frente aos seus clones de IBMs? Em muitas coisas, deixara fazia tempos a adolescência para trás. Por sorte, Flavia não tinha nenhum interesse nos rapazes que começavam a rondar a casa, atraídos por sua beleza lânguida e distante.

A Sala Vigenère está vazia. Os ponteiros do relógio na parede marcam 6h25. Ramírez-Graham se descuidou e deixou relógios mecânicos no edifício. Certamente logo os substituirá, e os ponteiros darão lugar aos números vermelhos de quartzo, e o analógico, ao digital. Quanta modernização inútil. Segundos a mais, segundos a menos; preciso ou impreciso, o tempo continuará a fluir e envolverá a todos em sua rede, seja aqueles com a pele ainda jovem ou já com os ossos se transformando em pó a cada movimento.

O frio agride seu rosto. Não importa, você gosta de ser o primeiro a chegar ao trabalho. Aprendeu isso com Albert, seu chefe durante mais de 25 anos. E manter o hábito é, a seu modo, uma forma de homenagear aquele que fez mais do que nenhum outro pela criptoanálise em Río Fugitivo (agora recluso num quarto cheirando a remédio numa casa da avenida das Acácias, delirando, com as faculdades mentais incapazes de atendê-lo: não é bom sobrecarregar o cérebro de trabalho, os curtos-circuitos se colocam na ordem do dia). Você gosta de andar pelos corredores vazios, observar os cubículos com as mesas cheias de papéis; no ar silencioso, seus olhos se dirigem às pastas e às máquinas fantasmagóricas com a arrogância displicente de um deus benévolo, alguém que fará o seu trabalho porque uma desconhecida "causa inicial" assim determinou e não é característica dos sábios rebelar-se contra o destino.

Aperta um botão para chamar o elevador e entra nesse mundo metálico onde lhe ocorrem os pensamentos mais escabrosos. Será que a máquina vai falhar, antecipando seu fim? Você se dirige ao subsolo, ao Arquivo, ao fundo da terra, a uma câmara mortuária onde só você habita. Ali embaixo faz mais frio ainda. Suspenso no ar por grossos cabos de aço, você se move sem se mexer, tranquilamente.

O elevador tem algo especial que o faz sentir-se protegido. As paredes verdes, sua eficiência singela, seu núcleo sólido, de uma estabilidade movediça. O que você faria sem ele? O que fariam os homens sem eles? *Otis, seis pessoas, 480 quilos*. Você observa o nome. Soletra-o: O-T-I-S. Depois, invertido: S-I-T-O. Uma mensagem procura se expressar, destinada apenas a você. S-T-I-O. *Sou Teu Indivíduo Obscuro*. Quem seria esse indivíduo obscuro?

O Arquivo Geral fica no subsolo; você é o elo vital entre o presente e o passado. Pendura o paletó num mancebo quebrado. Tira os óculos, limpa as lentes com um lenço sujo, coloca-os novamente. Enfia na boca um chiclete de menta, o primeiro de uma longa série (não durará mais do que dois minutos entre os dentes, indo para o lixo assim que seu sumo se esgotar).

Sente vontade de urinar. Essa sensação de transbordamento iminente da bexiga o acompanha desde a juventude, uma das formas mais intoleráveis que sua ansiedade assume, a forma com que o corpo compensa sua aparência de imunidade às emoções. As cuecas ficam sempre com manchas cor de pasto queimado pelo sol. Desde que começou a trabalhar no subsolo, você passou a sofrer ainda mais do problema, pois não ocorreu ao arquiteto prever um banheiro nesse andar. Talvez tenha imaginado que quem trabalhasse no Arquivo poderia pegar o elevador ou subir de escada para usar os banheiros do primeiro andar. Uma pessoa normal faria isso uma ou duas vezes por dia sem muito incômodo. Mas, e uma pessoa com incontinência? Que falta de sensibilidade...

Você abre a gaveta inferior direita da mesa, retira um copo de plástico com uma ilustração do Papa-Léguas (você o ganhou numa promoção do McDonald's). Vai até um canto da sala, de costas para o Arquivo; abre a braguilha e urina no copo: seis, sete, oito gotas cor de âmbar. Por isso é que não gosta de ir ao banheiro: na maioria das vezes, o resultado efetivo é incompatível com a sensação de urgência. O melhor, então, é ir acumulando as gotas no copo e depois, na hora do almoço, passar pelo banheiro e livrar-se do seu malcheiroso tesouro.

Guarda o copo de volta na gaveta.

Atrai-o a bagunça de papéis sobre a mesa; ordenar o caos, vencê-lo parcialmente e estar pronto para o surgimento de uma nova desordem é um jogo que dura dias, meses, anos. As mesas de trabalho dos criptoanalistas, ali, costumam ser impecáveis: os papéis empilhados em torres de cada um dos lados, os porta-lápis e os livros de referência apoiados uns nos outros, o monitor do computador a postos e o teclado guardado no suporte móvel sob a mesa. Reflexo de mentes prestimosas, que fazem seu trabalho com grande dedicação lógica.

Você liga o computador, repassa o correio eletrônico no endereço normal e no reservado. Cospe fora o chiclete, coloca outro na boca e, em seguida, vê no endereço reservado uma mensagem com uma única frase:

FXXFXXNSTYJRFXRFTX RFSHMFIFX IJ XFSLZJ

Você atenta para a sequência RFTX RFSH. Uma análise de frequências não levaria, para você, mais do que dois minutos. Cada letra tem sua personalidade própria, e por mais que apareça deslocada em relação ao lugar que lhe corresponde numa frase, ela se trai, sussurra, fala, grita, conta sua história, estranha o seu lugar na terra — no papel. Quem teria mandado essa mensagem? De onde veio? O endereço é desconhecido, e isso é raro: no máximo dez pessoas conhecem seu endereço reservado de correio eletrônico. Alguém conseguiu driblar a segurança da Câmara Negra e está chegando até o seu coração com uma mensagem grosseira.

Todas as mensagens da Câmara Negra para o seu endereço reservado chegam criptografadas e são decifradas automaticamente por seu computador. Talvez o programa tenha falhado. Você aperta algumas teclas, tentando decodificar a mensagem. Nada. Ela não foi criptografada com o programa usado pela Câmara Negra, o que confirma as suas suspeitas: a mensagem foi enviada por um estranho.

É uma provocação. De imediato, você precisa fazer justamente o que mais sabe: análise de frequência. O F tem de ser uma vogal: A? E? O? O senso comum aponta para o A.

Rapidamente, você já sabe: trata-se de um código simples cifrado por substituição, uma variante daquele que, segundo Suetônio, era usado pelo imperador Júlio César. Cada letra foi movida cinco espaços para a direita, de modo que ao F corresponde o A, ao G corresponde o B, e assim por diante. RFSHMFIFX queria dizer *manchadas*.

ASSASSINOTEMASMAOSMANCHADASDESANGUE

Quem seria o assassino? Você? Por que as mãos manchadas?

2

NUVENS NEGRAS NO HORIZONTE prenunciam chuva. Flavia despede-se das colegas e pega o micro-ônibus azul que a levará de volta para casa. Uma maleta de couro preto com livros e revistas, seu Nokia prateado no bolso (consulta-o com impaciência a todo instante: não há mensagens). São 13 horas e ela está com fome.

O micro-ônibus está cheio. Ela se segura num cano de metal, cava um espaço entre um gordo careca de olhos presos ao celular — mais um obcecado pelo Playground — e uma senhora com bigode de foca. Há no ar um cheiro de perfume barato e suor. A música escolhida pelo motorista para se entreter é do estilo tropical estridente. Deveria ouvir um pouco de música em seu Nokia, erguendo dessa maneira a sua própria barreira de som contra esse ruído que a fustiga tanto, mas não baixou nada de novo recentemente e não tem interesse pelas músicas arquivadas na memória. Deveria entrar no Playground, como um casal de jovens que também está no coletivo. Não, melhor não. Para frequentar o Playground, ela prefere uma tela maior que a do celular.

Incomodada, ergue a vista e lê os anúncios acima das janelas. Cibercafés, conexões baratas na internet, advogados: é cada vez mais difícil encontrar um espaço onde não se anuncie nada. O mundo se enche de seres e objetos. Para escapar disso, é preciso viajar para dentro de si mesmo, ou então projetar-se em alguma realidade virtual.

— Bilhetes, bilhetes — diz o cobrador, um garotinho de olhar antipático e sujeira no nariz. Que coisa ultrapassada. Em certos lugares do planeta, basta passar um cartão por uma ranhura para pagar a passagem; em outros, uma simples senha digitada no celular dá conta disso (deveriam mesmo continuar se chamando celulares? Esses aparelhos pequeninos são agora pontos de convergência de telefone, agenda pessoal, computador e tudo o mais que alguém queira acrescentar: câmera fotográfica, walkman, scanner. A propaganda de uma companhia telefônica privada os chama de *i-fones*: Flavia pensou a princípio que o *i* significava *internet*, mas logo ficou sabendo que a resposta certa era *informação*).

Ela dá algumas moedas para o cobrador. O trabalho infantil deveria ser proibido. Quantas histórias aquele olhar teria para contar! A vida na periferia da cidade, os cinco irmãos, a mãe trabalhando no mercado, o pai como vendedor ambulante. Sopa de macarrão como o único alimento do dia. Río Fugitivo progride, mas não passa de uma ilha em meio a um país atrasado. E essa ilha tampouco está isolada: pode-se encontrar em suas ruas tanto edifícios inteligentes nos quais todos os sistemas são controlados por computadores quanto mendigos nas portas desses mesmos edifícios.

Os anos passam, cheios de truques, e, com uma mágica surpreendente, apagam aquilo que num determinado momento parecia indestrutível. Quando criança, sua válvula de escape era o colégio. Agora, ele a aborrecia: a informação sai de modo lento e tedioso da boca dos professores. Suas amigas fofocam sobre festas e sobre rapazes com espinhas no rosto que ao dançar apertam seus membros contra os corpos delas, sobre noitadas que avançam além do horário permitido e terminam em terrenos baldios ou motéis. Ela sente vontade de chegar logo em casa, ligar o computador e atualizar o TodoHacker. Graças aos seus contatos no mundo dos hackers/crackers, obteve algumas pistas sobre a morte suspeita de dois hackers semanas atrás, e está cobrindo tudo o que ocorre em torno da Resistência melhor do que todos os meios de comunicação mais poderosos do país. Jornais como *El Posmo* e *La Razón* usam o TodoHacker para informar os leitores sobre a Resistência, embora raramente mencionem o site como sua fonte.

A cidade desfila pela janela: passeio fugaz por uma paisagem que se destrói e se reconstrói a cada dia, que já não sabe o que é a imobilidade. Uma menina magricela de tênis cor-de-rosa com seu pequinês. Dois homens de mãos dadas disfarçadamente. Um policial recebendo propina de um taxista. Um bêbado caído na calçada. Um grupo de trabalhadores com capacetes amarelos abrindo o cimento das calçadas para instalar cabos de fibra ótica: trabalho que recomeça assim que termina, pois durante a própria instalação já surgem cabos com capacidade maior. Nos muros, cartazes da Coalizão convocam mobilizações contra o governo *vendido aos interesses das multinacionais*. A culpa de tudo, agora, é da globalização. Pode-se exercitar o patriotismo dinamitando um McDonald's. Não é por acaso que os responsáveis pelo McDonald's querem deixar o país.

À medida que o micro-ônibus avança em direção à zona dos loteamentos e condomínios do lado oeste da cidade, surge mais espaço, respira-se melhor. Flavia se senta ao lado de uma senhora que está lendo *Vanidades* (título de uma reportagem: "Jackie Kennedy Onassis: ainda presente nas páginas de revistas"). Sente vontade de lhe dizer que as Heroínas estão em Outro Lugar. Ser uma consumidora passiva é coisa do século passado; o que importa, hoje, é criar modelos próprios, tão particulares que às vezes ninguém os conhece.

Observa no Nokia o acúmulo de e-mails, videomensagens e SMS (frases com palavras cortadas e símbolos, uma nova linguagem que não se satisfaz com palavras, que as fragmenta ou as supera com imagens). Lê algumas rapidamente. Na semana anterior, um desconhecido lhe enviou um e-mail no qual sugeria que Nelson Vivas e Fred Padilla, os dois hackers mortos de maneira suspeita, pertenciam à Resistência e que o responsável por suas mortes era Kandinsky, o chefe da Resistência. Por quê? Porque Kandinsky era um megalomaníaco que não admitia divergências em seu grupo, e Vivas e Padilla tinham ousado apontar alguns erros na condução da Resistência. Flavia não tem o hábito de divulgar notícias cujas fontes não são confiáveis: essa pista, no entanto, se verdadeira, era muito tentadora e explosiva, e ela então a adaptou para publicar uma nota na qual, embora não acusasse Kandinsky diretamente, sugeria a possibilidade de que seu grupo estivesse envolvido no caso. Como era previsível, recebeu vários e-mails com insultos e ameaças: Kandinsky era idolatrado na comunidade dos hackers por ter transformado a Resistência num grupo de hackers que atacava os sites do governo e as multinacionais como forma de luta contra as políticas neoliberais e a globalização (ciberativismo, no jargão técnico). Uma parte de Flavia também admirava Kandinsky, mas a outra via com preocupação o quanto a imprensa, ao abordar o assunto, abria mão da objetividade e se colocava a favor dele.

Vivas e Padilla trabalhavam na edição eletrônica de *El Posmo*. Tinham sido assassinados num mesmo fim de semana: Vivas, esfaqueado na madrugada do sábado ao sair do prédio de *El Posmo*, e Padilla no domingo à noite, com um tiro na nuca, na porta de casa. Os meios de comunicação reportaram as duas mortes como acidentes isolados, unidos no tempo apenas por coincidência. As mortes eram estranhas, pois nenhum deles tinha inimigos nem problemas de qualquer tipo, mas não havia material suficiente para muita especulação. Que ambos tivessem participado da Resistência, como sugeria o e-mail, era algo interessante para Flavia, pois lhe fornecia um fio condutor para a história dessas mortes. Nem sempre o acaso era responsável por tudo. Devia-se desconfiar das coincidências.

Ela põe os fones de ouvido e procura algum canal de notícias na tela do celular. Aparece Lana Nova, sua apresentadora favorita. A mulher virtual tem o cabelo preto preso num coque, o que lhe realça os traços orientais. Pelos fones de ouvido, escuta a voz metálica e envolvente de Lana, capaz de causar emoção até mesmo ao noticiar a previsão do tempo: não por acaso, os adolescentes começaram a ouvir notícias e a encher as paredes de seus quartos com pôsteres de Lana. Cidadãos de diversos setores protestam pelo segundo dia consecutivo contra o aumento das tarifas de energia elétrica. A GlobaLux, o consórcio ítalo-norte-americano que menos de um ano antes ganhou a licitação para o fornecimento de energia elétrica em Río Fugitivo, defende-se dizendo não ter alternativas diante da crise. O aumento das tarifas permitirá financiar a construção de uma nova central elétrica. A Coalizão convoca um bloqueio geral de ruas e avenidas para quinta-feira. Os protestos de Río Fugitivo se estenderam para outras cidades: em La Paz e em Cochabamba, violentos choques da polícia com operários e estudantes. Em Sucre, uma torre de alta-tensão dinamitada. Em Santa Cruz, os empresários convocam uma greve cívica. Políticos da oposição e lideranças indígenas pedem a renúncia de Montenegro: afirmam que os meses que ainda lhe restam de mandato serão suficientes para afundar o país (estamos nos primeiros dias de novembro; haverá eleições em junho do próximo ano, e um novo presidente deverá assumir em agosto).

Incrivelmente, nada sobre a Resistência que Flavia já não tenha noticiado antes. E nenhuma menção a Vivas e Padilla. Por sorte, seus concorrentes no campo das notícias andam muito mal.

Ela desliga o Nokia. Agora que o micro-ônibus está menos cheio, pode vê-lo: sentado ao fundo, as costas apoiadas no encosto rasgado com navalha, o mesmo garoto de ontem. Quantos anos? Dezoito? Alto, cabelos encaracolados, sobrancelhas espessas e um celular amarelo que lhe serve para fingir-se distraído. Que música estará ouvindo para se livrar dos ritmos tropicais? Notícias? Algum jogo de futebol na Itália ou na Argentina?

De repente, assim como ontem, seus olhos a cravam no assento. Ela costuma ignorar os homens, seres tão primitivos, mas alguma coisa nesse olhar a perturba. Passa a mão nos cabelos, certificando-se de que estejam despenteados porém com estilo: usa um corte rastafári, todo desgrenhado, como se tivesse acabado de sair da cama. Umedece os lábios. Como deve estar ridícula com este uniforme que as freiras do colégio insistem em manter: saia azul até os joelhos, camisa branca, jaleco azul e, horror dos horrores, esta gravata tricolor saída diretamente do pesadelo de algum estilista. Será que de fato ela tem menos interesse pelos rapazes do que suas colegas?

Quando desce do micro-ônibus, uma garoa está começando. Patas de aranha acariciam seu rosto. Esforça-se para seguir andando de costas para o veículo e o consegue: uma pequena vitória contra o garoto, que ela imagina de rosto grudado na janela degustando antecipadamente o momento em que Flavia se virará para olhá-lo uma última vez.

No ponto há uma lixeira sobre a qual esvoaça uma nuvem de moscas grandes e verde-azuladas. Um cachorro desnutrido grunhe sem energia para as pessoas que passam ao seu lado. Flavia pensa em Clancy, seu dobermann cego, dando voltas pela casa, batendo o corpo contra as paredes enquanto aguarda, ansioso, a chegada dela. Os vizinhos se queixam de seus ganidos na madrugada; sua mãe já sugeriu que ele está velho demais, que talvez já tenha chegado a hora de seu descanso final.

Faltam cinco quadras para chegar ao loteamento. As ruas têm pouco movimento. Flavia gosta de se sentir dona delas e caminhar sobre o asfalto esburacado, equidistante das calçadas onde ficam as nespereiras cheias de poeira. Caminha, saltando num jogo de amarelinha imaginário, pergunta-se o que estará fazendo o pai neste exato instante no trabalho, e de repente descobre, incomodada, envergonhada, que não está sozinha.

— Do 1 para o 7, do céu para o inferno — diz uma voz rouca e envelhecida, totalmente deslocada no corpo jovem do rapaz. — Um jogo com múltiplas conotações metafísicas e teológicas.

Em que momento ele desceu do micro-ônibus? Não ouviu seus passos atrás dela. Por um instante, sente medo. A cidade está cheia de desequilibrados que violentam crianças ou assassinam pessoas apenas por causa de um olhar mal interpretado. Está a quatro quadras do refúgio protetor, do tão desejado loteamento, em cujo portão a aguardam dois míseros policiais.

— Para se divertir pulando amarelinha, não é preciso nenhuma conotação — diz ela, emprestando ao rosto a expressão de maior indiferença que consegue.

— As pessoas insistem em ficar na superfície das coisas, desfrutálas tal como lhes chegam — diz o rapaz. — Mas isso é impossível. Tudo tem um significado maior, e essa alguma coisa maior talvez seja o transcendental. O mandala que procuramos.

A garoa perdeu sua poesia; agora, é apenas uma chuva densa e incômoda. Flavia retoma os passos. Gostaria de correr para casa, mas precisa aparentar tranquilidade. Nunca se sabe. E, deve confessá-lo, trata-se de um medo estranho, que a estimula a sair correndo e ao mesmo tempo a faz continuar próxima do desconhecido.

— Meu nome é Rafael. Você é Flavia, não? Não me pergunte como eu sei. Outros nomes? Outras identidades? Impossível não ter outros. Eu tenho pelo menos oito na rede.

— Por enquanto fiquemos assim.

— Sem dramas.

Ela anda sem olhar para ele, sentindo sua presença como uma ameaça iminente. Rafael agora fica em silêncio, e ela se vê obrigada a falar.

— Você sabe onde eu estudo, mas eu não sei onde você estuda.

— Faz muito tempo que saí do colégio, Flavia e só. Se estiver interessada, um dia eu lhe mostro o que faço para viver. Tem a ver com informação.

— Repórter?

— Que anacrônica! Tem gente que paga muito bem para obter informação privilegiada. E tem gente que precisa fazer malabarismos para ter acesso a essa informação. Em algum momento, isso tudo poderia ser útil para você. Mas, primeiro, é preciso ser muito cuidadosa. E às vezes você não é. Às vezes, dá informações sem estar segura a respeito delas. E tem gente que se sente incomodada com isso. Não é bom brincar com coisa perigosa.

Flavia para e o olha. Será um hacker? Qual deles? Da Resistência? Um Rato? Ou as duas coisas? Está me ameaçando? Está tão nervoso quanto ela; seu lábio inferior treme, e seu olhar já não parece tão firme como momentos antes, no micro-ônibus. A chuva no cabelo desgrenhado e no rosto fez sua pose se desagregar. Tem a expressão de um homem que guarda um grande segredo e que é perseguido por causa disso. Não tenho medo dos hackers, sejam eles da Resistência ou dos Ratos, que são perigosos, capazes de esfaquear alguém apenas para cumprir sua missão. Os Ratos se dedicam a vender informação e proliferaram nos últimos anos; os sucessivos escândalos a respeito deles e sua ameaça à privacidade dos cidadãos lançaram-nos na ilegalidade. Alguns trabalham também como hackers para conseguir informação; outros preferem formas mais tradicionais (vasculhar em lixeiras, pagar a empregados, subornar colegas de trabalho).

— Preciso ir — diz Flavia. — Amanhã será outro dia. Espero que então você possa ser mais claro.

— Nem sempre há um outro dia.

— Você está muito fatalista...

— Eu sou fatalista.

Rafael lhe estende a mão e se despede. Flavia observa-o afastar-se, perder-se na chuva, agora mais forte. E corre para casa.

3

MEU NOME É ALBERT. Meu nome não é Albert.

Nasci... Faz. Muito. Pouco.

Nunca nasci... Não tenho memória de nenhum começo. Sou algo que acontece. Que está sempre acontecendo... Que acontecerá sempre.

Sou. Um. Homem. Cansado. E. Desagradável... Olhos. Cinzentos. Barba. Grisalha... Traços. Particularmente. Vagos... Consigo. Me. Virar. Com. Fluidez. E. Ignorância. Em. Várias. Línguas... Francês. Inglês. Alemão. Espanhol. Português de Macau.

Estou conectado a vários cabos que me permitem viver. Através da janela do quarto, vejo o dia passar pela avenida. Jacarandás no passeio central e nas calçadas... Não é nada difícil... dar um nome à avenida... das Acácias.

Mas onde estão as acácias? Boa pergunta.

Ao fundo. As montanhas. De Río Fugitivo. Coloração ocre. Diferente de outras montanhas. De que me lembro. De um vilarejo. Num vale. Montanhas azuladas. Mercados. Torres medievais. Ruínas de fortificações. Um rio. Não lembro qual vilarejo é esse... Mas a imagem é perfeita... Há um menino. Que corre para lá e para cá.

Não sou eu. Não posso ser eu... Eu não tenho infância. Nunca tive.

Posso falar, e às vezes o faço. Prefiro não fazê-lo. Emitir algumas palavras me esgota a energia. Isso pode lembrar minha fragilidade. No caso de uma possível morte. Mas não é assim. Nunca é assim. Não existe morte para mim.

Sou uma formiga elétrica. Conectado à terra. E ao mesmo tempo mais Espírito do que qualquer um... Sou o Espírito da Criptoanálise. Da Criptografia. Ou as duas coisas são no fundo uma coisa só?

Sinto zunirem meus ouvidos. E há vozes no quarto... Dizem... Que... Preciso... Deste. Isolamento... Desta. Tranquilidade... É muito boa. Para. Organizar. Os. Pensamentos. A tranquilidade. Deve haver um caminho. Que eles seguem. De alguma forma. O pensamento. Deve transformar-se. Em pensamento... De alguma forma. Mesclada. As associações de ideias. Devem ter sua lógica oculta. Para que a imagem de uma freira. Seja seguida da de um piano. E isso tudo nos leve. A perdoar ou não... A vida de nossos semelhantes.

Uma lógica delirante.

Responsável por meus atos. Por tudo aquilo que me trouxe a este leito.

Houve sentimentos. Houve intuições. Mas minha razão. Teve a palavra final.

Gostaria de saber como aconteceu. Este silêncio ajuda.

Mas os passos nunca deixam de soar. Escuto-os. Ecoam aqui. Nesta caixa de amplificação que é a minha cabeça... Aguardam pelas minhas palavras. Aguardam. Aguardam.

Meu nome é Albert. Meu nome não é Albert.

Sou. Uma. Formiga. Mecânica.

Pelo que. Me lembro... Meus. Trabalhos. Começaram... No ano de 1900 a.C. Fui eu que escrevi hieróglifos estranhos. No lugar dos normais. Na tumba de Khnumhotep II. Fiz isso nas últimas vinte colunas... Das 222 da inscrição. Não era um código secreto. Totalmente desenvolvido... Mas foi. A primeira transformação. Intencional... Da escrita... Pelo menos... Dos textos que se conhecem.

Ah. Que cansaço. Fui tantos outros. Impossível enumerá-los.

No ano 480 a.C... Chamava-me então Demarato. Era um grego que vivia na cidade persa de Susa. E fui testemunha dos planos que Xerxes tinha para invadir Esparta. Cinco anos de preparação de uma força militar capaz de destruir a insolência de Atenas e Esparta. E ocorreu-me raspar a cera de umas tabuletas de madeira. Escrever a respeito dos planos de Xerxes nas tabuletas... E depois voltar a cobri-las com cera. As tabuletas foram enviadas a Esparta. E a guarda de Xerxes não as interceptou... E lá uma mulher chamada Gorgo. Filha de Cleomenes. Esposa de Leônidas. Adivinhou que as tabuletas continham uma mensagem. Fez rasparem a cera. Dessa forma, Xerxes perdeu o elemento surpresa... Os gregos se inteiraram do que estava acontecendo e começaram a se armar. Quando o enfrentamento entre gregos e persas aconteceu. Em 23 de setembro. Perto da baía de Salamina... Xerxes se achou vitorioso. Acreditou estar encurralando os gregos. Sendo que na verdade estava caindo na armadilha por eles preparada.

Meu nome é Demarato. Sou o inventor da estenografia. Que não é outra coisa senão a arte de ocultar a mensagem... Também. Me. Chamo. Histaiaeo... Governador de Mileto. Para dar coragem a Aristágoras a fim de que se revelasse ao rei persa Dario... Fiz rasparem a cabeça de um mensageiro. Redigi a mensagem em sua cabeça. Esperei que seu cabelo crescesse. E o enviei à procura de Aristágoras... O mensageiro penetrou em território persa sem dificuldade... Chegou até onde Aristágoras estava... Fez com que lhe raspassem o cabelo. E Aristágoras pôde ler minha mensagem.

Estenografia. Sou. Uma. Formiga. Mecânica. Ouço vozes...

Sou também o inventor da criptologia. A arte de ocultar o sentido da mensagem. Sou aquele que enviou uma mensagem ao general espartano Lisandro... Lisandro estava longe de Esparta. Com o apoio de seus novos aliados. Os persas... Quando um mensageiro chegou procurando-o. O mensageiro não tinha nenhuma mensagem para ele. Tinha apenas recebido uma ordem para ir ao seu encontro. Lisandro o viu... E soube do que. Se tratava... mandou que lhe desse o seu grosso cinto de couro. E descobriu... Impressa em toda a circunferência do cinto. Uma sequência de letras ao acaso... Enrolou cuidadosamente o cinto em forma de espiral descendente em torno de um pau... Enquanto o enrolava. As letras foram formando frases que lhe informaram que seu aliado persa. Pensava em traí-lo e apoderar-se de Esparta na ausência de Lisandro... Graças à mensagem. Lisandro voltou a tempo e destruiu seu ex-aliado.

Dói-me a perna direita. Tanto... Tempo... Estirado. Neste. Leito. As costas. Não conseguirei me levantar de novo. Conseguirei sim... Meus pulmões estão exaustos. Tanto cigarro... Às vezes urino sem perceber. A enfermeira vem me trocar. Defecar é uma humilhação... Quando a enfermeira não está. Quase nunca ela está. Devo chamar o guarda com uma campainha. O cheiro da minha pele é cheiro de velho. Crostas vão caindo no chão como escamas. Por vezes, a dor de cabeça é insuportável...

Quantas noites e dias eu gastei lidando com mensagens. Era previsível que não saísse imune. Tudo tem seu preço.

Alguma coisa aconteceu dentro de minha cabeça. Vou em busca desse mundo perdido.

Quero saber como foi que pensei o que pensei.

Preciso de uma Máquina Universal de Turing.

Uma Máquina Universal de Albert.

Albert. Demarato. Histaiaeo. Acumulo nomes como peles de serpente. Histórias. Identidades. Nada do que é humano me é estranho. Nada do que é inumano me é estranho...

Passo pelos séculos e interfiro nos fatos. Sem mim. As guerras. A História teria sido diferente... Sou um parasita no corpo dos homens. Sou um parasita no corpo da História.

Tenho sede. Minha garganta está seca e quebradiça. Os olhos fechados. Não consigo abri-los. Trago-os abertos mas não vejo nada... Vejo sem ver... E cheiro. Cheiro muito. Este quarto fechado. Cheiro de urina. Cheiro de vômito. Cheiro de remédio. Gente que entra e sai. Mulheres velhas. Homens. Uniformes. Rostos que não reconheço. O de Turing...

Batizei-o assim. Claro que o verdadeiro Turing. Fui eu mesmo algum dia. Mas isso é outra coisa. O que importa agora é que fui um agente da CIA. Foi para onde me encaminharam depois da Segunda Guerra Mundial... Fui enviado pelo meu governo para assessorar o serviço de inteligência. Cheguei num dia de chuva e neblina em 1974. Desmaiei no aeroporto de La Paz. A altitude... Mal tivera tempo de admirar as montanhas nevadas. Que podiam ser vistas. Através dos vidros sujos e quebrados das janelas. Do terminal...

Fiquei um dia de cama e depois o ministro do Interior me recebeu. Os tempos eram outros. Montenegro era o ditador. E hoje o ministro do Interior é chamado de ministro de Governo. Travamos uma amizade cordial. Qualquer um que nada seja em seu país pode se tornar alguém aqui. E antes de vir para cá eu não era ninguém no Norte... Mais um agente apenas... Depois de ser muitos em outros lugares e outros tempos... Aqui eu era alguém. Não um mero assessor. Alguém com muito poder.

Por isso me deu pena. Quando. Depois. De. Um. Ano. Chegou uma ordem para retornar... Aos Estados Unidos. Não queria voltar a ser um nada novamente. Tinha gostado do país e queria ficar. Tinha encontrado o meu norte no Sul. E convenci os militares de que era preciso instituir um órgão especializado em interceptar e decifrar mensagens da oposição. E do Chile. A Câmara Negra.

Montenegro estava obcecado pelo Chile. Queria ser o homem que conseguiria devolver o acesso ao mar ao seu país. Eu achava engraçado. Mas disse a ele que sim. Claro. Como não? O que o senhor quiser. E comecei a trabalhar secretamente para a Câmara Negra. Deixei a CIA. Este país é muito bom com os estrangeiros. Seu exército foi dirigido por um alemão na Guerra do Chaco.

Torres medievais.

Rostos. Passam diante de mim. Sentam-se. Aguardam. Me aguardam... Seus gestos são códigos. Suas roupas são códigos. Tudo é código... Tudo é escrita secreta. Tudo é palavra escrita por um Deus ausente... Ou hemiplégico... Ou um demiurgo idiota... Um demiurgo incontinente...

Não sabemos como a mensagem começou. Sabemos. Que. É difícil. Para ele. Terminá-la... E ele vai preenchendo linhas. Páginas. Cadernos. Livros. Bibliotecas. Universos.

Entram aqui e querem tocar em mim. Não o fazem...

Estou e não estou. Melhor não estar.

Ou as duas coisas são uma só?

4

EM SUA SALA, no último andar da Câmara Negra, Ramírez-Graham reexamina, mal-humorado, as pastas que Baez acaba de lhe trazer. Toma seu terceiro café desta manhã. *Not as hot as I wanted it, but then*, o que é que se faz direito neste *fucking* país? Nas últimas semanas vem tendo problemas estomacais; o médico disse que podia ser uma gastrite ou um princípio de úlcera, e que durante pelo menos dois meses ele deveria largar a bebida, comidas picantes e o café. Dera-lhe atenção durante dez dias desesperadores, o tempo exato que se deve dar atenção aos médicos. Depois, lembrou-se do pai, que tinha um enfisema e, apesar dos riscos, continuou a fumar, porque dizia que de toda maneira ia morrer de alguma coisa e que de nada serviria privar-se dos prazeres da vida. Morreu um ano depois de lhe dizer isso. Que morte mais besta, ele pensou; se tivesse se cuidado, poderia ter vivido mais uns cinco anos. Agora, que está perto de chegar aos 35, começa a entender um pouco mais o pai. Nos últimos dois anos, seu criado-mudo foi se enchendo de medicamentos, e sua vida, de restrições.

O computador está ligado, com várias fórmulas matemáticas flutuando na tela azul-marinho. Um aquário de águas verdes onde quatro acarás-bandeira circulam como que imantados uns aos outros pelo seu próprio tédio. Um celular Nokia sobre a mesa.

Atrás da mesa, dentro de uma caixa de vidro protegida por um alarme antifurto, repousa uma máquina Enigma enferrujada. Seu corpo, pensou Ramírez-Graham na primeira vez que a viu, lembra as antigas máquinas de escrever dos nossos avós; tratava-se, no entanto, de uma máquina de escrever descontente com sua humilde função de apenas passar para o papel as palavras dos homens e disposta a exercer, com seus cabos e rotores, uma função mais avançada. Ninguém sabe onde Albert a conseguiu; restam poucas no mundo, algumas em museus e outras em mãos de colecionadores particulares; seu preço é exorbitante. Não é para menos: graças à Enigma, os nazistas conseguiram mecanizar o envio secreto de suas mensagens, e durante alguns anos tinham conseguido obter grandes vantagens na guerra, devido, em parte, ao seu impenetrável sistema de comunicação (por sorte, existiu um grupo de criptoanalistas poloneses que não se intimidou diante da complexidade da Enigma; por sorte, existiu Alan Turing). Albert tinha trazido a máquina para a sua sala no seu primeiro dia de trabalho na Câmara Negra; nas primeiras semanas, antes da construção da caixa de vidro, levava-a para casa todas as noites. Os funcionários de Albert chamavam a ele próprio, pelas costas, de Enigma, e faziam circular rumores sobre seu passado desconhecido. Aquela máquina seria uma prova irrefutável de que ele era um refugiado nazista. O governo mentia ao afirmar que se tratava de um assessor da CIA. Com um "R" que se transformava num "G" gutural e um "W" que soava como um "V", seu espanhol era o de um alemão, não de um norte-americano. Albert nunca tinha se preocupado em desmentir esses rumores.

Ramírez-Graham se sente incomodado com Albert. Parece-lhe que seus atos são sempre medidos com o metro deixado pelo criador da Câmara Negra. Pergunta-se o quanto haverá de verdadeiro naquilo que escuta sobre o homem. Refreou a curiosidade que tinha de ir vê-lo, agonizante, em seu leito de morte. Talvez a imagem de seu corpo decrépito fosse suficiente para acabar com a aura indestrutível que as pessoas tinham construído em torno dele. Mas não. Prefere primeiro estudar a história. Descerá até o Arquivo do Arquivo para ler os documentos que detalham como a Câmara Negra foi constituída, assim como o papel desempenhado por Albert no projeto.

Está exausto. Não dorme bem. Às vezes, depois de três horas, acorda com a imagem de Kandinsky na cabeça; e fica impossível, depois, reconciliar o sono. Supersônico dorme ao pé da cama com um ronco metálico; ele já se acostumou com esse barulho. Nos primeiros dias, teve de conter a vontade de jogar o cachorro pela janela. Ou de calá-lo abrindo-lhe o coração com uma chave de fenda.

A imagem de Kandinsky é inventada, pois não há fotos dele. Certamente Kandinsky seria alguém pálido e desnutrido, de tantas horas que passava fechado em seu quarto à frente de um monitor, incapaz de ter uma conversa madura com uma mulher.

Será esse seu próprio fim? O presidente não está muito satisfeito com a forma como vem conduzindo o caso e exige respostas rápidas. O vice-presidente procura ganhar tempo e o defende, mas a qualquer momento pode mudar de posição: é, acima de tudo, um político.

Ele escreve números e fórmulas algorítmicas na borda das folhas que lê, um tortuoso labirinto de códigos. Acreditou que talvez emergisse dali alguma estrutura subjacente, a impressão digital esquecida que permitiria identificar o criminoso. Mas o estudo das várias cenas dos crimes não o levava a parte alguma. Os rapazes da Resistência são profissionais no momento em que fazem seu trabalho. Kandinsky cercou-se de gente capacitada. Ironias do destino: fazia um ano que Ramírez-Graham tinha chegado a Río Fugitivo com a arrogância de seu passado como especialista da National Security Agency (NSA), para quem o trabalho como salvador da Câmara Negra da Bolívia parecia pequeno. E agora se encontrava posto em xeque por um hacker de terceiro mundo.

Não é culpa dos códigos, mas dele mesmo. Não deveria nunca ter aceitado um trabalho burocrático, que o afastava da lida diária com a teoria dos números, com os algoritmos da criptologia.

Ramírez-Graham nascera em Arlington, Virginia. Seu pai, um imigrante do vale alto de Cochabamba, casara-se com uma mulher do Kansas que dava aula de matemática numa escola pública. O pai conseguira se estabelecer administrando um restaurante de comida *criolla*, e nem sequer se preocupara em registrá-lo no consulado boliviano quando ele nasceu. Nem seis semanas tinham passado desde seu nascimento e Ramírez-Graham já recebia pelo correio o cartão da Seguridade Social que o integrava legalmente à grande família norte-americana. Custara tanto ao pai a obtenção de visto de residência que ele não acreditava que o filho, pelo simples fato de nascer em território norte-americano, fosse considerado cidadão desse país.

Ramírez-Graham aprendeu espanhol em casa e falava o idioma muito bem, com exceção do uso um tanto quanto deficiente que fazia do subjuntivo. Tinha um sotaque anglo-saxão inconfundível, principalmente ao pronunciar o "L" e o "R". Durante a infância e a adolescência, visitou a Bolívia várias vezes; fascinava-o a vida social, a quantidade de parentes, o grande número de festas. Era o país das férias, mas nunca lhe ocorrera viver ali. Nunca até que, numa recepção na embaixada boliviana de Washington, ele conheceu o vice-presidente. Tratava-se de uma homenagem aos jovens de destaque da comunidade, e Ramírez-Graham fora convidado por causa de seu notável trabalho como especialista em sistemas criptográficos de segurança da NSA (supunha-se que seu trabalho fosse secreto, e assim foi nos primeiros anos, até que um novo chefe quis melhorar as relações com os meios de comunicação e conferir transparência à NSA, dando conhecimento público a certas coisas; o projeto de abertura fracassou: e não era para menos, pois a NSA era uma agência tão secreta que o montante de fundos a ela designado anualmente estava oculto dentro do orçamento geral do país).

Na recepção, o vice-presidente lhe perguntara ao pé do ouvido se ele teria interesse em trabalhar para a Câmara Negra. Ramírez-Graham conteve o riso: a Câmara Negra, *the* Black Chamber, era o nome pelo qual se conheciam os órgãos de inteligência europeus de três ou quatro séculos atrás. Esse nome sinalizava um anseio por modernidade, mas talvez revelasse, discretamente, como estavam atrasados. Apesar disso, ele se surpreendeu com a oferta e, sem nada saber a respeito da Câmara Negra, seu orçamento anual ou as equipes com que contava, mas supondo que fossem infinitamente inferiores ao que se considerava haver na NSA, questionou-se se era melhor ser a cabeça de um rato ou o rabo de um leão.

O vice-presidente lhe explicou o que era a Câmara Negra:

— Foi criada diante das ameaças à segurança nacional dos anos 1970. Agora ficou obsoleta. O presidente Montenegro, que foi quem determinou a sua criação, percebeu isso e me encarregou de torná-la útil neste novo século. Acho que uma das principais ameaças à segurança nacional será o cibercrime. Sim, até mesmo na Bolívia: *mark my words*. Só porque falo essas coisas, dizem que tenho uma queda excessiva pelo que é moderno, quando na verdade, ali, é preciso lidar ao mesmo tempo com problemas pré-modernos e modernos, inclusive pós-modernos. Tanto o governo como as empresas privadas dependem cada vez mais dos computadores. Os aeroportos, os bancos, o sistema telefônico, *you name it*. Não acreditamos muito nessas coisas, ali não se gasta nem 0,01 por cento com segurança para os sistemas de computadores. Desse modo, perderemos o controle.

Ramírez-Graham sentiu-se seduzido pelas palavras do vice-presidente. Enxergou-se, de repente, à frente de um posto vital para a segurança de um país.

— *Make me an offer I can't refuse* — viu-se respondendo, ainda sem ter digerido as consequências de sua resposta.

O vice-presidente fez uma proposta que, sem ser espetacular, era tentadora.

— Não sou nem sequer boliviano — disse Ramírez-Graham. — Suponho que uma instituição do Estado tenha de ser dirigida por bolivianos.

— Eu me encarrego de torná-lo boliviano em cinco minutos.

Quando, passados dez dias, chegou-lhe pelo correio expresso o seu novo passaporte, com carteira de identidade e certidão de nascimento em Cochabamba, sentiu-se maravilhado diante da desfaçatez com que se faziam as coisas em sua segunda pátria. Telefonou para o vice-presidente no mesmo dia. Não teve como lhe dizer não.

Ele bebe o café e relembra os primeiros dias de trabalho na Câmara Negra. O modo como amaldiçoou a decisão de se defrontar com uma realidade muito mais precária do que imaginara. Ingênuo, tinha trazido em seu laptop o Mathematica: achava que teria tempo para fazer também programação. Impossível. Era frustrante querer trabalhar com seus números e não poder fazê-lo.

E Río Fugitivo... O que Svetlana acharia? Sentia sua falta e mantinha sobre a mesa uma foto dela, os cabelos pretos e crespos, as bochechas ossudas bastante avermelhadas, a boca com lábios que pareciam deslocados de sua posição natural e prontos tanto para um gesto mais rude quanto para a cálida recepção de outros lábios. Não passava um único dia sem lhe mandar um e-mail, ou uma semana sem lhe telefonar, mas ela não respondia. Tinham saído juntos durante dez meses, até o dia em que ela lhe disse que estava grávida, e ele abriu a boca, arqueou as sobrancelhas e pronunciou as palavras das quais depois se arrependeria: não estava preparado para ter um filho. Svetlana deixou o apartamento furiosa; quando, no dia seguinte, ele ligou para ela, na casa da irmã, soube que estava hospitalizada e que acabara de perder o bebê. A irmã disse que não era culpa dele, Svetlana estava dirigindo desconcentrada depois de deixar seu apartamento e batera num táxi; Ramírez-Graham, porém, não pôde evitar um sentimento de culpa, aumentado depois, quando ela se recusou a recebê-lo no hospital e, mais tarde, na casa da irmã. Foi nesse período que surgiu a proposta do vice-presidente. Ocorreu-lhe que o melhor talvez fosse ficar e tentar reconquistar Svetlana. Mas seu orgulho impediu que o fizesse: aceitou o posto na Câmara Negra por dois anos.

Observa o movimento sonolento dos peixes no aquário. Vão e vêm. Fluxos e refluxos. Às vezes pensa que a sua saída da NSA se deveu à sua impotência ante o curso tomado pelos acontecimentos. A agência, um dos órgãos centrais do governo norte-americano nos anos da Guerra Fria, afundava-se na irrelevância, acossada tanto por cortes orçamentários como pelos novos sistemas de codificação de dados, praticamente invulneráveis. A NSA continuava a interceptar muitas mensagens no mundo todo, a uma média de dois milhões por hora, mas tinha uma dificuldade cada vez maior para decifrá-las. Ramírez-Graham não precisava ficar muito preocupado, já que, afinal de contas, sua função era desenvolver sistemas de segurança, e naquele momento os criptógrafos estavam na dianteira em relação aos criptoanalistas. Mas preocupava-se, sim, e muito: a perda de prestígio da NSA significava uma perda de prestígio dele próprio. Foi nesse momento de depressão que lhe chegou a proposta do vice-presidente. Quem sabe o fato de aceitá-la tenha sido uma forma de tirar um período sabático, de voltar a se sentir importante para retornar à NSA com força renovada. (Não tinha completado um ano na Bolívia e tudo já tinha piorado: nos dias anteriores à destruição do World Trade Center, a NSA havia interceptado várias mensagens preocupantes da al Qaeda, que mencionavam a proximidade de um ataque de proporções nunca vistas. Essas mensagens, porém, não tinham sido decifradas nem traduzidas a tempo. Era algo que acontecia o tempo todo, embora as consequências disso não tivessem sido importantes até o 11 de Setembro.)

O que estaria fazendo Svetlana agora? Tão magrinha... Gostava de lhe beijar as costas. Sua exagerada coleção de sapatos. Sua compulsão em fazer compras por catálogos ou on-line, para ser surpreendida pelos pacotes da Victoria's Secret e da J.Crew entregues na portaria do edifício pelos funcionários da UPS. O modo como, de noite, enquanto dormia, ia se apoderando da cama e reduzindo o espaço dele ao mínimo, a ponto de não poder se virar nem para a esquerda nem para a direta. Sentia falta do apartamento que tinham dividido em Georgetown, na rua 27, a menos de dez minutos do Dupont Circle. Sentia falta dos gatos de Svetlana, que se enroscavam em suas pernas quando ele se deitava no macio *futon* cor de laranja para ver televisão. O que estava fazendo, ele, neste país distante, de hábitos tão diferentes dos de seu país natal? Seu pai fizera um grande esforço para inculcar-lhe amor e respeito pela sua cultura e suas raízes latinas. Tivera êxito nisso: ele acompanhava com curiosidade os recorrentes percalços da história boliviana. Mas viver na Bolívia era outra coisa.

Quando chegou, ainda com poucos dias, esteve a ponto de voltar atrás. Albert, o criador da Câmara Negra, havia feito um trabalho digno de aplauso com um orçamento mirrado. Mas, mesmo assim, ainda estava muito, muito longe de Crypto City (nome pelo qual era conhecido o imenso complexo de edifícios da NSA em Fort Meade). Os computadores tinham mais de cinco anos de vida, sua memória e sua velocidade estavam completamente defasadas no novo século. Os sistemas de comunicação eram muito limitados, assim como os equipamentos de monitoramento de conversas e decifração de códigos. Não havia nem sequer um software de tradução imediata do quíchua e do aimará para o espanhol, num país onde a maioria das pessoas falava nesses idiomas. Por acaso os indígenas não conspiravam? Por acaso só se podiam armar complôs em espanhol? E apenas um velho computador Cray... Ele vinha de um mundo high-tech e não estava preparado para usar sistemas low-tech. Só ficou porque o vice-presidente prometera lhe dar um orçamento que lhe permitiria atualizar a parte de hardware e de software da Câmara Negra.

A tela se apaga por alguns segundos. Depois volta a brilhar. As oscilações da tensão elétrica são frequentes nestes dias. *The hell with* GlobalLux. Protestos são anunciados, como se isso fosse capaz de produzir luz. *The hell with this country*.

Ele se aproxima da janela. Depois de quatro meses de trabalho, tinha começado a se sentir mais à vontade. Cabia admitir, ele gostava do poder, da facilidade de acesso ao vice-presidente, que vinha seguidamente a Río Fugitivo (Ramírez-Graham fazia todo o possível para não ir a La Paz: a altitude provocava reações adversas em seu corpo). Vários computadores novos tinham sido instalados, e ele contratara jovens competentes. Os veteranos, como Turing, haviam sido realocados. Agora entendia por que Albert se cercara de linguistas e não de especialistas em ciência da computação: para decifrar a maioria dos códigos interceptados pela Câmara Negra, não eram necessários equipamentos muito sofisticados. "O enorme avanço tecnológico dos últimos anos tornou obsoletos os sistemas de decodificação de mensagens da NSA", sentenciara um especialista; "para voltar a ser útil, a agência deve recorrer aos três B: *bribery, blackmail, burglary*." *Propina ou suborno, chantagem, roubo*. Na Câmara Negra, esse problema não existia, porque a grande maioria dos que cifravam mensagens no país não aproveitava todos os avanços tecnológicos à disposição. No entanto, treinado que era para estar sempre preparado para enfrentar o inesperado, Ramírez-Graham também havia decidido continuar com o plano de modernização do vice-presidente. Fora a decisão correta: o inesperado, aqui, era Kandinsky, a Resistência.

Alguém bateu à porta. Era Baez, um de seus homens de confiança. Seu rosto estava alterado.

— Não sei como isso pôde acontecer, chefe. Nossos equipamentos de segurança são os melhores do país. Um vírus penetrou no sistema. Está devorando os nossos arquivos.

Ele bateu na mesa com violência. Nem precisava perguntar quem fora. Filhos da puta. Teria chegado seu fim?

5

DA VARANDA DE SEU QUARTO no hotel Palace, o juiz Cardona contempla a praça principal. Está sentado numa cadeira de metal. Com uma revista *Time* amassada na mão, livra-se das moscas que revoam em torno dos restos do almoço: batatas, uma alface, um tomate quase desaparecido no fundo do próprio molho. O ar cheio de poeira da cidade penetra em suas narinas e o faz espirrar. A luz do meio-dia o ilumina da cintura para baixo; o rosto barbado está protegido pela sombra, os lábios apertados, o olhar vagueando sem rumo. Afrouxou o cinto e tirou os sapatos. Já bebeu duas Paceñas inteiras e não se anima a encarar uma terceira, pelo menos não por enquanto. De trás dele, pela porta entreaberta do quarto, vem o som da televisão ligada. O hotel Palace fica no Enclave, numa das esquinas da praça. Uma construção com ar neoclássico, de finais do século XIX. Tendo sido residência de uma das famílias mais tradicionais de Río Fugitivo, possui um amplo pátio com figueiras e parreiras, ao centro do qual há uma fonte com cisnes, em torno da qual Cardona imagina homens de chapéu e mulheres de vestidos com espartilho seduzindo-se uns aos outros com sorrisos e olhares enquanto a tarde transcorre languidamente. Das varandas era possível ver, na praça, a banda de música da prefeitura em sua apresentação dominical, as pessoas andando sem muita agitação. Diferentemente de agora, quando reina a balbúrdia; diferentemente de trinta anos atrás, quando a violência comandava.

Quantos anos já se passaram. Não devia ter voltado. Mas o tempo sempre apronta das suas. Sempre. Gonzos rangem, e um espaço se materializa num piscar de olhos. Como um deus ferido, que abre e fecha os olhos sem saber por que e depois, vendo a realização, passa a saber o motivo. A pele de Cardona é cheia de manchas cor de vinho. Estão nas pernas, nos braços, no peito. Salpicam suas bochechas. A barba que deixou crescer as esconde parcialmente. Pode determinar a data precisa em que surgiu a primeira mancha, na bochecha direita: tinha 19 anos, estava no terceiro semestre da faculdade e tinha passado a noite inteira preparando-se para uma prova oral. Advogado curioso esse, que gaguejava em público, que sentia o sangue subir-lhe à cabeça ao passar perto de salas de aula ou de audiência. Depois veio a segunda. E a terceira. O corpo então manchado como o de um lagarto do deserto ou um sapo de águas poluídas. De todas as formas e tamanhos, como mapas dispersos de ilhas, países, continentes. Não doem. Simplesmente estão ali, como uma recordação; ele as toca, as acaricia, brinca com elas. Os médicos que visitou recomendaram todo tipo de creme ou pomada, não se expor ao sol, não comer comidas apimentadas: nada funcionou. Acabou por aceitá-las. São parte integrante dele; elas são ele. Acabou por admitir, também, a atenção que roubam de seus interlocutores: secretárias do tribunal, clientes, colegas, inimigos. Na testa, no nariz, no pescoço, como uma metáfora já gasta de tanto uso. Acabou por aceitar as pessoas que olham para ele na rua — especialmente as crianças, que nada sabem de delicadezas, de ocultar o que pensam e sentem. Se o sol intenso de Río Fugitivo queimasse essas manchas ou as fizesse desaparecer, ele não se reconheceria no espelho, e talvez caísse fulminado no chão (poderia até continuar vivo, mas como um fantasma, habitante desalojado de um corpo). Olha para o relógio de bolso. Está quase na hora. A capa da *Time*: alguma coisa sobre o genoma, um resumo sobre os permanentes desafios da democracia na América Latina. Deixa a revista cair no chão. Tinha-se interessado por uma matéria sobre as tentativas de um juiz argentino de extraditar Montenegro. O juiz Garzón fizera escola com o pedido de extradição de Pinochet. Muitos advogados, agora, queriam ser heróis como ele. Há maneiras e maneiras de se cobrar justiça: seguir os procedimentos jurídicos é uma das mais inúteis. Se até um homem como eu, que tinha uma fé cega na lei, acabou aceitando essa verdade, então é possível admitir que um dia ainda irá nascer, neste lugar, uma criança com rabo de porco.

Ele se levanta e entra no quarto. A cama ainda está desarrumada, os lençóis brancos e um cobertor azul formando um novelo. Acordara fazia pouco tempo depois de ter tido um sonho em que se via, criança, correndo atrás da bicicleta de Mirtha, sua prima-irmã. Mirtha costumava aparecer em muitos sonhos, como um ser intranquilo que não aceita o repouso. Sob todos os disfarces, por trás do rosto de um professor careca da universidade, surgindo sob os óculos de um vizinho paralítico ou com o frescor perplexo de sua adolescência. Sonhos que às vezes viravam pesadelos, de tão fino que era o fio que separava a placidez da comoção. Trovões que nos sacolejam mesmo inconscientes, fendas que se abrem e nos engolem de repente sem que saibamos onde está o epicentro. Mas eu sei — sorte minha.

Apara a barba, fazendo um pequeno corte sobre o lábio superior. Este rosto é o meu rosto, os anos se cumulam nele sem parar, e ele já começa a se despedir daqui. Como sou velho. Não: como pareço velho. E, no entanto, o ideal seria ver o próprio rosto não num espelho, mas numa parede ou num teto: uma imagem que rebate no mundo para só depois voltar a você e ir embora. Kleenex no corte. Loção pós-barba ardendo na pele. Ele lava a boca com um enxaguatório de menta, determinado a eliminar o viscoso hálito de álcool. Spray para fixar o cabelo. Perfume com fragrância de limão. Veste o terno preto confeccionado pelo mesmo alfaiate que faz as roupas de Montenegro. A única coincidência, hoje. Alfaiate promíscuo, dedicado a políticos de todas as colorações. Veste uma camisa branca e gravata azul. Deve dar a impressão de uma autoridade, de uma presença moral.

Desliga a televisão. Pensa em ver o Informativo Exclusivo em seu Samsung. Ou será Lana Nova? Há mais notícias inéditas nos sites da rede do que nos noticiários da televisão. O Informativo Exclusivo é o seu preferido, por causa da sobriedade — incomum nesse meio de comunicação. Lana Nova carece de profundidade, é a jornalista-modelo da geração MTV, tão vaporosa que, literalmente, não existe. Mas, com certeza, não se deve negar a força de sua sexualidade, que às vezes o leva a procurá-la com bastante interesse na rede: sabe que, a qualquer hora do dia, ela estará ali, com o sorriso desaforado e os seios belicosos, falando sobre um suicida palestino que fez explodir um centro comercial em Jerusalém. A aparência de Lana não combina com o conteúdo das notícias, mas, ao mesmo tempo, torna menos intolerável esse excesso diário de tragédias. Gosta de Lana. Opta pelo Informativo. Este anuncia novos enfrentamentos no Chapare. Os camponeses da federação de produtores de coca, incitados por seu líder, decidiram resistir até as últimas consequências às tentativas do governo, com apoio norte-americano, de erradicar a coca. O líder aimará dos *cocaleros* começa a adquirir dimensões nacionais com um discurso anti-imperialista que está conseguindo fazer com que, depois de décadas de errância pelo deserto, a esquerda se reorganize e encontre uma razão de ser. Será candidato nas eleições do ano seguinte? Se for, raciocina Cardona, não irá longe: falta-lhe apoio nas cidades. Piratas informáticos de um grupo autodenominado Resistência interferem nos sites do governo. É o país em suas cíclicas convulsões de afogado. Montenegro, como em tantas outras vezes, cambaleando no poder. Diversos setores pedem sua renúncia; ele conseguiu o impossível: que pessoas totalmente opostas entre si, a ponto de se esfaquearem na rua caso se cruzassem, se unam para repudiá-lo. Cardona declara que, faltando sete meses para as eleições, prefere agora se dedicar a acumular documentos para que, no primeiro dia em que voltar à vida civil, Montenegro seja submetido a um julgamento por responsabilidade pelos fatos sangrentos ocorridos sob sua ditadura. Um novo julgamento, que não fracassaria como o primeiro, que tiraria as lições dos erros e ingenuidades do primeiro. Porque não vingará, afirma ele, a tentativa de extradição feita pelo juiz argentino. Um novo julgamento que ele está preparando reservadamente, afirma ele, embora não seja bem verdade. E que precisa avançar de modo sigiloso, pois qualquer passo em falso o impedirá de levar seu plano até o fim. A morte está sempre por perto, e conluios surgem de onde menos se espera, e qualquer descuido ou negligência pode acabar com tudo isso antes mesmo que tudo comece, eu posso acabar, no instante seguinte, neste mesmo instante, desgraça atrás de desgraça, ninguém é salvador da pátria, mas ela precisa de mim, Mirtha precisa de mim, política é algo pessoal, é algo local, eu existo e sou a memória diante de tanta desmemória, alguém tem de lembrar, Mnemosyne, Mnemosyne, alguém, mesmo que seja alguém falível, desprezível a seu modo, capaz de cometer atos dignos de arrependimento, e sim, isso existe, a consciência, a memória, o asco, o asco. Desliga o Informativo.

Está sobre o criado-mudo o dossiê que ele compilou nas últimas semanas sobre Ruth Sáenz. Ele a vira num congresso de história em La Paz, na universidade pública. Tinha ido ouvi-la, interessado em conhecê-la: ela trabalhara na Câmara Negra durante a ditadura de Montenegro, nos idos de 1975, e seu marido continuava trabalhando lá. Turing. Ah, este nome: amarga hoje uma aposentadoria não muito honrosa, encarregado dos Arquivos da Câmara Negra, pois não lhes convinha demiti-lo, mas, em seu apogeu, era o braço direito de Albert, o lendário criptoanalista encarregado das operações da Câmara Negra nos anos mais duros da ditadura. Cardona suspeitava que, em 1976, Albert ou Turing é que tinham decifrado o código desenvolvido para suas comunicações ultrassecretas pelo grupo de conspiradores ao qual Mirtha pertencia. Jovens oficiais do Exército, aliados a um grupo de civis, planejavam derrubar Montenegro. Em dois dias, todos os conspiradores, um a um, foram eliminados. Os anos não foram capazes de sepultar sua visita ao necrotério para identificar o corpo de Mirtha, encontrado debaixo de uma ponte num depósito de lixo. Marcas de tortura nas costas, nos seios, no rosto. Mirtha, que o levava pela mão para ver desenhos animados na matinê. Mirtha, que não usava maquiagem e prendia os cabelos pretos revoltos em dois grandes rabos de cavalo e organizava em sua casa noitadas musicais até a madrugada. Mirtha, que admirava Allende e lia o diário do Che e Martha Harnecker e cantava canções que falavam de um novo amanhecer para o povo. Não se lembra de nada quanto ao conteúdo da palestra de Ruth, muito técnica, calcada na linguagem arcana da criptologia. Mas se aproximara, ao final, para se apresentar a ela. Uma mulher madura de rosto opaco e sem maquiagem, de olhar furtivo e unhas cortadas sem esmalte, um vestido preto e assexuado de professora de jardim de infância, com brincos de pérolas falsas como único adorno. Ela o cumprimentou com uma efusão surpreendente, como se já o conhecesse. "Não consigo entender o que um juiz está fazendo aqui entre historiadores", disse, enquanto a escassa assistência ia deixando a sala cujas paredes estavam repletas de retratos a óleo de velhos patronos de rostos enrugados. "A lei sempre necessita da história", disse ele. "Agora, então, mais ainda." "Por que, então, juízes honestos aceitaram muitas vezes trabalhar para governos desonestos?" "E por que historiadoras honestas também aceitaram a mesma coisa?" "As historiadoras eram jovens e inexperientes e logo corrigiram o seu erro." "Os maridos das historiadoras, não." "E os jovens não eram tão jovens assim, tinham experiência o suficiente para dizer não." As luzes da sala de conferências foram se apagando aos poucos. Precisavam sair dali. Na semiescuridão, continuaram conversando, frases feitas que mal escondiam a comunicação que se desenvolvia em silêncio. Na despedida, Cardona lhe deu o seu cartão de visita e não ficou surpreso quando ela ligou na manhã seguinte. Estava no aeroporto. Sua voz denunciava o nervosismo. Imaginou-a olhando sem parar para todos os lados, hesitante, incomodada, apertando uma pasta com os dedos compridos, inquietos, escorregadios. Queria falar com ele, mas não em La Paz. Poderia visitá-la em Río Fugitivo? Cardona disse que pensaria no caso. Ela já ia desligar, quando ele lhe disse que sim, que iria dali a duas semanas. Não devia deixar passar essa oportunidade. Abre o dossiê. Sabe o que lhe perguntar, tem tudo bem organizado, a questão é aparentar naturalidade, que tudo está acontecendo de modo espontâneo. Preparara até mesmo algumas saídas para o caso de algum obstáculo imprevisto. Sempre acontece, uma testemunha que se arrepende de depor e morde a língua quando tudo já estava acertado. Não haverá problemas. Parece bastante disposta a falar. Ele só precisa fazer o papel do amigo compreensivo e consolador. O que a estaria levando a dar esse passo, a saltar no abismo, a jogar-se no precipício? Não deve se preocupar com isso: apesar de tudo, ela pertence ao lado do inimigo, não lhe interessa entendê-la, a única coisa que quer é gravar a sua confissão, as frases que incriminarão Turing. Nos julgamentos por responsabilidade dos ditadores, os advogados se concentraram em levar à Justiça os cabeças mais visíveis, os militares que deram as ordens, os paramilitares e soldados que apertaram o gatilho. Esqueceram aqueles que, em suas salas na Câmara Negra, decifravam os códigos ou captavam sinais secretos de rádio que levavam a algum foco subversivo, a políticos na clandestinidade que eram mortos, universitários idealistas que desapareciam sem que ninguém soubesse como se havia chegado a eles. Cardona não tem muito interesse em descobrir os nomes daqueles que torturaram Mirtha, meros peões num tabuleiro gigante. Preocupa-se, mais, em cortar a cabeça dos que, com seu trabalho silencioso, possibilitaram que a tortura e a morte viessem a ocorrer. Seu objetivo é chegar a Turing e a Albert, e através deles a Montenegro.

Dirige-se à sala contígua ao quarto e coloca o minigravador dentro de um vaso de flores, fora do alcance dos olhos de Ruth, que saberá que estará sendo gravada, mas, não vendo o aparelho, não se intimidará, e, oxalá, deixará fluírem as palavras. Dois copos d'água sobre a mesa. Ele endireita um quadro de estilo impressionista de uma briga de galos que estava torto na parede. Um dos galos ficou cego, filetes de sangue escorrem de seus olhos. Extirpar o pus e se colocar acima da mediocridade, superar tanta corrupção, tanta desconsideração, as mãos manchadas, consciências que se vendem e não conhecem o que é o arrependimento, é tudo tão fácil, é tudo tão fácil, o passado não existe, pode-se apagá-lo numa penada só, parafernália de mentiras, compromisso atrás de compromisso, o passado esmagado, quando não é assim, está vivo, palpita a cada segundo, a cada minuto, embriaga-nos com sua força e fingimos ignorá-lo, saltimbancos de feira, simulacros que nos escondem de nós mesmos, mutilação da vida, extraviados em nossas promessas esplendorosas, fracasso de humanos, uma janela entreaberta para o espaço do ser interior. Batidas na porta. Ele ergue o olhar na direção da aranha pendurada no teto bem no centro da sala, esfrega as mãos suadas, abaixa o olhar e se aproxima da porta para fazer Ruth entrar.

6

O MENINO ESTÁ SENTADO no quintal de terra de sua casa em Quillacollo, à sombra de uma frondosa *pacay*. É moreno e gorducho, com uma franja de cabelo indócil. Está descalço. Veste apenas um short branco. O olhar é atento, esquadrinhador, e seus lábios apertados fazem um gesto de concentração. Uma libélula pousa em sua orelha direita. No interior de uma banheira enferrujada, um gato pardo dorme, expondo as costelas ao sol do meio-dia.

O menino tem entre os pés um rádio desmontado. Encontrara-o no depósito de lixo sob a ponte. Sua cor prateada fazia-o brilhar no meio dos restos, latas de sardinha e de suco de pêssego, absorventes higiênicos, um cachorro morto. Montara-o e desmontara-o durante todo o verão, talvez imitando o pai, que passa o dia consertando automóveis. Enfia alguns fios na boca, morde-os. Põe o botão de volume na boca, sente na língua o frio do metal.

Nesse instante, desligado do mundo, ele é feliz. Logo logo seus pais o chamarão. Terá de voltar para a casa escura de janelas quebradas, para o bebê que chora por falta de leite.

A escola Nicolas Tesla fica perto da praça principal de Río Fugitivo. Um casarão semidestruído, do período colonial. Os quartos em torno de um pátio retangular — campo de futsal e basquete — foram transformados em salas de aula, onde os alunos se amontoam. As paredes estão cobertas por grafites políticos e escatológicos.

Já está deixando de ser um menino e não sente tanta falta de Quillacollo. Não tem recordação nenhuma de Oruro, onde nascera; tinha 4 anos quando o governo fechou as minas e seu pai se tornou mais um dos "remanejados" que tiveram de procurar outro emprego. Um primo de sua mãe os ajudara durante os primeiros anos em Quillacollo; depois veio Río Fugitivo. O pai estava propenso a ir para o Chapare, plantar coca, como tantos outros ex-mineiros, mas um amigo daquele primo lhes ofereceu uma casa a preço baixo, em regime de anticrese, em Río; o pai tinha alguma poupança e acabaram ficando ali. O pai dedicou-se a encher bolas de futebol e a consertar carros e bicicletas. Pelo menos tinham o que comer.

É o melhor aluno da classe. É, principalmente, rápido em matemática. Quando o professor faz exercícios complexos na lousa, ele costuma até mesmo corrigi-lo, sem no entanto procurar ridicularizá-lo ou mostrar-se prepotente; como se saber mais do que os outros fosse algo da ordem natural das coisas. Admoestaram-no por adiantar-se demais nas lições e aprender por conta própria antes dos outros. Foi assim desde o primeiro ano do ensino fundamental, quando, graças a um vizinho que também o ensinou a jogar futebol, chegou à escola já dominando a tabuada. É generoso com as lições de casa: os colegas fazem fila, antes da aula, para copiar dele. É de poucas palavras, e isso atrai as meninas; é alto, e isso também as atrai, assim como seus olhos brilhantes cor de café, sempre em movimento. Livrou-se do excesso de peso dos primeiros anos, é um tanto desajeitado e tem pescoço magro e comprido que parece sustentar uma cabeça independente do resto do corpo.

Tesla é uma escola pública. Ele gostaria que houvesse ali um laboratório de computação como no San Ignacio, a um quarteirão de onde mora, perto de um parque com elegantes jacarandás. Os alunos do San Ignacio vêm à casa dele para que seu pai conserte as câmaras dos pneus de suas bicicletas ou encha suas bolas de futebol. Fazem gozações, falam sobre mulheres de modo displicente, sempre trazem dinheiro na carteira. Por trás da porta, através de uma janela quebrada, ele observa os garotos bem vestidos que às vezes chegam ao colégio de automóvel, insolentes naquele modo de achar que são os donos do mundo. Odeia que o pai tenha de atendê-los.

Também acompanhava a mãe — cabelos grisalhos, o filho menor preso num saco às suas costas — quando esta ia lavar roupas ou fazer faxina em casas imensas, com salas repletas de enfeites de porcelana e quintais com piscinas. Nunca esquecerá a casa de um médico, os quartos bem iluminados dos filhos, o computador Macintosh (nas paredes, pôsteres de Maradona, Nirvana, Xuxa). Pelos certificados de *bons companheiros* afixados nas paredes, descobriu que eram alunos do San Ignacio. Não gostaria de dividir o mundo de modo esquemático, mas também já não é mais um menino, e começa a aprender alguma coisa sobre as injustiças que nele existem.

Jogava bilhar com os amigos, até que certa tarde passou por um salão de videogames, e a curiosidade o levou a entrar ali. Sons de explosões, luzes fortes e coloridas piscando. Gastava nesse salão as poucas moedas que ganhava ajudando o pai algumas tardes. Tinha grande habilidade com as máquinas de pinball — mais conhecido como fliperama — e Super Mario. Obsessivo, passava tardes inteiras procurando bater um recorde. Estava com 15 anos.

Mas moedas acabam rápido. O que fazer? Numa manhã ensolarada em que não tem aulas, ele se aproxima da entrada do San Ignacio. Um Brasília com a janela entreaberta. Olha para todos os lados: está sozinho. Enfia a mão pela janela, abre a porta do carro. Num receptáculo perto da caixa de câmbio, encontra uma nota de 20 dólares.

Este será seu primeiro roubo. Haverá outros. No começo, terá como vítimas apenas os alunos do San Ignacio. Depois expandirá seu raio de ação. Ao visitar casas com a mãe, é fácil distraí-la e enfiar no bolso qualquer coisa que lhe valerá algumas notas na loja de penhores: brincos, um anel, um cinzeiro de cerâmica refinada de cujo desaparecimento, ele espera, os proprietários não se darão conta.

Começa a ser reconhecido no salão de jogos como o rei do fliperama. Quando perguntam por seu nome, responde que é conhecido como Kandinsky. Gostou do nome desde que viu o cartaz de uma exposição do pintor numa das casas onde a mãe trabalhava. Um nome sonoro, com ritmo e harmonia na conjunção de vogais e consoantes, um nome que ele gosta de repetir quando anda sozinho pelas ruas de Río; a primeira e a terceira sílabas explosivas, com uma ponte acentuada em tonalidade ascendente na segunda.

Logo passa a frequentar os cibercafés que começaram a surgir na cidade. Com o equivalente a meio dólar, consegue ficar jogando durante uma hora nos computadores. Jogos de guerra e de estratégia em que compete com outros jogadores no mesmo café ou com outros computadores na mesma cidade ou em outras cidades e outros continentes. Aprende rapidamente alguns estratagemas que o transformam num jogador temido. É ligeiro com as mãos, e mais veloz ainda com a mente. Parece, num certo nível, entender os jogos, ou melhor, entender os programadores de códigos que elaboram os jogos. Sua especialidade é o Asheron's Call. E assim passa as horas, começando a faltar às aulas, perdido naquela cenografia medieval fantasiosa.

No cibercafé que frequenta regularmente, próximo à ponte dos Suicidas, é admirado pelos adolescentes. Um deles é conhecido como Phiber Outkast: sardento, lábios grossos, bem vestido, incapaz de tirar do rosto os óculos Ray-Ban. Certa noite, Phiber Outkast o espera à saída do café. Acompanha-o em silêncio até em casa. Sob a lâmpada de um poste na pracinha, diz que aquela habilidade toda não deveria ser desperdiçada apenas em jogos. Que era possível fazer muito dinheiro na internet.

Kandinsky o olha, em silêncio. Insetos revoam em torno da lâmpada. Pede-lhe para explicar a que está se referindo. A isto mesmo: pode-se fazer muito dinheiro na rede. Basta focar os conhecimentos numa direção adequada. Para lapidar o seu talento, ele poderia entrar no mesmo instituto de computação que Phiber frequenta.

Kandinsky preferiria resistir à tentação. Tem 17 anos, está no último ano do colegial. Não deveria primeiro se formar?

Seu pai sempre está com a roupa suja de graxa. Passam os anos, e não há jeito de ele progredir. Encherá bolas e consertará câmaras o resto da vida. Irá se refugiar em casa, acenderá velas para a Virgem de Urkupiña — há um pequeno altar com sua efígie em gesso na cozinha —, cruzando os dedos para que seu destino e o de sua família melhorem; ficará satisfeito com as vitórias do San José, triunfos que serão vistos como uma redenção justa e necessária.

Sua mãe trabalha a troco de migalhas em residências obscenas de tão enormes. Num país muito pobre, há quem viva como nos Estados Unidos. Ou como no que ele imagina que sejam os Estados Unidos: o país da abundância, do materialismo vitorioso.

Esteban, o irmão caçula, não frequenta a escola. Ajuda o pai a consertar câmaras. Às vezes, vai ao Bulevar para conseguir alguns trocados guardando carros na porta de uma pastelaria.

Em sua casa, todas as noites, o frio entra pelas janelas quebradas.

Amanhã nos falamos, diz Kandinsky sob a luz do poste. Phiber Outkast respira fundo, aliviado. Sabe muito bem o que isso significa.

Situado no Enclave, o instituto é uma casa decadente de três andares que a certa altura abrigou os escritórios do *El Posmo* (quando se chamava *Tempos Modernos*); há rachaduras nas paredes e entulhos nas escadarias. Os computadores são lentos, montados ali mesmo. É preciso chegar cedo para conseguir um que esteja desocupado; as brigas são inevitáveis. Nesse ambiente, Kandinsky aprende mais com os colegas do que com os professores. Aprende várias linguagens de informática, alguma coisa de programação, muitos truques para vários programas da Microsoft e jogos na rede. Suas aulas, pagas por Phiber Outkast, são à noite; assim que terminam, vai direto para casa.

Os colegas são hackers especializados em golpes menores: uma linha telefônica gratuita por um mês, o acesso sem pagamento a um site pornô, a venda de programas copiados ilegalmente, o uso eventual de um cartão de crédito. De início, confiam-lhe segredos naturalmente, mas depois, quando ele mostra, sem querer, que sabe mais do que eles, olham-no com desconfiança. Pouco importa: não está interessado em fazer amizades, e já decidiu que deixará o instituto ao final do semestre. Seu trabalho de conclusão do curso consiste em um programa para obter ilegalmente senhas de contas privadas na rede. Justifica-o escrevendo que na rede o fluxo de informações deve ser livre e que não deveria haver segredos: as senhas atentam contra esse fluxo livre e, portanto, devem ser quebradas. O diretor o chama à sua sala e lhe devolve o trabalho, dizendo: "Escute, rapazinho, isto aqui não é um instituto para piratas informáticos." Ele é expulso no dia seguinte. Phiber Outkast nem precisa consolá-lo: Kandinsky está feliz.

Primeira missão de Phiber e Kandinsky: entrar em computadores particulares e roubar as senhas de seus proprietários. Eles o fazem a partir de um cibercafé cujo atendente é amigo de Phiber. Nas janelas embaçadas do local, anunciam-se aulas de computação. Em troca de alguns pesos, o amigo os deixa trabalhar em paz num computador no canto mais isolado. No começo, é Phiber quem dá as instruções, pois conhece alguma coisa de programação. Kandinsky as segue e improvisa a partir delas, brinca, inverte-as, leva-as a seu ponto máximo de tensão, como se os símbolos na tela tivessem a materialidade dos metais.

Com a primeira senha que consegue roubar, Kandinsky vagueia pelos dados de um indivíduo desconhecido como um ladrão em casa alheia. Percorre os quartos em busca de objetos para saquear. Internamente, a emoção o agita; mas ele deve aparentar calma.

Nunca mais roubará carros e casas, pondo seu corpo em risco. Preferirá digitar os símbolos certos que emitirão pulsações numa tela, roubando a distância, acessando, a partir de um computador alugado por algumas horas, cifras que condensam toda uma vida: números de cartões de crédito, contas bancárias, seguros de vida. Números e mais números, violados impunemente.

Phiber Outkast lhe dá tapinhas nas costas e diz que em menos tempo do que ele imagina se transformará num dos melhores hackers. O som dessa palavra misteriosa agrada aos ouvidos de Kandinsky. Hacker. Confere-lhe um aspecto de algo perigoso, inteligente, transgressor. Os hackers abusam da tecnologia, encontram nos equipamentos usos para os quais estes não foram programados. Os hackers adentram territórios proibidos pela lei, e, uma vez dentro deles, tripudiam do poder. Talvez fosse uma metáfora de sua própria vida.

Certo dia, na hora do almoço, chega em casa e encontra o pai na porta, brandindo um comunicado da direção do colégio. Devido às suas ausências contínuas, a direção resolvera expulsá-lo. O pai está furioso: ele não era, até pouco tempo atrás, o primeiro aluno da classe? E agora não vai sequer se formar! O que tinha acontecido?

Kandinsky não encontra as palavras rápidas que poderiam tirá-lo do aperto.

A mãe corta cebolas na cozinha. Ele foge do seu olhar. Não poderia suportar a decepção estampada em suas pupilas.

Entra no quarto que divide com o irmão. Esteban está lendo um livro emprestado da biblioteca municipal: uma biografia de um sujeito que foi o principal líder da Central Operária durante quarenta anos. Era muito esperto e gostava de ler. Podia estudar em paz? Difícil. Deixaria o colégio para ajudar os pais? Talvez isso fosse o mais provável.

Por que continuar mentindo? Os pais viam Kandinsky como a esperança de poderem ter uma velhice mais digna do que suas profissões prometiam e possibilitavam. Talvez o melhor fosse ir embora, fugir...

Kandinsky sai de casa em silêncio, acompanhado dos gritos do pai e dos soluços da mãe. Cruza o parque lotado de pombas, passa ao lado de um grupo barulhento de alunos do San Ignacio sentados num banco em frente ao colégio. Deixa para trás a casa, o parque, o colégio.

7

Como em tantas outras vezes ao anoitecer depois de uma longa jornada, você atravessa a rua Bacon em seu Corolla dourado e pensa em William David Friedman, o criptoanalista norte-americano que se convenceu de que na obra de Shakespeare havia anagramas e frases secretas que remetiam ao seu verdadeiro autor, Francis Bacon. Friedman, o mesmo homem que conseguiu decifrar o Púrpura, intrincado código japonês usado na Segunda Guerra Mundial. Não é por acaso que a rua Bacon está no meu caminho, você sussurra, e, sem perceber, atravessa o cruzamento no sinal vermelho, a quatro quarteirões do Edifício Dourado.

Uma imensa escuridão cobre as ruas. De vez em quando, como um olho que pisca, uma luz assoma à janela de algum prédio; um táxi com um letreiro luminoso cruza a avenida fazendo um estrondo terrível. Já faz um bom tempo que Río Fugitivo sofre com a falta de energia elétrica. A cidade cresceu desordenadamente, e a ninguém ocorreu a ideia de planejar uma rede de eletricidade que pudesse atender ao ritmo da demanda. A GlobaLux viera para resolver o problema, mas rapidamente se tornou impopular: apagões sem aviso prévio, constantes quedas de tensão e, mesmo com tudo isso, um aumento escandaloso das tarifas. Pela primeira vez, tanto os setores populares como as classes privilegiadas se uniam para protestar. Seria a falta de luz o elemento detonador da queda de Montenegro? Soaria irônico, depois de ele já ter aprontado coisas bem piores e acontecendo a tão pouco tempo do fim de seu mandato.

Você põe um chiclete na boca. Addams, de menta. Felizmente só faltam quatro quarteirões, e, então, poderá relaxar. Nu e protegido pela noite, um copo de uísque no escuro de um quarto, a televisão ligada, e desejando a desaceleração do tempo, o congelamento dos minutos. Carla, Carla, Carla. Haverá sombras nas paredes, sombras que se confundirão e se chocarão.

Não é a primeira nem será a última vez, você sussurra, apertando o acelerador. Gostaria, de vez em quando, de ser capaz de não pensar. Deixar-se levar pela mente vazia, impedir a circulação desses pensamentos encavalados que nunca param de visitá-lo e que acabam com seu sono. Gozar levado por uma sensação pura, deixar-se embalar pelo nada do dia, não ficar fazendo analogias cansativas, associações frenéticas de ideias, leituras obsessivas de uma realidade que reverbera ecos de outra realidade. *Nada em excesso*. Você quis, algumas vezes, que esse fosse o seu lema; agora, vai se resignando: o pensamento é excesso.

Carla, Carla, Carla. Quem diria...

Estaciona no pátio adjacente ao prédio. Quatro carros: a noite está tranquila. Você cospe o chiclete no chão. Um outdoor afixado numa parede cheia de mofo, do lado de fora, anuncia: *Caminhões Ford*. Na primeira palavra, um anagrama quase perfeito: *É caminho*. Sinal preocupante: prensada e embaralhada no meio dessas nove letras, a palavra *Caim*. Há muito tempo, desde a infância, você sente que o mundo conversa com você o tempo inteiro e em todos os lugares. Essa sensação intensificou-se nos últimos meses, a tal ponto que você já não consegue deparar com nenhum símbolo ou palavra sem pensá-los como códigos, escritas secretas que precisam ser decifradas. A primeira página de um jornal pode lhe causar enjoo, tantas são as mensagens que chamam pelo seu nome, pedindo que as liberte de seu precário envoltório. A maioria das pessoas peca pela literalidade e considera que *Caminhões Ford* se refere simplesmente a *Caminhões*

Ford; você sofre do mal oposto e, angustiado, mergulha em noites de insônia por ter perdido a capacidade de conviver com o literal.

Sob uma luz vermelha de néon, o recepcionista joga blackjack no computador. A tela exibe suas cartas em close. O blackjack está num cassino dentro do Playground. A cidade quase inteira está tomada por essa mania e passa as horas numa cidade virtual, deixando milionários os três jovens que adquiriram os direitos do Playground para a Bolívia. Você é um dos poucos ainda imunes a esse vírus, mas, mesmo assim, financia, apesar das reclamações de Ruth, a insalubre quantidade de tempo que Flavia passa de olho na tela. Ela tinha dito que pararia, estava cansada de tanta publicidade no Playground, aquilo parecia um hipermercado com esteroides. Mas não conseguia evitar só mais uma visitinha, e mais uma... A energia libidinal liberada pela tela do computador acabava por seduzi-la.

O recepcionista o cumprimenta com um leve movimento da cabeça, como se tivesse de fazer um esforço para erguer as pálpebras e mover os músculos do pescoço. Com um pequeno clique, as cartas da tela — corações cativos, reis no ocaso — dão lugar a uma agenda. Ele lhe entrega uma chave de metal dourado na qual se pode ver o número 492. Quatro. Nove. Dois. D. I. B. BID. Você resmunga um *obrigado* sabendo que ele não responderá. Já faz tempo que o vê, mas nunca chegou a escutar nem sequer o timbre de sua voz. E de que isso serviria? Toda a transação já foi feita antes, on-line, com o cartão de crédito (os 16 números criptografados em 128 bits). Não há necessidade de falar nada. Ele e você sabem disso. Única diferença: você sente saudade do som da voz. Não lhe interessa a mensagem em si, mas o meio de que ela se utiliza, cada vez mais acossado. Definitivamente, você é um homem do século passado.

O tapete vermelho está cheio de manchas — todo tipo de fluido já foi derramado em sua pegajosa intimidade. O elevador é antigo, com metais enferrujados e o vidro quebrado no meio, mas desliza para cima em absoluto silêncio. Você imagina que seja assim a subida para o céu: pedaços quebrados do mundo dialogando com a perfeição do infinito. Pouco a pouco o mundo fica para trás, e o elevador para; a porta se abre e você avança, a passos subitamente ágeis, rumo ao coração da harmonia.

Costumava visitar lugares como esse quando era jovem. Ali não havia eco: tudo era ocupado pelo som ininterrupto das risadas, de copos tilintando, de uma música estridente para incrementar o show do momento, de bêbados discutindo. Ao fundo, por trás de uma cortina de varetas de madeira, alinhavam-se os quartos, e as camas rangiam numa arritmia frenética. Em troca de algumas poucas notas, você se sentia feliz, ao menos por alguns minutos sempre rápidos, sempre fugidios.

Carla abre a porta, o rosto de pele muito branca e olheiras incongruentes, uma camisa polo amarela com um enorme C no peito, minissaia azul e tênis: está vestida de líder de torcida da universidade da Califórnia. Convida-o a entrar. "*Good evening, darling, good evening*." Cabelo curto e louro, lábios grossos, um sorriso tão largo que parece uma ameaça, a curvatura esponjosa e aguerrida dos seios, com a minissaia deixando entrever as coxas: cumpriu à perfeição todos os quesitos da sua nada original fantasia californiana. A beleza gasta do rosto, as pupilas avermelhadas e as veias de um azul forte nas faces pálidas contrastam com a aparente imagem de saúde e vigor físico por ela projetada. Há coisas que não se consegue esconder.

Você se senta na cama redonda e deixa-se refletir no espelho do teto. O quarto é escuro, a semipenumbra deixa os móveis com uma tonalidade melancólica, uma luz acinzentada. Finalmente encontra alguns minutos para relaxar. Conseguirá fazê-lo? Olha para Carla mais uma vez e estremece: se ela tivesse o cabelo castanho e o arrumasse como Flavia, poderia passar como irmã dela. Talvez sejam os lábios. Tenta afastar essa ideia da cabeça. Sua filha tem um rosto mais doce, e os excessos cometidos não chegaram a lhe afetar a pele.

Fecha os olhos.

Abre-os novamente. Quando ela não está sorrindo, a proximidade com Flavia fica ainda mais evidente. É a idade, você se diz; é o carinho que tem pela sua filha que o faz vê-la em todos os lugares.

Você teve a mesma sensação quando viu Carla pela primeira vez. Era hora do almoço, você saía de um McDonald's com um saco de batatas fritas na mão. Ela estava sentada a uma mesa perto da porta, os cotovelos apoiados numa bandeja cheia de guardanapos e restos de hambúrguer; encarou-o com os olhos marejados. Usava um vestido vermelho estampado com cor de mostarda, brincos redondos, um colar de pedras verdes chamativas. Alguma coisa fez você parar; perguntou-lhe se podia ajudar. "Meus pais acabam de me expulsar de casa", respondeu, sugando o nariz e apontando para uma sacola com suas coisas no chão. Você precisava voltar para o trabalho. Mas ela tinha quase a mesma idade de Flavia e havia no seu rosto alguma coisa que despertou o seu instinto paternal. "Se quiser me ajudar, pague-me a noite numa pensão", disse ela, num tom subitamente firme. "Claro que não teria dinheiro para devolver. Mas tenho outras maneiras de compensá-lo."

Há nas paredes duas litografias lúgubres de alguém que misturou digitalmente Klimt e Schiele. As molduras douradas dos espelhos, a banheira Jacuzzi quebrada há mais de um mês, a cor vermelho-sangue do cobertor da cama, o televisor suspenso no teto num dos cantos do quarto: o Edifício Dorado tenta passar despercebido e não torna público a que funções se destina, mas uma simples olhadela em qualquer um de seus quartos basta para saber que se trata de um motel e, também, hotel habitado por muitas prostitutas. Embora a relação com Carla seja estável e os dois possam se encontrar em outros lugares, eles usam o Edifício Dorado para que ela possa pagar as dívidas que tem com os proprietários. Haviam-na tirado de várias situações difíceis e eram bastante zelosos com as moças para as quais alugavam os quartos. Carla fica com o 492 todos os dias, das cinco da tarde às dez da noite; você tenta utilizar pelo menos duas dessas horas. Nunca perguntou se ela se encontra com outros homens nas horas restantes; prefere não saber.

— Você parece muito preocupado, *darling*.

— Não pareço. Estou.

Você recorda a mensagem recebida de manhã. *Assassino tem as mãos manchadas de sangue*. Quem é o assassino? Que mãos são essas? Que sangue é esse? Quem terá enviado aquilo? Como é que conseguiram entrar na rede de comunicação secreta da Câmara Negra? Não sabia o quanto essa mensagem era importante ou não e decidira ignorá-la. Não sabe se fez bem. Mas também não quer saber. Seu chefe que se dane com aquela paranoia em questões de segurança.

Carla lhe serve um copo de uísque e senta ao seu lado. Levado pelo olhar decidido, pela expressão de desejo eloquente no rosto dela, você põe uma mão sobre a coxa esquerda, macia e salpicada com manchinhas avermelhadas. Ela apoia os lábios nos seus; com sua língua cálida, inquisitiva, abre-os aos poucos, com destreza. Temeroso e arrepiado, você se deixa levar. Assim aconteceu na primeira vez. Você a levou a uma pensão, pagou o quarto e a ajudou a se instalar, e quando já se preparava para ir embora, deu de cara com a urgência de sua boca, com um intempestivo empurrão que o fez cair na cama, com as mãos que lhe tiraram a roupa apressadamente. Somente mais tarde, quando ela marcou um encontro num quarto do Edifício Dorado, você descobriu como ela ganhava a vida e passou a compreender um pouco os seus pais. Mas já era tarde demais.

— Gosta desse jeito? Você está muito tenso, *darling*.

Deveria corrigi-la: você *é* muito tenso. A visita a Carla é a grande válvula de escape de uma forma de ser que já o levou várias vezes ao psicólogo; ainda assim, trata-se de uma válvula de escape parcial. Quem o acariciava e fazia amor com você eram suas fantasias, as mais diversas, enquanto, na realidade, você estava em outras partes. Deveria deixar-se levar, permitir que a mente participasse das experiências tanto quanto o corpo. Não pode ser o que você não é. Nas fotografias, está sempre numa das laterais, o olhar voltado para baixo, nunca de olho na objetiva; sempre procurando passar despercebido.

— Se você não quiser que a sua hora acabe sem fazer nada, tem de parar de ficar pensando na sua mulher.

Quiser: a insuportável leveza do *R* na boca de uma californiana, pelo menos nessa palavra. Está levando a imitação a sério.

— Faz anos que não penso nela.

Estranho, mas verdadeiro: faz dois meses que você mantém encontros regulares com Carla e nem sequer sente que está sendo infiel para com Ruth. Desprovido de desejo, o casamento se transformou numa amizade acomodada. Ela faz as coisas dela; você, as suas: travam conversas estimulantes, produto da afinidade temática, mas dormir junto deixou de ser uma aventura, passando a ser mais um desconforto tolerável.

O modo como Carla desabotoa sua camisa ou brinca com o zíper da calça: tem habilidade nas mãos. Suas meias caem sobre o tapete formando um *x*. Você agora está nu, e o espelho do teto o deforma: não são suas essas pernas gordas, esse tórax desproporcional em relação ao restante do corpo. E há tantas rugas no rosto... Os anos não passam em vão.

Ela está a ponto de tirar a minissaia, quando você a detém.

— A ideia é que você fique de roupa. Por isso é que lhe pedi que se vestisse assim.

Ela traz um olhar vazio, três pintas na face esquerda, e seu jeito de falar é um tanto quanto antipático. "*Darling* para lá, darling para cá: *fucking darling*." Sobe na cama e começa a brincar com o seu membro. Mordidas suaves, a língua que resvala. Você a surpreenderá mantendo-o ereto por bastante tempo, pois, enquanto ela faz o seu trabalho, você se distrairá pensando no homem que decifrou Púrpura e os anagramas de Bacon dentro da obra de Shakespeare (por exemplo, acrescentando-se um "A" nas duas últimas linhas do epílogo de *A tempestade — As you from crimes would pardon'd be/Let your indulgence set me free* —, pode-se formar o seguinte anagrama: *Tempest of Francis Bacon, Lord Verulam/ Do ye ne'er divulgue me ye words*).

Apaixonou-se ou foi levado a ela pelas circunstâncias? Você não sabe. O certo é que, em sua sala no Arquivo, sente falta das horas passadas com Carla e do reencontro com seu corpo. Sacou dinheiro da conta da poupança para pagar-lhe a pensão, para que comprasse roupas, para que não precisasse sair com outros homens (mas você suspeita não ter dinheiro suficiente para garantir a exclusividade). Certa vez, sem que Ruth soubesse, deixou-a dormir dentro do Toyota. As idas ao Edifício Dorado tornaram-se cotidianas; teve de inventar desculpas para explicar a Ruth suas demoras para chegar em casa. E não a largou mesmo depois de ter descoberto, certa tarde, as manchas que ela trazia no antebraço direito: a prostituta sorridente usava drogas injetáveis. Que ingenuidade, a sua, não se ter dado conta disso desde o começo. Explicavam-se, assim, as bruscas mudanças de humor, os olhos mirando o nada, por vezes um leve tremor no queixo. Questionou-a sobre isso. Ela, que cavalgava sobre você, suspendeu o movimento e pareceu em dúvida quanto a dizer a verdade ou não; de repente, começou a chorar. Entre soluços, contou-lhe que era dependente de metadona. Fizera de tudo para parar, mas sempre saía derrotada. Entregava-se à prostituição por causa das muitas dívidas que tinha. "Por favor, ajude-me", implorou; restavam apenas traços fantasmagóricos da semelhança com sua filha. Você a acariciou nas faces cobertas de lágrimas. Perguntou-lhe o que era a metadona e seus efeitos. Imaginou então o destino de boa parte do dinheiro que lhe dava. As marcas tinham a forma de uma cruz. Você não era religioso, mas sabia dar atenção ao mundo quando este se comunicava com você. Abraçou-a, sentiu pena dela: iria ajudá-la, não podia deixá-la só.

Soa a campainha do Ericsson. Você fica tentado a não atender. Mas fica tentado também, e mais ainda, a responder. Carla continua a se ocupar do seu membro, e esboça uma expressão de chateação por se ver interrompida. É uma chamada de sua casa; você reconhece o número na tela e desliga o celular.

8

FLAVIA JANTA COM A MÃE à luz tênue dos candelabros, os rostos trêmulos. O pai, que ultimamente tem chegado tarde, diz estar com muito trabalho — as regras, pelo visto, podem mudar conforme seus caprichos. Nas noites em que ela quis levar o jantar para comer no quarto, o pai a impediu: a única regra que devia ser respeitada na casa era a do jantar, todos juntos, desligando-se todos os inúmeros conectores que os ligavam ao mundo lá fora.

Ruth deixa cair a taça de vinho sobre a toalha branca. Observa a mancha escura se espalhando na toalha, não faz nenhum gesto para contê-la. Clancy, no tapete aos pés de Flavia, ergue a cabeça, sobressaltado, mas logo volta a pegar no sono.

— Você está bem? — pergunta Flavia, tomando um gole de guaraná, o garfo arrastando o talharim no prato de um lado para o outro sem muita vontade.

— Não tive um dia bom. Nunca queira ser professora. Aprenda qualquer outra coisa. Mas não ensine a ninguém. Mal-agradecidos. E está cada vez pior. Uma perda de tempo.

— É verdade. Não sei como vocês aguentam a gente.

Começaram a aparecer cabelos brancos em Ruth. Flavia sabe que seus problemas não são apenas os do dia a dia: faz tempo que ela arrasta consigo conflitos e convulsões internas. Sua risada contagiante, capaz de fazer tremerem os cristais (recorda uma cena do frenético

Corra, Lola, corra um de seus filmes favoritos), desapareceu. E ela anda bebendo às escondidas, cada vez mais. A empregada mostrou para Flavia, na garagem, as garrafas vazias de vodca, bebida transparente que serve para ela fazer crer ao marido que está tomando água apenas. Como lhe dizer que poderia entendê-la, que estava disposta a ouvi-la, se ela se animasse a confiar nela? Impossível romper as barreiras. A mesma coisa com o pai. Os adultos vivem num país onde as coisas são feitas de um outro jeito. Seria esse o seu destino? Cruzaria ela a fronteira que a separava desse território estranho, convertendo-se também em mais um adulto incapaz de entender os adolescentes?

— Faz alguns dias comecei a ter sangramentos no nariz — diz Ruth. — No começo não me preocupei. Mas já aconteceu várias vezes. Hoje fui ao médico e me fizeram um check-up geral. Fiz uns exames, uma endoscopia. Acham que é uma veia no nariz que está com problemas. Os resultados devem sair logo.

— Papai está sabendo? — O tom é despreocupado. Devia fingir um pouco mais de interesse. Sabe como a mãe é hipocondríaca.

— Ele não sabe nada do que acontece em casa. Não acho que lhe interesse saber.

— Não é verdade.

— Tudo bem. Você é a filhinha querida dele. O sangue apareceu depois de um incidente em sala de aula. Acontece em momentos de estresse. De frustração. Que têm sido muitos ultimamente.

— Você se sente frustrada?

— Nunca queira ser professora.

Acende um cigarro e autoriza-a a subir. Flavia se levanta da mesa, mamãe fuma demais, um maço por dia, talvez, melhor não comentar nada... ou vai ficar com mais isso na cabeça. Fumo escuro, o cheiro violento impregna a roupa, as cortinas, os móveis: faz tempo que tomou conta da casa e nunca mais saiu. Está nos quadros do living, nas fotos de família nas paredes, nos lustres dos quartos que há meses funcionam a meia-luz (é preciso economizar, não se sabe o que vai acontecer com a conta de luz, se continuará a subir de forma exorbitante ou se o governo congelará as tarifas).

Clancy acordou e a segue em direção ao quarto; suas unhas raspam no assoalho com estridência; é preciso cortá-las. Sem acender a luz, Flavia anda descalça junto à sua escrivaninha com os dois computadores que ronronam, as paredes com pôsteres de filmes japoneses, a cama com lençóis cor-de-rosa e as estantes com sua numerosa coleção de jogos de mesa (*O Jogo da Vida*, *Clue*, *Risk*, *Banco Imobiliário*: recordações difíceis de uma infância e de uma adolescência prematura vividas longe de qualquer tipo de tela: parece-lhe inverossímil, mas esse momento de fato existiu).

Qualquer hacker riria de seu quarto todo arrumadinho, com seus toques infantis e femininos. Ela não é uma hacker, embora tivesse capacidade para isso; houve uma época em que chegou a ser, aos 14 anos: tinha acabado de descobrir os poderes dos computadores e gostava de se divertir à custa das poucas amigas que tinham computadores, entrando em seus Macs e Compaqs e fazendo o mouse executar movimentos esquisitos, ou apagando e acendendo a tela, coisas inofensivas desse tipo. As amigas, depois, contavam na escola que seus computadores pareciam tomados por uma força estranha; Flavia ria intimamente daquela ingenuidade e, brincando, oferecia-se para fazer um ritual de magia negra a fim de exorcizá-los.

Ajuda Clancy a subir na cama. Que a mãe não veja isso, pois sempre reclama do cheiro que fica nas cobertas.

Na escuridão, recortam-se na janela, nítidas, as silhuetas ameaçadoras das árvores e das casas vizinhas do loteamento. É uma sombra que olha para outras sombras. Uma sensação de inquietude que a acompanha desde o dia, dois anos atrás, em que eles se mudaram para o lugar. As casas todas iguais, simétricas, alinhadas frente a frente; as paredes pintadas da mesma cor creme, as telhas de um vermelho forte, o balcão com uma varanda gótica de ferro, a chaminé decorativa. A grama cortada na calçada, os cravos, os hibiscos e as seringueiras.

Ela observa as janelas iluminadas das casas, portais de acesso a outros mundos, tão semelhantes e tão diferentes do seu. Alguém que assiste a um jogo de futebol na televisão assiste ao making of de *Taxi Driver* num DVD navega na rede visita o Playground participa de um chat imprime fotos pornográficas do sexo.com visita o site do subcomandante Marcos lê deitado na cama hackeia um cassino virtual masturba-se no banheiro liga para o noivo no celular escreve um poema num laptop baixa uma canção "queima" um CD olha com tristeza para um cartão-postal de Nova York em que ainda se veem as Torres Gêmeas ao fundo um casal que discute ou faz amor ou discute enquanto faz amor uma menina que brinca com seu gato um bebê que dorme de boca aberta depois de um longo dia de brincadeiras alguém que cozinha alguém que ouve um show no rollingstone.com algum piromaníaco planejando seu próximo incêndio.

Alguém que, com as luzes de seu quarto apagadas, tenta esquecer o mundo e criar um espaço de silêncio para a introspecção.

Mas o mundo ressurge. Ela se vê descendo do micro-ônibus e Rafael se aproximando. Difícil esquecer suas sobrancelhas escuras, e o celular é amarelo até mesmo quando as imagens em sua mente são em branco e preto. Curiosa aquela maneira de falar, como se quisesse dizer alguma coisa sem dizê-la.

Flavia acredita que ele deve estar vinculado à Resistência. E logo lhe ocorre que tudo está relacionado com a sua obsessão.

Vai até a escrivaninha e liga um dos computadores. Checa os e-mails com informações confidenciais, lê as últimas notícias. Um grupo de hackers se apoderou de vários sites do governo e de empresas privadas (dentre elas, a GlobaLux). Enviou também um vírus para os computadores de alguns órgãos do Estado. Um e-mail de um cracker amigo a advertira sobre tudo isso dois dias antes. O ministro do governo decreta estado de emergência contra o "ataque organizado". Flavia lê a informação: embora se esforce para manter a objetividade jornalística, sente prazer em saber que a Resistência é um grupo de hackers local. Faz quatro anos que se especializa em assuntos sobre a comunidade de hackers; possui cerca de três mil arquivos de hackers, em sua maioria latino-americanos. Seus computadores buscam e arquivam as comunicações entre hackers em salas de chat, no IRC (Internet Relay Chat) e no Playground. Essa informação permitiu-lhe fazer de TodoHacker um site ao qual recorrem, embora lhes custe admitir, os meios de comunicação e os serviços de inteligência do Estado. Poucas pessoas em Río Fugitivo conhecem tanto o assunto como ela.

Ela pesquisa nos arquivos e separa uma série de identikits dos hackers da Resistência. São identikits meramente especulativos, pois na verdade não se sabe quem faz mesmo parte do grupo. Ela não está nem mesmo convicta de que os hackers que tinham aparecido mortos eram membros da Resistência. Não sei nem mesmo se Vivas e Padilla eram hackers, a informação que me deram pode ser falsa.

Gostaria de obter uma foto de Kandinsky para colocar no site. Ficaria famosa com um "furo" como esse. Ninguém sabe quem ele é, ninguém conhece seu rosto. Embora, se o fizesse, certamente se meteria numa encrenca. O encontro com Rafael não teria sido uma advertência? Dois anos antes, quando ajudara a Câmara Negra a capturar uma dupla de hackers, recebera ameaças de morte; seu site fora atacado várias vezes com DOS (DOS queria dizer *denial of service*, ou recusa de serviço: instruía-se um computador a mandar correios eletrônicos sem parar para um determinado endereço; o congestionamento acabava derrubando o site). Desde então prometera a si mesma ser mais neutra ao lidar com o assunto, dedicando-se somente a dar informações. Mantém com os hackers uma relação de amor e ódio: eles dizem que preferem se manter secretos e anônimos, mas ao mesmo tempo também gostam de ver seus nomes de guerra difundidos quando conseguem fazer alguma coisa, para eles, digna de admiração. Enquanto acharem que ela é independente, irão deixá-la em paz. Mas, pelo visto, o pessoal da Resistência não quer nem mesmo que se informe muito sobre eles.

Flavia tem um pressentimento: Rafael é Kandinsky. Seria incrível se estivesse certa. E por que não?

Precisa criar uma identidade falsa e com ela percorrer as salas de chat e os canais do IRC, ou ainda alguns bairros do Playground, para inteirar-se de alguma novidade: os hackers vivem à sombra, mas não conseguem ficar quietos; cedo ou tarde, sentem necessidade de relatar suas façanhas a alguém. Os hackers são grandes narradores.

Ela opta pelo Playground. Há pouco mais de um ano, três adolescentes recém-formados no colégio San Ignacio tomaram emprestado dinheiro dos pais para adquirir a franquia do Playground na Bolívia. Criado por um grande grupo econômico finlandês, o Playground era ao mesmo tempo um jogo virtual e uma comunidade on-line. Ali, com uma mensalidade básica — 20 dólares, que podiam virar muito mais conforme o tempo de permanência no site —, qualquer indivíduo podia criar seu avatar ou adotar um dos que eram colocados à venda pelo próprio Playground e tentar sobreviver num território apocalíptico governado com mão de ferro por uma corporação. O jogo se passava no ano de 2019. Playground era um sucesso em vários países; a Bolívia não constituía exceção. Começou com os jovens de classe média nas principais cidades do país, estendendo-se pouco a pouco para os pais e inclusive alguns avós. Flavia passava nele várias horas ao dia, gastara tudo o que tinha e devia muito dinheiro ao pai; às vezes prometia que no mês seguinte reduziria suas visitas. Tentava fazê-lo, mas lhe faltava força de vontade. Os sociólogos falavam do "efeito Playground", referindo-se aos problemas econômicos ocasionados para os jovens por causa do excesso de uso.

No canto superior esquerdo da tela, Flavia observa a quantidade de horas disponíveis até o fim do mês. Não são muitas. De todo modo, pouco importa: se acabarem, comprará horas extras. Onde conseguir dinheiro? Quando Albert dirigia a Câmara Negra, costumava encomendar a ela certos trabalhos que lhe rendiam alguns pesos. Não tinha mais essa receita, e TodoHacker também não lhe proporcionava nenhum dividendo, pois produzia-o por puro prazer. Precisava fazer suas habilidades se tornarem rentáveis.

Tinha mentido para Rafael: é claro que tem várias identidades recorrentes e outras que cria à medida que delas necessita. Assume a de Erin, uma hacker em busca de alguém que a oriente, um mentor, uma figura paternal.

Jeans, botas, jaqueta preta, óculos Ray-Ban: Erin caminha pelas ruas do Bulevar, a zona central do Playground. As luzes de néon dos bares e discotecas, o estilo art déco das lojas: a tela está saturada de cores berrantes e há um ruído de automóveis e motocicletas, vozes e música. Duas semanas atrás, no Golden Strip, ela se sentiu observada por um estranho que bebia um martíni no balcão. Moreno, bem-apessoado, um longo sobretudo preto: seria ele uma das identidades assumidas por aquele homem que se dizia chamar Rafael?

Dirige-se ao Golden Strip.

Uma briga de rua. Dois homens no centro de um círculo agitado, um com uma navalha na mão, o outro esgrimindo um pedaço cortante de uma garrafa de cerveja. O bairro onde se localiza o Golden Strip é perigoso, foi deixado pela polícia nas mãos de putas e traficantes. Erin sente-se atraída por essa sensação de iminência de um acontecimento inesperado. Da última vez, terminou a noite no quarto de um hotelzinho sórdido com uma tailandesa de pele ruim e uma cicatriz numa das bochechas.

Não espera pelo desenlace da briga. Ao lado do Golden Strip brilha o letreiro de um outro bar: Mandala. Rafael havia mencionado essa palavra. Ela decide entrar no Mandala. Vai até o balcão, abordada por uma loura de seios enormes que lhe pergunta se ela quer fazer um programinha. *Quero, mas não com você*. Pede uma dose de tequila.

No mesmo instante, o homem moreno se senta ao seu lado. Apesar de ele não estar com o sobretudo, ela o reconhece: é o mesmo da outra vez.

```
Ridley: axei q vc nunk + viria
Erin: tem q ter fe ainda + se os encontros d
rua sao dificeis d eskcer
```

Flavia nunca seria capaz de dizer essa frase em pessoa.

```
Ridley: q encontro d rua
Erin: numa galaxia n mto distante
Ridley: vc ta se confundindo m chamo Ridley
Erin: kndnsky
Ridley: ridley
```

Erin o encara de perto, tenta imaginar os traços de Rafael por trás dos dele.

```
Ridley: meu rosto e parecido com mtos n somos
criativos escolhemos msms avatares altos bo-
nitos morenos oculos gdes sobretudo tb tem a
kestão da tecnlgia atrasada nos dtalhes
faciais
```

Flavia conclui que, caso a polícia não intervenha, os próprios agentes de segurança privados do Playground o farão. A pessoa que controla esse avatar acaba de cometer um pecado capital: no Playground são proibidas referências à natureza digital dos personagens. No começo do funcionamento do Playground, era frequente esse tipo de conversa; no entanto, ocorreu um movimento que lutou com muito empenho para que fossem proibidas e conseguiu impor sua visão de um universo digital no qual as regras de etiqueta impediam a ruptura do princípio da ilusão e suspendiam a incredulidade para fazer com que a representação fosse assumida como verdade. Quando entrava no Playground, Flavia fazia todo o possível para não mencionar o mundo que a esperava no momento em que desligasse o computador (isso não impedia que às vezes deixasse escapar: por exemplo, sua referência ao "encontro de rua numa galáxia não muito distante"; uma infração de segunda ordem: não havia referências à natureza digital dos personagens, mas sim à realidade real).

Surgem na tela dois homens armados vestindo o uniforme azul-marinho dos agentes de segurança do Playground. Leem para Ridley os seus direitos. Ridley se despede de Erin apertando-lhe a mão, dá meia-volta e se deixa escoltar pelos guardas.

Ao chegar à porta, surpreende um deles com um golpe no pescoço e sai correndo. O guarda cai no chão, contorce-se de dor, enquanto seu companheiro corre atrás de Ridley.

Flavia observa na tela uma panorâmica tomada a partir de um helicóptero de segurança que sobrevoa o Playground. A potente luz de um refletor passeia pelas ruas do Bulevar até enfocar Ridley; em seguida, ouvem-se alguns disparos de metralhadoras provenientes do helicóptero. Uma bala atinge o braço de Ridley, mas ele consegue escapar enfiando-se numa rua estreita e cheia de lixo.

Alguém bate à porta. Flavia rapidamente cobre a imagem do Mandala com um protetor de tela de Dennis Moran Junior.

— Como vai, princesinha? — É o pai, com um sorriso forçado. — Desculpe não ter chegado para o jantar. O trabalho está me deixando louco. Ainda por cima, tenho uma emergência.

Ela se levanta, beija-o, sente seu hálito de uísque. Quem ele quer enganar?

9

Ramírez-Graham entra na sala de interceptações escoltado por Baez e Santana. Baez trabalhou durante algum tempo com os administradores do Playground, especializava-se em rastrear hackers que tentavam se infiltrar em sistemas de segurança; Santana era especialista na nova e letal geração de vírus com o qual programadores maliciosos infectavam os computadores da rede. Levado por seu projeto de renovação, Ramírez-Graham deixou de contratar linguistas e profissionais de humanidades dos quais Albert se cercava, fazendo com que os principais postos da Câmara Negra fossem ocupados por analistas de informática. Verdade que havia muitos pontos em comum entre certas áreas da linguística moderna e a linguagem de programação de computadores; de fato, tinha conhecido na NSA muitos linguistas que haviam se reciclado, tornando-se especialistas nas diversas linguagens dos computadores. Tratava-se, porém, de uma questão de ênfase: se a prioridade era o cibercrime, preferia gente preparada em informática e que também conhecesse linguística, e não o contrário.

Os demais membros do Comitê Central já estão sentados à mesa. A luz avermelhada do fim de tarde penetra pelas janelas, deixando pálidos seus rostos. Preso numa das paredes, um enorme retrato de Albert em preto e branco domina a sala. Pastas estão espalhadas sobre a mesa; dentro de um quadro há um mapa de Río Fugitivo com cruzes vermelhas distribuídas de modo desordenado. São os locais onde ficam os computadores que transmitiram o vírus para os escritórios do governo. *A cena do crime é a cidade inteira. All the fucking city.*

— Novidades? — diz, sentando-se. — Sem perda de tempo. Estou cansado desse jogo. Se alguém é mais inteligente do que a Câmara Negra e, portanto, do Serviço de Inteligência, então para que continuar?

Quando se sente incomodado, seu sotaque norte-americano aflora e encobre a sintaxe quase perfeita de seu espanhol. O efeito é perturbador: parece que é um estrangeiro que ocupa um dos postos mais importantes do governo. Bem, Ramírez-Graham é um estrangeiro.

— Os computadores que transmitiram o vírus são tanto de particulares como de cibercafés, centros de pesquisa e dependências públicas.

Quem acaba de falar é Marisa Ivanovic, a primeira mulher a integrar o Comitê Central; Ramírez-Graham a viu trabalhando até tarde em sua sala, os dedos enroscados no colar enquanto revisava os dados na tela. Está sempre desarrumada; mechas de seu cabelo castanho lhe cobrem os olhos, e ele se pergunta como ela consegue enxergar daquele modo. Ramírez-Graham a admira: sabe como é difícil, para as mulheres, ingressar no campo da computação, manter-se nele, encontrar uma voz própria.

— O que indica que...

— Esses computadores foram usados para fazer o ataque via telnet. Seus proprietários são inocentes. Estamos rastreando os passos do vírus, das impressões digitais, se me permite a redundância. Mas o mais provável é que não encontremos a origem, a máquina-mãe. Como das outras vezes. Esse pessoal da Resistência costuma ser muito cauteloso.

Ramírez-Graham acredita detectar um tom de admiração na voz de Marisa. Este é um dos problemas: o pessoal que trabalha para ele está seduzido pela imagem romântica dos hackers divulgada pelos meios de comunicação. A mitologia de Kandinsky: um hacker local que já foi capaz, certa vez, de penetrar nos sistemas de segurança do Pentágono — não há prova disso, mas é o que diz a lenda, que não precisa ser verdadeira para se firmar como verdade —, e que conseguiu paralisar com facilidade o governo nacional sempre que teve vontade de fazê-lo. Pouco podem fazer, diante do glamour contracultural do hacker, aqueles que trabalham como policiais corretos a serviço da lei.

— Foram pesquisados os códigos usados na criação do vírus?

— É muito recente — diz Santana. — De imediato, a única coisa concreta é que tem a assinatura da Resistência. É um trabalho delicado, muito provavelmente uma obra de Kandinsky ou de algum colaborador muito próximo. Nada de script kiddies. Eu ousaria dizer que é uma nova versão do Simile.D.

Santana conhecia bem os vírus usados pela Resistência: Code red, Nimda, Klez.h e Simile.D. Simile.D era um "vírus conceitual" (uma amostra de laboratório que os programadores tinham tornado pública para que outros a vissem) que, capaz de alterar suas características em pleno movimento, conseguia driblar os programas antivírus que rastreavam as "impressões digitais" do código (e que tinham conseguido captar, por exemplo, o Klez.h). Nesses casos, a única coisa que os programas antivírus conseguiam fazer era rastrear comportamentos semelhantes aos de um vírus, buscar formas de replicar as estruturas programadas numa rotina criptológica moldada para ocultar um vírus, ou estudar o próprio código do vírus. Não era difícil fazê-lo, mas levava muito tempo, razão pela qual Santana recomendara outras formas de garantir a segurança do sistema: aceitar códigos que tivessem assinaturas digitais de fontes confiáveis e manter uma base de dados com todos os códigos aceitos pelo sistema. Para isso, precisava de um orçamento de que Ramírez-Graham não dispunha.

— Não há nenhum tipo de estrutura — afirma Baez. — Não se formam desenhos no mapa da cidade, não aparecem rostos no código binário... Kandinsky não é tão grosseiro como Red Scharlach. Seu labirinto não obedece a nenhuma ordem.

Ah, as alusões literárias de Baez. É o único membro do Comitê Central que parece interessado não só pelo seu trabalho, como também por tudo que o rodeia, na situação política, na crise econômica. Ramírez-Graham descobriu até mesmo que ele costuma ler muito. Acha engraçado o modo como ele se veste: esforça-se para ser elegante, mas os pequenos detalhes lhe escapam, as meias brancas com terno preto ou o tom berrante da gravata. Ele próprio tinha sido assim, apenas mais um programador desleixado, até conhecer Svetlana.

— Então — diz —, talvez a sua desordem seja uma forma de ordem...

— Como na geometria dos fractais — interrompe Baez.

— Por favor — continua Ramírez-Graham —, ponham todas as coordenadas no mapa num algoritmo de progressões. Talvez isso possa nos levar ao ponto que dará continuidade a todos esses outros pontos. Talvez o local do próximo ataque. Ou talvez o local de sua origem.

— Já fiz isso — diz Marisa. — O senhor vai ficar surpreso com o resultado. Cai no centro comercial XXI. Ou seja, o prédio onde o senhor mora. Os computadores não foram escolhidos ao acaso. Foram escolhidos antecipando que trataríamos de fazer o que o senhor acaba de sugerir.

— Ainda por cima são gozadores. Estão brincando conosco, e não conseguimos impedi-los. Mas quero que vocês saibam que desta vez cabeças vão rolar, se não conseguirmos desarticular essa tal Resistência. O incômodo já é muito grande nas altas esferas.

— Ora, vejam só — diz Baez. — Talvez fosse bom dizer-lhes que nem tudo está ao nosso alcance. Podemos interceptar muita informação e seremos muito eficientes para decifrar toda aquela que estiver criptografada de forma low tech, que, para nossa sorte, ainda é a mais utilizada neste país. Mas se tivermos de lidar com gente que sabe programar computadores, não há muita coisa que possamos fazer. E isso acontecerá cada vez mais.

— Se levarmos o seu raciocínio até o fim, então significa que nós não somos mais necessários — diz Ramírez-Graham. — Em vez de reorganizar a Câmara Negra, o melhor seria fechá-la.

— Talvez já faça algum tempo que não somos realmente necessários — diz Baez. — É preciso admitir: não temos como enfrentar hackers medianamente preparados. Nem sequer podemos ler com facilidade e-mails criptografados com um bom software comprado na rua. A menos que cada um de nós se dedique exclusivamente durante três meses a tentar penetrar no código.

Baez faz uma pausa, olha para os rostos ao seu redor como que para se certificar de que estejam aguardando as suas palavras. Seu único defeito, raciocina Ramírez-Graham: sempre procura roubar o show.

— Nossa sorte foi que viemos trabalhar em Río Fugitivo — continua Baez. — E nos ocupamos interceptando e decifrando códigos caseiros, mas quando aparece alguma coisa de peso, então, então...

Uma atmosfera pessimista invade a sala. Ramírez-Graham raciocina que meses de seguidas derrotas para a Resistência levaram sua equipe a uma sensação de impotência, de desconfiança em relação à utilidade de seu próprio trabalho. Selecionara-os depois de uma longa e cuidadosa procura, confiara neles porque acreditava que estavam entre os melhores analistas e programadores de computação disponíveis no país, e perturbava-o que se sentissem derrotados tão rapidamente. O pior de tudo era que talvez eles tivessem razão. Ele próprio tinha passado por uma crise semelhante em seus últimos meses na NSA. Por isso estava ali. Mas, pelo visto, o problema já não podia ser solucionado com uma simples mudança de localização geográfica; tornara-se inerente à profissão. Estava programado no código do criptoanalista da atualidade.

Bem que gostaria de lhes dar razão. Mas é o chefe, e como tal deve dar exemplo de liderança.

— Não é uma boa hora para questionamentos existenciais. — Faz uma pausa para tomar um gole de Coca-Cola. — Pegamos Kandinsky e eu prometo que pagarei do meu bolso um mês de psicanálise para cada um de vocês.

Risos contidos.

— É hora de sermos criativos. Estou ouvindo suas opiniões. Estou aberto a sugestões.

I'm open to suggestions... Às vezes ele traduz do inglês. Não consegue evitar: seus processos mentais se realizam em inglês.

— Já fizemos muitas coisas — diz Marisa. — O vírus estava programado para que os computadores infectados lançassem um ataque de recusa de serviço numa determinada hora, dirigido a todos os computadores que até este momento estivessem a salvo do ataque. Isso faria cair todo o sistema. Nós bloqueamos o endereço do provedor de internet de onde o ataque veio. Pensamos primeiro em trocar somente os endereços do Palácio Quemado e outras dependências do governo, da GlobaLux e da Câmara Negra. Mas o ataque continuaria a ocorrer e fragilizaria ainda mais toda a estrutura da rede. De todo modo, fizemos isso também.

— Está ótimo. Mas essa é a nossa defesa. O que me interessa é o nosso ataque.

— Se me permite — diz Marisa —, falei a respeito disso com Baez. Talvez seja hora de tentar conseguir informações usando meios não tão ortodoxos.

— Com o que voltamos ao mesmo ponto — diz Santana. — Para que nós existimos?

— Não necessariamente — diz Baez. — Albert também tinha informantes a quem pagava para que conseguissem informações. Às vezes é necessário. Quantos códigos foram realmente decifrados durante a Guerra Fria? Muitos foram obtidos graças ao trabalho de espiões. Desse modo se poupavam tempo e dinheiro. Se me permite, e espero que não tome isso como uma crítica, acho que o senhor tem uma visão muito purista daquilo que nós fazemos. Como se a inteligência fosse suficiente para desarticular os códigos. Às vezes, não é.

Ramírez-Graham não gosta da crítica, mas dissimula o sentimento: deve jogar limpo com eles. Afinal, permite sugerirem coisas que fujam à norma. *Thinking outside the box is good, thinking outside the box is good...*

— Muito bem — diz. — Pensam em alguém em particular?

— Existem muitos Ratos — diz Marisa. — Qualquer um deles poderia nos ajudar.

— Os Ratos são corruptos — diz Santana. — E muitas vezes vendem informações falsas. Perguntem aos colegas do SIN, que acabaram liquidando inocentes depois de seguir cegamente informações dadas pelos Ratos.

— Acho que sei quem poderia nos ajudar — diz Marisa. — Sei que Albert recorreu a ela nos seus últimos meses de trabalho. É uma garota, deve estar ainda no colégio. Chama-se Flavia e mantém o site mais atualizado sobre hackers latino-americanos. Às vezes, não sei como, consegue entrevistas exclusivas com eles.

— É daqui? — pergunta Ramírez-Graham. — De Río Fugitivo?

— Isso mesmo — diz Baez. — É bastante respeitável, mas não tão boa como Marisa a pinta.

— É a filha de Turing — diz Marisa, um sorriso aflorando-lhe nos lábios. — E, sinto muito, mas você está sendo preconceituoso. Flavia não é só boa. É muito boa.

— Do nosso Turing? — pergunta Ramírez-Graham, com a suspeita de que estão brincando com ele.

— E por acaso existe algum outro que esteja vivo? — diz Marisa, dando a estocada final.

Nosso Turing? *No fucking way!*

10

As NUVENS, CLARAS, BRILHAM como uma festa. A lua nova enredou-se num mastro. Cada tarde é um porto. E eu relembro... Porque não sei o que fazer além disso. Tenho na mão uma flor de maracujá escura. O rosto taciturno e singularmente remoto... As mãos calejadas de estivador. Lembro-me de minha voz... Que já não posso ouvir. Pausada. Ressentida. Nasal. De vez em quando um assobio.

Sou uma formiga elétrica... E cansada... Alimentam-me através de tubos. Esperam uma ressurreição rápida... Nem uma coisa nem outra. Não vou morrer.

Estou cansado... Sombras e mais sombras visitam o quarto. Quem diria. Cheguei aqui faz muitos anos. Que, da minha perspectiva, não são nada. E fui ficando.

Chegam os ex-companheiros de trabalho. Sentam-se. Olham para o relógio. Os minutos passam. Estão com pressa. O dia termina. Turing pode ficar a tarde toda. Espera pelo oráculo... A frase que irá decifrar... Que lhe permitirá ir em frente na semana... No mês... No ano.

Pobre Turing. Não sabe ser feliz. Não mudou em nada desde que o conheci. Quando era Miguel Sáenz e não sabia da existência de Turing. Um dia abafado... Uma tempestade da cor da ardósia cobria o céu. As árvores enlouqueciam. Veio sozinho. Em busca de emprego. Para ele e para a sua mulher... Tinham sido recomendados. Haviam-me dito que eram talentosos. Podiam nos ajudar. Podiam ajudar Montenegro. Podiam ajudar a mim...

A ideia foi minha. Como em Bletchley Park... Linguistas. Matemáticos. Especialistas em resolver palavras cruzadas. Enxadristas... Gente que usasse o cérebro. Que conhecesse lógica. Como Turing... Quem diria. Parecia ser o mais brilhante. E acabou sendo o mais brilhante. E o mais útil... Tinha boa memória. Ademais. Só isso lhe interessava. Queria ser um computador humano. Pura lógica... Ao menos assim me parecia...

Recordo o cigarro no rosto rígido. A capa cinza. Contra as nuvens negras de tempestade naquele parque. Mas não sabia que podia ter uma memória prodigiosa, e mesmo isso ainda era pouco para mim. Que era a Memória. Da Criptoanálise. Da Criptografia. Ou as duas são a mesma coisa?

Naqueles dias eu estava estudando latim... Estudava nos intervalos. Entre as entrevistas. Os livros em minha maleta o impressionaram. *De viris illustribus* de Lhomond... O *Thesaurus* de Quicherat. Os comentários de Júlio César. Esse grande criptógrafo... Um volume único da *Naturalis historia* de Plínio.

Impressionou-o mais ainda escutar minhas histórias da profissão para a qual queria recrutá-lo... Percorrer séculos como se fossem tardes... Contar detalhes como se eu tivesse estado lá. Como se fosse imortal...

O fato é que ele não sabia disso. Talvez todos saibamos intimamente que somos imortais... Cedo ou tarde. Todo homem fará todas as coisas e saberá tudo.

Nada o impressionou tanto quanto o meu relato sobre 1586. Sobre minha participação na cilada de Walsingham contra Maria. Rainha da Escócia... Eu era, então, Thomas Phelippes. No meio da tormenta... Ambos absortos. Eu falava ao futuro Turing sobre Phelippes. Como se Phelippes fosse um outro... Mas Turing sentia que eu conhecia Phelippes bem demais. Sentia estar com o próprio Phelippes. Queria ter sido Phelippes... Dizia-lhe. O quanto não teria dado para ser ele. Para participar. De alguma forma. Da história...

Formiga elétrica. Vinda para Río Fugitivo sem saber por quê. *Tempus fugit*...

Maria tinha sido acusada de conspirar contra sua prima Elizabeth. Rainha da Inglaterra... Maria queria o reino da Inglaterra para ela. Tinha fugido da Escócia... Era uma rainha católica, e os nobres protestantes organizaram uma revolta contra ela. Colocaram-na num cárcere. Forçaram-na a abdicar... Um ano depois, Maria fugiu da prisão. Tentou recuperar o trono, mas as tropas leais a ela foram derrotadas na batalha de Langside. Perto de Glasgow...

Dados e mais dados. Datas e mais datas. Nomes e mais nomes. Tudo pode ser cifrado num código. A história pode ser cifrada... Talvez a nossa vida não seja nada além de uma mensagem em código à espera de alguém que a decifre... Dessa forma, seria possível entender tanto desencontro.

O vigia deixou a janela aberta. Ou talvez tenha sido a enfermeira. Uma brisa cálida invade o quarto... Acaricia-me. Pássaros cantam nas árvores... Como cantavam no vale verde. Do qual trago lembranças.

Qual vale? Em qual época de minha vida? As torres medievais. Um beija-flor suspenso no ar. Segundos. Que parecem minutos. O tempo não flui... Flui. Mas não.

O clima vai mudar. Logo começará a chover. Assim tem sido todos esses dias.

Maria encontrou refúgio na Inglaterra. Elizabeth era protestante e tinha medo de Maria... Os ingleses católicos viam Maria como sua rainha. Não Elizabeth. Decidiu mantê-la em prisão domiciliar por vinte anos. Pobre Maria. Dizem que era muito bela... Inteligente... Desafortunada... Lembro-me do vestido de veludo preto que usava no dia em que foi executada. A graça de seu sotaque. Seus modos gentis. Não era mais a mesma. A pele gasta. As doenças sucessivas... A religião e suas guerras. A perda do reino...

O futuro Turing me ouvia boquiaberto. Prisioneiro das minhas palavras sob a chuva espessa... Talvez o seduzisse a superfície. Talvez buscasse as mensagens que o relato ocultava... Quem lida com códigos nunca descansa em sua busca. Está sempre alerta para as mensagens que os outros querem enviar. Está sempre alerta para o mundo. Está sempre alerta para as suas próprias mensagens... Que talvez alguém dentro de si próprio envie sem que ele saiba. Desconfia de si próprio... Ninguém nunca disse que esta profissão atrai gente equilibrada. A patologia doentia do criptoanalista. A patologia paranoica do criptoanalista.

Quem com código mata, com código será morto.

Quando se completavam vinte anos de prisão. Sir Francis Walsingham. Ministro de Elizabeth... Criador de uma polícia secreta com 53 agentes em todo o continente europeu. Maquiavélico... Se a palavra não estivesse tão gasta. Mas os anos passam e tudo se gasta... Infiltrou agentes no entourage de Maria. Colocou um de seus homens como mensageiro de Maria.

Um seguidor de Maria. Babbington. De apenas 24 anos. Elaborou um plano ambicioso. Libertá-la... E depois assassinar Elizabeth, para que uma rebelião de católicos ingleses pusesse Maria no trono da Inglaterra. Maria enviava mensagens em código a seus seguidores... O mensageiro... Antes de entregar as cartas. Copiava-as e as entregava a Walsingham. Sir Francis tinha a seu serviço um criptólogo experiente. Phelippes. Sir Francis sabia que não é só com armas que se conquistam ou se preservam os impérios. É preciso, também, saber ler mensagens secretas.

Decifrá-las... decodificá-las... desarmá-las...

É preciso saber ler as palavras por trás das palavras. É isso que eu quero de você. Futuro Turing... Que me ajude a manter este governo no poder. Com tantos conspiradores por aí. Precisamos de militares e paramilitares. Gente treinada para matar... Mas também precisamos de criptólogos... Gente treinada para pensar. Ou para decifrar o pensamento dos outros... As ideias ocultas na bruma das letras... Chovia. Podia ver que minhas palavras eram convincentes. Podia ver que o futuro Turing nunca mais sairia do meu lado.

Cuspo sangue. Durmo com os olhos abertos. Tenho tremores à noite. O corpo se rebela... Os imortais podem morrer? Vim para Río Fugitivo para morrer?

Devo ter feito alguma coisa ruim para ter sido enviado a este país. Depois de passar pelos grandes centros da civilização... Nas metrópoles... Decidindo o destino do planeta. Dão-me esta periferia da periferia... Mas não se deve discutir. É preciso fazer o que deve ser feito. E eu o fiz bem... Fiz bem... Posso prosseguir em paz no meu caminho. Este Estado possui um serviço secreto de inteligência digno... Hoje há democracia. Mas quem quisesse poderia tentar perpetuar-se no poder... A infraestrutura é sólida. Quem quiser espalhar segredos às costas do Estado tem seus dias contados...

E enquanto isso. Cuspo sangue.

E quisera saber como foi que pensei aquilo que pensei. Como foi que decidi aquilo que decidi. É muito difícil pensar como alguém pensou.

Fica-se correndo atrás do próprio rabo.

As cartas trocadas entre Babbington e Maria estavam cifradas numa nomenclatura que adotava 23 símbolos correspondentes às letras do alfabeto... Excetuando-se J. V. W. e mais 36 símbolos que representavam palavras ou frases. *And. For. With. Your Name. Send. Myne*. Et cetera. Lamentavelmente para eles... Walsingham acreditava na importância da criptoanálise. Desde que caíra em suas mãos um livro de Girolamo Cardano... Grande matemático e criptógrafo. Autor do primeiro livro sobre teoria de probabilidades. Criador de uma grade esteganográfica e do primeiro sistema de autochaves...

Walsingham tinha uma escola para decifradores de códigos em Londres. Todo governo que se prezasse deveria tê-los à disposição... Phelippes era o seu secretário de códigos. Era o que eu contava ao futuro Turing... Eu era seu secretário de códigos. Era baixo. Usava barba. Tinha o rosto marcado pela varíola... Não enxergava bem. Andava na casa dos trinta anos. Era linguista. Sabia francês. Italiano.

Espanhol. Alemão... Já era um criptoanalista famoso na Europa. Phelippes. Contava isso ao futuro Turing enquanto caía a tempestade... Era-me difícil falar na terceira pessoa. Mas assim era a minha vida. Assim é a minha vida. Primeira e terceira pessoas ao mesmo tempo. Sempre.

As mensagens trocadas entre Babbington e Maria podiam ser decifradas com uma análise simples de frequência... Babbington e Maria. Crentes de que estavam usando um sistema seguro de comunicação. Falavam cada vez mais abertamente sobre seus planos de assassinar Elizabeth... A mensagem de 17 de julho de 1586 selou a sorte de Maria. Falava sobre o design... Preocupava-se em ser libertada antes ou simultaneamente à morte de Elizabeth. Temia que seus captores a matassem. Walsingham já tinha o que queria. Mas queria mais... Cortar a conspiração pela raiz... Pediu a Phelippes. Pediu-me... Falsificar a letra de Maria e pedir a Babbington que lhe desse os nomes dos demais conspiradores...

Phelippes era um grande falsificador de letras. Podia falsificar a letra de qualquer pessoa. Eu era um grande falsificador de letras. Podia falsificar a letra de qualquer pessoa... E assim fiz. Assim caíram todos. Pobres Babbington e Maria... Teriam sido mais discretos se tivessem se comunicado sem códigos... Mas viviam numa época em que a criptoanálise avançava com mais rapidez do que a criptografia... Um tempo mágico no qual os decifradores superavam os encriptadores. Meu reino por uma análise de frequência.

No dia 8 de fevereiro de 1587, Maria. Rainha da Escócia... Foi executada. Decapitada. No Grande Salão do castelo de Fotheringhay... Contei tudo isso ao futuro Turing em meio à tempestade... A cidade envolta por uma névoa. Como as mensagens. Acabamos ensopados... Gotas gordas escorriam em nossos rostos. As calças molhadas. Os sapatos encharcados. Não importava... O futuro Turing se viu como um Phelippes.

Viu-se como eu me via. Como sempre me vi... Eu, que não tenho começo e não sei se terei um fim. Viu-se ajudando a desmontar uma conspiração... Fazendo parte da História. Dono secreto dos segredos... Viu que podia ser mais do que era. Viu que decifrar códigos não era uma brincadeira... Vidas estavam em jogo. Destinos de países. De impérios. Uma decifração correta abole o acaso...

Desde então ele está comigo. Não me abandona. Formiga elétrica... Conectada a tubos que a mantêm viva. Conectado a tubos que me mantêm vivo... Ou será que sem esses tubos o meu coração continuará batendo?

11

Entra no living com um copo de uísque na mão, as pedras de gelo entrechocando-se no líquido cor de âmbar. Senta-se no sofá de veludo verde e liga a televisão, ansioso para que o encontro com Ruth no dormitório se demore. Curioso jogo sem vencedores: ela faz a mesma coisa, fecha-se no escritório preparando aulas, corrigindo provas, lendo biografias de cientistas e espiões. Há noites em que o dormitório fica vazio até a madrugada. Às vezes você adormece no sofá, dirigindo impropérios a Ruth em voz alta, insultos de que não se recordará na manhã seguinte, enquanto ela, atacada pela insônia, o corpo imune aos comprimidos para dormir, inventa tarefas para preencher as horas.

O uísque já não arde em sua garganta, desce com naturalidade, como costuma acontecer na noite avançada, depois dos primeiros copos. Você se perde contando as linhas verticais marrons do sofá.

O apresentador de barba bem aparada do principal jornal televisivo noticia o ataque perpetrado pela Resistência e passa a palavra a um repórter que está na frente do Palácio do Governo. O vírus se disseminou com rapidez pelos computadores do Estado, e não há nenhum site do governo que não tenha sido afetado (a GlobaLux tampouco se livrou do ataque). Imagens do que foi colocado nos sites: fotos de Montenegro com uma corda em volta do pescoço, insultos aos tecnocratas que governam o país sem conhecê-lo. O ministro do governo declarou estado de emergência. A Central Operária e importantes líderes da sociedade civil e camponeses anunciaram solidariedade aos piratas informáticos. A Coalizão mantém os preparativos para bloquear Río Fugitivo amanhã. Você imagina os jovens criptoanalistas e especialistas em códigos de software da Câmara Negra trabalhando cheios de adrenalina em busca de pistas que os levem aos dirigentes. Logo o chamarão e você terá de voltar para o escritório. Precisam da sua experiência para rastrear a história da escorregadia Resistência, encontrar coincidências na codificação, a marca, às vezes invisível, que o assassino deixa no cadáver, as impressões digitais na cena do roubo. Precisam da memória do Arquivo, que ainda não é totalmente artificial, mas que logo será (Ramírez-Graham ordenou que todos os documentos sejam escaneados e digitalizados: caixas e caixas de papéis, todos os papéis armazenados no subsolo serão a longo prazo transferidos para o hard disk de um computador minúsculo).

Ruth aparece na porta, um cigarro na mão, uma bata creme com desenhos florais. Você desliga a televisão.

— Ouviu as notícias?

— Infelizmente ouvi. Certamente vou ter de voltar ao escritório.

— Flavia está no Playground, como sempre. Seria melhor limitar as horas dela. A conta do mês passado foi altíssima.

— Sim, é preciso fazer alguma coisa. Tenha um pouco de paciência. Ela está no último mês de aulas.

— Eu mesma falo com ela. Porque você, ela tem nas mãos. Você começa bem, falando em voz alta e com firmeza, até que ela o olha fixo, e aí você se derrete.

— Não existe mal algum em tratar a filha com carinho.

— E o que você ganha com isso? Parece até que ela vive num hotel. Só sai do quarto para comer. Para falar com ela, é preciso mandar e-mails. Ou chamá-la pelo telefone. Li em algum lugar que não é bom deixar os filhos terem computador no quarto. Ninguém sabe o que pode ficar ao alcance deles. Deveria ficar numa sala, à nossa vista.

Você gostaria de estar com Carla. Deixá-la apoiar a cabeça no seu peito e adormecer em seus braços. A visível destreza de sua língua não pode competir com a vulnerabilidade existente por trás da fachada agressiva. Imagina, fascinado, as manchas no antebraço. Tentou ajudá-la, pagou inclusive a internação numa clínica de desintoxicação; durou pouco, apenas três dias. Na primeira noite fora da clínica, ela se descontrolou numa discussão sem nenhuma importância e você a viu de repente jogando copos e latas de cuba-libre na parede, xingando-o como se não o conhecesse. Você gostaria de ter feito mais, mas sabe que a dependência, toda dependência, é um poço magnético sem fundo que puxa qualquer pessoa que se aproxime para olhar o vazio.

— Fui ao médico. Meu nariz tem sangrado o tempo todo. Muitas preocupações, talvez. Ansiedade. Ou alguma coisa pior. Minha mãe morreu de câncer. Bem, matou-se antes que o câncer a matasse. Isso é o que me preocupa.

— Você acha que algumas gotas de sangue já indicam que seja câncer? Não exagere...

O rosto dela envelheceu. Quando você a conheceu, sua pele era tão lisa que até mesmo uma gueixa em sua plenitude a invejaria; agora, trazia buracos na superfície, e a pele perdia a elasticidade, era uma máscara que já não se ajustava à cabeça. Tantos anos tinham se passado desde que a haviam lhe apresentado na cafeteria da universidade. Se naquela tarde a chuva não o tivesse feito buscar abrigo naquele café tomado pela fumaça dos cigarros estudantis, e se ali você não tivesse encontrado um amigo que estava conversando com Ruth...

— Em que você está pensando?

Aí está, sentada ao seu lado no sofá, a mulher que o contagiara com a paixão pela criptografia. Mulher cujo ronco lembrava um soluço, cheirando a creme hidratante, e que era a grande responsável pelo curso do seu destino. E pensar que, quando a conheceu, você ainda era um estudante de biologia...

— Alguém hoje de manhã invadiu a minha conta secreta. Mandou-me um código fácil de decifrar. Fiquei o dia inteiro pensando na mensagem, quando, na verdade, deveria ter me preocupado com o fato de alguém ter conseguido entrar na minha conta. Quem será? Por quê?

— Talvez tenham escolhido você para alguma coisa. O que dizia a mensagem?

— Que eu sou um assassino. Que tenho as mãos manchadas de sangue.

— Se você não é isso, não tem motivo para se preocupar.

Esse tom... Quando Montenegro retornou ao poder, ela pediu que você renunciasse. Embora ele tivesse voltado pela via democrática, ela deixara de vê-lo do jeito que ele um dia havia sido: um patético ditador. E, diferentemente de você, nunca conseguira fazer uma separação entre o trabalho e os resultados que ele produzia: a defesa de governos de corte moral duvidoso. Tão cheia de escrúpulos, tão atenta a questões éticas, várias vezes ameaçara deixá-lo caso você não renunciasse ao seu trabalho; e no entanto, era frágil: você não dava bola, e ela continuava ao seu lado.

— Não estou preocupado com isso — você diz, um pouco confuso. — Nunca atirei em ninguém. Nunca nem sequer toquei em ninguém. Nunca saí da minha sala de trabalho.

— O argumento de sempre. Só quem aperta o gatilho é que é o criminoso.

Levanta-se, apaga a guimba do cigarro no cinzeiro e sai da sala de estar. Está chateada. Será que você não deveria ter reagido de forma mais sensível quando ela lhe contou sobre o sangue no nariz? Mas ela é tão hipocondríaca... Você já não sabia mais o que levar a sério ou não. Se sentia dor de cabeça, estava com um tumor letal. Se sofria um corte na perna, ficaria infeccionado e logo a gangrena se desenvolveria. Ruth tornara-se rígida com os passar dos anos, perdia seus traços de ternura. Que contraste com aquelas noites intermináveis na sua casa, quando ela lhe contava, a voz apaixonada, sobre o código que salvara a Grécia de um ataque de Xerxes; quando o ensinava, passo a passo, com uma paciência incrível, em blocos de papel que rapidamente se esgotavam, a decifrar códigos de substituição monoalfabética e polialfabética, a entendê-los usando ASFGVX, Mayfair e Purple. Para os outros, vocês eram dois chatos que só sabiam falar sobre suas explorações intelectuais; para vocês, o que acontecia nessas noites era uma magia, era a paixão.

Cento e sessenta e nove linhas verticais marrons. Tê-las-iam feito de propósito?

Vontade de ir ao banheiro. Maldita bexiga, que comanda os seus passos. Durante a noite, precisa acordar pelo menos três vezes. Ruth sempre achou incrível como você conseguia funcionar bem durante o dia tendo um sono tão interrompido. Mas você nunca precisou dormir muito. Ela sim: houve um tempo em que seu sono era tão pesado que você podia andar para lá e para cá no quarto, acender a luz e remexer nas gavetas que ela não se dava conta. Agora, a insônia permanente a deixava péssima e de mau humor durante o dia todo.

Naquelas noites da juventude, quando a visitava na casa dela, você não estava apenas apaixonado; percebia que também queria ser um criptoanalista. Ruth tinha descoberto a criptoanálise em criança; brincava com o pai de trocar mensagens secretas em palavras cruzadas que eles mesmos bolavam, e uma simples pergunta sobre a origem daquilo que faziam levou-a a uma enciclopédia e depois à biblioteca municipal e depois, na adolescência, a uma dedicação obsessiva ao assunto. Dominava a história e a teoria criptológica; podia também decifrar códigos complexos, embora levasse horas nisso. Faltava-lhe, no entanto, a intuição capaz de, somada à técnica, revelar a chave que permitia a leitura da mensagem secreta. Você tinha intuição de sobra, ao menos nesse terreno. Entregou-se até mesmo com ardor à matemática, ciência para a qual tinha certa facilidade mas que não o seduzia muito (isto é certo: você nunca quis virar um criptoanalista de algoritmos diante de um computador). Não levou muito tempo para se transformar no aluno que superava a professora. Não ocorreram, porém, disputas de território: Ruth preferia a teoria à prática, os casos ilustrativos que lhe permitiam estabelecer raciocínios tão sólidos quanto insólitos a respeito do desenvolvimento da história mundial. *Você fica com o laboratório*, ela dizia; *eu, um dia, escreverei o livro.*

Onde poderia um criptoanalista conseguir emprego no país que lhe fora destinado? Emigrar para os Estados Unidos, enviar um currículo à NSA? Continuou a estudar biologia, adotando os códigos apenas como um passatempo sofisticado. De vez em quando brincava com eles e se perguntava se um especialista em genética não era, a seu modo, um criptoanalista: no DNA também havia mensagens secretas, e decifrá-las talvez o aproximasse do núcleo selvagem da vida. Mas não: você preferia lidar com palavras. Começou a desenvolver as suas próprias chaves secretas, irritando os amigos ao enviar-lhes cartas que eles conseguiam ler, mas não entender.

Tudo mudou com a instabilidade política daquele período: a universidade foi fechada. Eram os tempos da ditadura de Montenegro, da lutar militar cruenta para erradicar o comunismo, cujas bandeiras revolucionárias mobilizavam estudantes de classe média, políticos e operários. Ruth e você ficaram sem saber o que fazer. Ciente das habilidades de ambos, um primo militar de Ruth ofereceu-lhes trabalho no DOP (Departamento de Ordem Política, que logo teria seu nome mudado para Serviço de Inteligência da Nação, SIN). Um assessor norte-americano da CIA estava organizando uma agência que dependeria do DOP e que se dedicaria exclusivamente a interceptar e decifrar mensagens dos grupos opositores. O assessor chamava-se Albert, e o primo podia conseguir-lhes uma entrevista com ele. "Farão um grande bem para o país", disse, com bigodes longos e um olhar de fanático. "Estamos cercados de conspiradores com apoio externo. Precisamos de gente preparada para enfrentá-los de igual para igual. Temos que erradicar esse câncer existente no interior do nosso organismo."

Você agita o copo de uísque — formam-se círculos concêntricos na superfície — e rememora esse momento crucial de sua vida: Ruth entrefechava as pálpebras e olhava-o vacilante: trabalhar para os militares? Para uma ditadura? Você acabou por convencê-la: seria apenas um trabalho para poder sobreviver, não deviam ser tão principistas. "Nada pode ser apenas para sobreviver", ela dissera. "Melhor morrer de fome do que trabalhar por uma causa equivocada." "Falar é fácil. Mas esse é um luxo a que não podemos nos dar neste momento." E a seguinte frase de Ruth, formulada com suavidade, pungente como um estilete: "Você não tem convicção nenhuma, Miguel. Acredita em Deus, pelo menos?" "Existe uma ordem por trás do caos", foi a resposta, bastante refletida. "Existe um sentido por trás do acaso. Nossa missão é buscar a ordem e o sentido. Se essas duas palavras são sinônimos de Deus, então eu acredito Nele. Ou melhor, acredito na possibilidade de que um dia Ele possa ser encontrado. Mas não me peça para procurá-Lo numa igreja."

Você pediu a ela que o deixasse ao menos ter um encontro com Albert. Nada tinham a perder. E como foi que você retornou desse encontro, ocorrido numa pracinha debaixo de chuva? Transformado, seduzido por aquele homem corpulento de olhos azuis e longa cabeleira castanha e barba grisalha, que possuía uma vasta cultura e falava um espanhol correto com um sotaque impreciso, entre o alemão e o norte-americano. Ao final, convenceu-a, e ela começou a trabalhar com você no governo de Montenegro. Não durou muito. Mas você sim: trabalha no governo desde então. Serviu, sem preferências, a ditadores brandos e ditadores cruéis, presidentes democratas respeitadores da lei e outros muito dispostos a quebrar de qualquer maneira a espinha dorsal dos sindicatos e da oposição. Para fazê-lo, você se concentrou de modo obsessivo no seu trabalho, sem se questionar quanto às suas consequências. Para você, o governo é uma grande abstração, uma enorme máquina sem rosto. Cumpre as ordens sem questioná-las: seus princípios são os do governo de plantão. E sua lealdade foi retribuída com uma ascensão que, na verdade, afastou-o da ação.

Esvazia o copo de uísque, levanta-se do sofá, sobe a escada que leva ao quarto pensando em Carla, em Flavia, na mensagem recebida. Numa moldura de madeira na parede, a foto amarelada e já quase apagada do pessoal com quem a Câmara Negra deu início a suas atividades. A foto tinha sido ideia de Ruth: as 95 pessoas se postavam em duas fileiras nos degraus da entrada do prédio. Algumas estavam de frente para a câmera, outras ficavam de lado. Cada grupo de cinco formava uma letra do código binário descrito por Francis Bacon no *De Augmentis Scientiarum*. De acordo com esse código, uma combinação de duas letras era suficiente para representar todas as letras do alfabeto. O A era representado por aaaaa, o B por aaaab, o C por aaaba, e assim sucessivamente. Na foto, os que estavam de frente para a câmera representavam a letra A, e os de lado, a letra B. Os primeiros cinco da primeira fileira, da esquerda para a direita: de frente, de frente, de frente, de lado, de frente: a letra C. Dessa maneira, os 95 formavam a frase CONHECIMENTO É PODER.

À esquerda, em outra moldura de madeira, uma foto em preto e branco de Alan Turing: atrás dele, a *bomba*, aquela máquina imensa que ele inventara para derrotar a Enigma e que fora umas das precursoras do computador. Você se detém: uma formiga preta passeia pelo vidro que protege a foto, suas patas sobre uma das faces de Turing. Você tira o lenço do bolso e a esmaga.

Observa a formiga com atenção. O corpo, sem cabeça, continua a se mexer. Nada é por acaso, todo ato tem sua razão de ser, mesmo que na maior parte das vezes ela esteja oculta. O que significa a formiga sobre a foto de Turing? Arrastam-se pela sua garganta, como uma saliva amarga, a impotência, o desespero, diante dessa permanente proliferação de mensagens à sua volta. Um dia você ainda sacará uma faca e a cravará no coração do mundo, para que ele revele seus segredos de uma vez por todas ou se cale para sempre. Mas não, você não é de violência. O mais provável é que acabe vitorioso ou derrotado na tentativa de entender o contínuo e persistente murmúrio do universo.

Você guarda o lenço e continua a subir a escada.

Graças a Ruth, você já sabia coisas sobre Turing quando foi conhecer Albert. Sentiu-se honrado quando, depois de três meses de trabalho na Câmara Negra, Albert decidiu que seus assessores deveriam usar codinomes e batizou-o de Turing. Nesse momento, sua capacidade desmedida de decifrar mensagens já o transformara no principal assessor de Albert.

O celular toca novamente: precisam de você na Câmara Negra.

12

A MULHER ACABA DE SE RETIRAR. Seus passos ainda ressoam no corredor, como aves de mau agouro. No quarto tomado pela escuridão, sentado na cadeira de vime onde esteve durante toda a conversa, o juiz Cardona considera ter obtido uma vitória importante. Raspa a face direita com força, como se pudesse fazer as manchas sumirem com a unha. Acende um cigarro e fuma relaxadamente, deixando as cinzas caírem sobre o tapete avermelhado com desenhos persas. Bebe cerveja na garrafa. Um pouco de líquido cai sobre a camisa. Traz na mão o gravador. Momentos patéticos, em que o mundo parece adquirir um peso pouco superior ao de uma baforada de fumo. Surpreso com o triunfo, que encobre a sua decrepitude intransigente. Patético, sim, mas, de todo modo, uma vitória. O dia está repleto de surpresas. Pega na mala o PMB. Há meses tornou-se dependente do Pó de Marchar Boliviano. Que nome! Leu a respeito de seus riscos, mas de nada valeriam as drogas se não embutissem algum perigo. O mundo para ele foi sempre morno, não consegue torná-lo mais estimulante por conta própria. Precisa da ajuda da química para chegar perto dos limites. Experimentou outras drogas, mas nenhuma delas produziu a mesma euforia do PMB. Quando o descobriu, achava-se naufragando em meio a uma indolência na qual nem mesmo as lembranças de sua prima-irmã contavam muito. Um amigo engenheiro de voo da LAB deu-lhe um par de pastilhas numa festa. Vomitou no elevador, mas logo conseguiu fazer com que suas pálpebras, sempre cansadas, permanecessem abertas até surgir a luz suave do amanhecer, o rosto afundado nos restos de um fricassê. Um todo-poderoso ex-ministro da Justiça de Montenegro. O que diriam os jornais se algum fotógrafo flagrasse um desses momentos? Desde então, não mais largou o PMB. Esmaga duas pastilhas, põe o pó na boca e se joga na cama.

A televisão está ligada: o bloqueio da Coalizão foi parcial na parte da manhã; eram 14h30 de quinta-feira, as pessoas começavam a se aproximar da praça, e os comitês mais próximos começavam os protestos. Os soldados mantinham-se em guarda em pontes estratégicas e em postos de gasolina. Ele mudou de canal, tirou o volume: imagens da explosão de uma bomba numa discoteca de Bogotá; são úteis os noticiários, abusivos em seu excesso de notícias escandalosas, mas ele teve seus melhores delírios vendo desenhos animados, em especial "Papa-léguas e Coiote": a falta de bom senso do Coiote e a sua infinita persistência são ideais para o PMB. Desta vez, porém, prefere desligar a TV. Volta a fita do gravador para o começo. A voz agitada da mulher, que ele soubera conduzir em direção a mares de muita pescaria, será útil para misturar com as pastilhas. Numa fita, encontra-se presa a informação que desvela amplas regiões de seu passado. Pode amplificar essa voz ou diminuir o seu volume: a fita é elástica e em seu sussurrar contínuo está prestes a ajudar na reconstituição do que aconteceu. Talvez agora um pequeno gesto possa dar início ao caminho de reconstrução da sua vida. "Todos os homens têm um preço. Um preço, todos." É o que dizia Iriarte, colega da universidade, quando discutiam sobre a corrupção no Judiciário. "Qual é o seu?" "Nenhum", respondia Cardona, com convicção. Iriarte estava preso por ter aceitado suborno para deixar um grande narcotraficante em liberdade no começo dos anos 1990. Tinha-o visitado algumas vezes no cárcere, ficando comovido com seu estado físico esquelético, os olhos afundados em suas órbitas. Queria entregar-se, até a morte. "Quando dizia que todos os homens têm um preço, no fundo eu me achava imune a isso. E o repetia como uma forma de afugentar a tentação. Como quando alguém diz que somos todos mortais, mas no fundo nos achamos imortais e agimos como se o fôssemos. Todos menos eu, dizia a mim mesmo."

Cardona se aproxima da janela entreaberta, abre as cortinas, observa o céu cinzento, muito próximo de desabar inteiro sobre a cidade. Seu olhar se fixa nos caminhões cheios de soldados nas esquinas. A praça está deserta, ouve-se, vindo das ruas mais próximas, uma explosão de vozes, gritos, palavras de ordem contra o governo. O bloqueio atrapalharia seus planos? Ah, Iriarte, o que você diria hoje de mim? Pedante convicção de se considerar superior aos outros, sempre com o nariz empinado, distante da massa, que na verdade nunca se afasta, pois todos somos parte dela. Dá uma volta. Pisca várias vezes, sentindo um calafrio. Outras pessoas surgem em volta dele. Vestem cashmere inglês, mocassins italianos. Conversam entre si, ignorando-o. Os coletes à prova de bala que vendi ao Ministério de Governo, meus dois sócios ganharam 20 dólares por colete, e eu, 40. Trocam tapinhas nas costas, felicitam-se ao pé do ouvido. Porra, meu irmão, são 20 mil coletes que eles compraram de mim, de repente virei milionário. Gritam nos celulares dando ordens. Nosso preço final era de 250 dólares, mas, com tantas taxas pelo caminho, ele acabou saindo, para o Estado, a 700 dólares. Comentam sobre o restaurante onde se reunirão esta noite para comemorar. Cada subsecretário aumentou um pouco o preço para levar a sua parte, principalmente dos ministérios que tinham alguma coisa a ver com a compra. O do Governo, o da Presidência, o da Justiça. Parece que deram um "chega pra lá" no da Justiça, que não queria saber do assunto. Ah, maninho, não acredito, o que fizeram com o sujeito? Não pode ser. As pastilhas não podem ter um efeito tão rápido. Ou talvez não seja o PMB. Talvez seja o acúmulo: como um alcoólatra, o corpo já em escabeche, precisando cada vez menos de álcool para se embebedar.

Observa, à sua frente, alguém entrando no Palácio presidencial e sendo levado ao gabinete de Montenegro. Cardona dá um grito, quer deter os seus passos, dizer-lhe para não cometer esse erro. O rastro furioso que todo ato deixa atrás de si jamais permitirá uma completa eliminação. A abismal vigília dos túmulos. Deixa sua atenção fixar-se num escudo bordado à mão emoldurado numa parede, o dourado em brilhante contraste com o vermelho e o verde. Montenegro ergue os olhos e lhe estende a mão. Cardona se sente, de repente, humilde diante do poder daquele anão de voz firme que se imiscuiu na sua vida lá se vão duas décadas. "Prazer em conhecê-lo pessoalmente, meu general". Você agiu como um cão lambe-botas, só faltou se ajoelhar na frente dele. "Falaram-me muito bem do senhor, juiz. Precisamos de alguém do seu nível que se some ao nosso projeto." "Fico muito honrado por pensarem em mim." "Diga-me, o senhor consegue se enxergar como ministro da Justiça?" "Consigo me enxergar da maneira que o senhor quiser, meu general." Tanta promessa de ódio e de vingança pelo ocorrido com sua prima-irmã, mas incapaz de articular uma única defesa diante da oferta. A rápida racionalização: trata-se de um *outro* Montenegro, *desta vez democrático, que não faria seus capangas matarem Mirtha*. Passaram-se os anos, e de nada adianta guardar rancores em naftalina. Havia espelhos em todas as paredes, e na escrivaninha se encontravam um jornal com um criptograma resolvido pela metade e as fotos de seus dias de ditador, como que para dizer a todos que *os tempos mudaram, mas eu não me arrependo do passado*. "Juiz, meu governo vai começar uma grande campanha contra a corrupção. Em todos os níveis. Não é possível admitir que estejamos em primeiro lugar no ranking internacional de corrupção. No continente, só ficamos atrás do Paraguai." A voz é forte e grossa, as mãos se agitam no ar nervosamente, os braços se cruzam e descruzam. "Estou totalmente de acordo, meu general." "Então posso contar com o senhor?" Se tivesse havido talvez uma dúvida, mínima que fosse, um piscar de olhos. Mas não, é tão fácil o sim, as mãos se apertam, os ossos estalam, os olhares se cruzam; se ele soubesse, ou talvez saiba e se divirta vendo a facilidade com que os homens tentados caem na pegajosa teia de aranha do poder, e talvez até o odeiem mas não consigam dizer não, a possibilidade de dar ordens é mais forte, reunir-se com Montenegro nos jardins repletos de magnólias da residência presidencial, tentar impor sua marca no destino incerto do país. "Conte comigo, meu general." As recepções na casa do embaixador do Peru, as festas na embaixada norte-americana. "Está me dando uma ótima notícia. Muitas vezes o senhor falou bastante mal do meu governo. E também da minha pessoa. Há ouvidos atentos por todo lado." Usar bengala e chapéu, sentir-se, de repente, no centro dos acontecimentos. "Mas eu sabia que, apesar de nossas divergências, o senhor aceitaria. É um patriota e sabe que a nação está acima de tudo." "Obrigado por sua confiança, meu general. E obrigado por aceitar que de vez em quando eu tenha tido pequenas divergências com o senhor." Montenegro é, no fundo, uma boa pessoa e me abre segredos. Diz que não se enganou comigo.

Cardona sente o quarto oscilar. Vida desesperada, capaz de fazer este edifício desaparecer. Observa a si mesmo sentado numa cadeira e fumando um charuto enquanto conversa com Montenegro; deitado na cama com um gravador na mão; deambulando pelo quarto esfregando as manchas do rosto; tomando dois copos de uísque para criar coragem e apresentar sua renúncia a Montenegro pela maldita razão de que nunca consegui perdoar o seu passado, meu general, aceitei sua proposta porque sou fraco, porque o poder me seduz, como a todos, porque tenho um preço, mas poupei alguma coisa nesses meses e quero comprar minha alma de volta, se o senhor me permite. Não tem certeza sobre qual dos vários Cardonas presentes no quarto é o que está imaginando ou recordando ou sonhando sobre os outros.

Aquele que está deitado na cama vendo desenhos animados liga o gravador. Não escuta as palavras da mulher nem as suas, que, raivosas, tomam conta do recinto. Dormiu profundamente. As palavras, sem saber o que fazer, começam a dialogar entre si.

— Podemos começar com seu nome.

— Ruth Sáenz.

— E a senhora é...

— Historiadora. Professora da Universidade Particular Central de Río Fugitivo.

— Fale mais alto. Se quiser, pode se aproximar um pouco mais da mesa. Estava dizendo. Especialista em...

— Em história mundial da criptoanálise.

— Podemos dizer que é um tanto quanto pretensiosa.

— Culpa do meu pai. Ele era fanático por mensagens secretas e me contagiou com esse interesse desde menina.

— Casada?

— Esposa de Miguel Sáenz. Atualmente chefe do Arquivo da Câmara Negra.

— A senhora também trabalhou ali.

— Faz muito tempo. No primeiro governo de Montenegro.

— Na ditadura.

— Havia um assessor gringo que chamavam de Albert, mas não tenho certeza se era mesmo esse seu nome. Albert tinha convencido a cúpula militar de que era preciso criar um serviço nacional de interceptação e decodificação de mensagens. Era a única forma de consolidar a ditadura. Os movimentos marxistas na clandestinidade se reagrupavam lentamente. O governo precisava estar à frente deles, interceptar suas mensagens, decifrá-las e agir. Um primo meu, que era militar, ofereceu-se para nos colocar em contato com Albert para fazermos parte do órgão.

— E aceitaram.

— Era uma proposta muito boa.

— Mas a senhora não ficou muito tempo.

— A informação que decifrávamos servia para que grupos paramilitares prendessem jovens esquerdistas e os enviassem ao exílio ou os matassem. Era difícil, para mim, fazer o meu trabalho com neutralidade, ignorando o fim ao qual os nossos meios serviam.

— Seu marido continuou.

— É um ser apolítico raro. Conseguia ficar distante do que acontecia à nossa volta. Concentrar-se apenas em seu trabalho, obedecendo ordens.

— A senhora não se opôs a que ele continuasse trabalhando no serviço.

— Eu fiz isso. De modo muito limitado. Justifiquei dizendo a mim mesma que já era suficiente que eu não manchasse as minhas mãos. Ele fazer isso era outra coisa. E utilizei-o como uma espécie de fonte de informação.

— Explique melhor a que está se referindo.

— Prometi a mim mesma que algum dia escreveria um livro em que me explicaria. Revelaria tudo o que sabia sobre a ditadura. Comecei, então, a anotar, pacientemente, todos os casos de que Miguel participava. Quando tinham começado, quando tinham terminado. Qual havia sido o trabalho específico de Miguel. Qual o resultado final. As datas, os nomes dos detidos, dos mortos, dos desaparecidos. Em muitos casos, provas concretas. Em outros, apenas especulação.

— Uma espécie de livro negro da ditadura. Ou, melhor do que um livro, um capítulo. Poderia me entregar? Para utilizá-lo como prova.

— Os anos se passaram. Não posso mais mentir para mim mesma.

— Haverá consequências muito duras. Para seu marido, talvez também para a senhora. Poderá se arrepender.

— Talvez. Mas isso vem depois, e por enquanto estou preocupada com o presente.

13

OS PASSOS DE RUTH SÁENZ ressoam na calçada. Ela caminha com um cigarro entre os dedos; de vez em quando, olha de soslaio para a esquerda e para a direita, a fim de se certificar de que ninguém está seguindo-a. Faz isso desde que saiu do hotel. Saíram no momento em que chegavam os militares e um grupo barulhento de jovens levando cartazes com ofensas ao governo e à GlobaLux. Teve sorte; mais alguns minutos e acabaria cercada na praça. Aperta a bolsa, dentro da qual se encontram calmantes que não surtem nela efeito algum, um celular que toca mas que ela não atende, uma foto antiga de Flavia, batons e lápis para os olhos.

Não sabe aonde ir. Traçou um caminho incerto, determinado pelas quadras que ainda não tinham sido bloqueadas. Río Fugitivo é uma cidade sitiada: teve início o bloqueio convocado pela Coalizão. Pedras, cadeiras e chapas de metal foram colocadas nas ruas e avenidas para interromper o tráfego. A circulação de veículos começa a ser afetada, poucas vias ficam livres de congestionamento. Jipes blindados e caminhões do Exército percorrem as ruas, e há soldados da polícia militar nas pontes, camuflados e em posição de tiro. Os jovens por trás das barricadas entoam canções inflamadas de protesto e xingam os soldados, que evitam o choque direto, ao menos por enquanto; aumenta a tensão na cidade; e por todos os lados se ouve o som trepidante dos helicópteros que a sobrevoam.

Ruth tem uma única certeza: não quer voltar para casa. Depois de deixar suas palavras na fita do gravador, sentiu-se vazia, sem vontade de voltar a se encontrar com Miguel, agir como se tudo estivesse dentro da normalidade. Miguel logo ficará sabendo de sua conversa, pois tem certeza de que o governo sabe dos planos de Cardona de levar Montenegro à justiça. Cardona lhe disse que não tinha falado com ninguém sobre o assunto, mas este é um país pequeno e mais cedo do que tarde todos ficam sabendo dos complôs e das sublevações. As verdades são fabricadas aos sussurros, tarde da noite ou na madrugada, debaixo de uma garoa persistente.

Ela se afastou do centro e agora avança por uma rua cheia de pimenteiras que mancham a calçada com sua resina. Como as manchas no rosto de Cardona.

— Vamos falar com mais precisão — a voz ríspida de Cardona, chegando finalmente ao que de fato interessa. — Por exemplo, setembro de 1976. O plano Tarapacá, dos jovens oficiais que queriam derrubar Montenegro. Lembra-se?

— Sou historiadora. Minha missão é lembrar de datas.

— Houve um grupo de oficiais, depois do recrudescimento da ditadura em 1974, que estruturou um plano para surpreender Montenegro numa de suas frequentes visitas a Santa Cruz. Um plano organizado de maneira minuciosa durante meses. Talvez tenha sido aquele que chegou mais perto de derrubar Montenegro. Dias antes de ser deflagrado, de maneira misteriosa, e assombrosa por sua efetividade, todos os conspiradores que tinham alguma coisa a ver com esse plano, tanto os militares como os civis, foram eliminados.

— Conheço os detalhes.

— Seu marido teve alguma coisa a ver com isso?

— Tantas coisas aconteceram naquela década. Por que lhe interessa justamente essa?

— Pode haver razões ao mesmo tempo gerais e íntimas. E então? Não falará?

Ruth, andando sob as pimenteiras, rememora esse momento que já lhe parece muito distante. A última oportunidade para fechar a boca e tocar fogo no manuscrito. A pessoa não fala um dia, não fala no outro; de repente se acumulam os meses, os anos e as décadas sem que ela fale nada, e o silêncio deixa de ser uma opção para se transformar numa forma obscura de caráter. Muitas vezes o hábito vence a convicção.

— E todos saberão de suas razões pessoais? — pergunta ela, procurando ganhar tempo. — Isso não o desqualifica? Não é algo pouco indicado para se chegar a um juízo imparcial? Talvez o juiz argentino interessado na extradição de Montenegro seja a pessoa indicada.

— Também me desqualificaria o fato de ter sido ministro de Montenegro — diz Cardona, sem deixar de mirá-la com os olhos imóveis, como que para intimidá-la, para evitar que a presa escape na hora decisiva. — Do jeito que as coisas estão, ou melhor, do jeito que as coisas são por aqui, não há homem mais indicado para levar isso até o fim. Todos, de uma maneira ou de outra, estão desqualificados. Se formos esperar por esse homem, o julgamento da história só acontecerá quando todos nós já estivermos mais do que mortos. E Montenegro deve pagar por seus crimes em vida, deve ser julgado por seus contemporâneos.

— É preciso, então, se apressar. Dizem os rumores que seu câncer de pulmão está bastante avançado.

— Que não se possa dizer que fomos covardes e o deixamos fazer e desfazer o que bem entendesse. Que não se diga que fomos medrosos e que esquecemos de tudo e que, como prêmio, ainda o elegemos presidente democraticamente. Bem, que se diga tudo isso, mas não apenas isso. Câncer. Não sabia. Outros boatos dizem que ele está senil.

— O fato é que alguma coisa está acontecendo, e a qualquer momento ele pode não estar mais aqui.

— O que seria uma vergonha. Quer dizer, se ele morrer de morte natural antes de conseguirmos acusá-lo.

— Não tem medo?

— Tenho medo. — A voz sai trêmula. — Muito medo. De tudo. Da escuridão e da luz do dia. Dos inimigos e dos amigos. Das grandes recepções e dos quartos vazios. Das ruas cheias de gente e das silenciosas. Tenho medo de mim mesmo. Sempre vivi com medo. Quando jovem, tinha medo das aranhas e das abelhas. Tenho medo de ter medo. Tenho medo desde antes de conhecer Montenegro. Tenho muito mais medo desde que conheci Montenegro. Quero fazer na minha vida pelo menos um ato livre de todo medo. Um ato será suficiente.

Ruth observa o rosto envelhecido na penumbra do quarto e pela primeira vez pensa no juiz Cardona como pessoa. Ela conhece as circunstâncias que a levaram a este momento grave, mas e ele? Quais são elas? Quais os fatos? Foi ministro da Justiça de Montenegro. Chegou a conhecê-lo tão de perto que descobriu ser verdadeiro tudo o que se dizia a seu respeito? O que lhe teria feito o homem de quem Cardona agora queria se vingar com tanta energia? Há algumas hipóteses, mas a verdade é escorregadia. Ruth junta as mãos, entrelaça os dedos que trazem apenas a aliança de casamento, sente o suor em suas palmas. Observa a cor cinzenta do dia pelas cortinas brancas da janela entreaberta. O céu encoberto por nuvens pesadas e ameaçadoras. A qualquer momento voltará a chover.

No final das contas, talvez alguma coisa os una. Talvez ambos queiram redimir, num único ato, uma vida inteira de mentiras. Talvez ambos acreditem que a redenção seja possível, que um único ato pode abolir o passado.

Joga o cigarro no chão. Sente uma dor no seio esquerdo. Ou serão os pulmões? Devia falar de novo com o médico? Ou seria apenas fruto da sua imaginação? O irmão de uma amiga, que ainda não completara 50 anos e levava uma vida saudável, tinha se queixado de algumas dores no corpo todo e fora ao médico. Não encontraram nada e o aconselharam a fazer uma revisão geral no Chile. Em Santiago, diagnosticaram uma leucemia e lhe deram três meses de vida: seu sangue estava contaminado por elementos radioativos. Era um mistério como e quando isso tinha acontecido. Mas assim é o acaso, assim é a vida: quando menos se espera, pode-se iniciar o caminho para a morte.

A três quadras dali, um grupo de indivíduos coloca troncos e pedras grandes sobre o pavimento; eles têm idades variadas: meninos de 12 anos fazendo seu batizado na oposição a um estado de coisas que nunca estará ao seu lado, jovens nascidos na democracia e já cansados de acatar as suas imperfeições, velhos agitadores profissionais que sabem como atiçar a fúria popular. Os bloqueios são feitos principalmente para impedir a circulação de veículos, mas em alguns casos há manifestantes mais duros que não dão passagem nem mesmo para os pedestres; em outros se pede uma "contribuição" para que se possa passar. Alguns carros estão presos no meio da rua, seus donos os trancaram e os abandonaram ao perigo; o alarme de um Passat ressoa com intensidade.

Ela não sente vontade de enfrentar ninguém, de discutir aos berros, com raiva. Perguntarão por que ela não está aderindo ao bloqueio, *a única maneira de fazer com que o governo volte atrás é através da unidade do povo*. Ah, se eles soubessem. Mas o fato é que a Coalizão conseguiu unir os setores mais díspares em seu enfrentamento com o governo. Gente pobre que se queixa da falta de luz em seus bairros, senhoras de classe média e alta vociferando contra o aumento das tarifas. Sindicalistas da velha guarda, jovens piratas informáticos com um discurso principista antiglobalização. Ao transferir para mãos estrangeiras o controle da eletricidade, Montenegro não tinha calculado como era grande a oposição em Río Fugitivo. Supôs que as pessoas estivessem tão desejosas de uma empresa de energia elétrica, que estariam dispostas a arcar com os custos da privatização. Além disso, após uma década de privatizações contínuas de quase todos os setores da economia nacional, ficava comprovado que o povo reclamava, mas não o suficiente para que fosse realmente ouvido. O governo permitiu que os protestos começassem e não apresentou nenhuma solução imediata para o problema, imaginando que eles se esvaziariam. Assim, por subestimar o poder da Coalizão, pouco a pouco o caso da privatização da energia elétrica em Río Fugitivo se transformou num referendo sobre a permanência de Montenegro no poder e, por tabela, sobre a continuidade das políticas neoliberais no país. O governo mostrou-se frágil, vulnerável, e os problemas se multiplicaram.

— O chefe de Miguel — disse, finalmente. — Albert. Um dos encarregados de interceptar mensagens observou a Albert que num dos jornais de Río Fugitivo, *Tiempos Modernos*, era o seu nome então, nesse jornal havia saído uma publicidade de uma livraria que não existia. O anúncio era muito pequeno, podia passar quase despercebido, publicado no canto inferior direito numa das páginas internas.

— Você se lembra de todos os detalhes.

— Sonho com eles todos os dias. Sob o nome da livraria aparecia uma frase célebre de algum escritor boliviano. O anúncio tinha saído vários dias seguidos, no começo de agosto, e depois desaparecera. Albert, quase que seguindo apenas uma rotina, passou a Miguel uma pasta com os anúncios. E Miguel, que para isso era então quase infalível, descobriu que cada anúncio trazia uma mensagem cifrada: o dia em que seria dado o golpe, os nomes dos contatos em cada cidade, a hora etc. De modo escancarado, toda a informação sobre o golpe estava sendo transmitida no jornal mais importante da cidade. Quando alguém acha que possui uma chave muito segura, costuma pecar pelo excesso de confiança e comete erros desse tipo.

— Então... então é verdade. Albert e Turing foram os responsáveis pelo desbaratamento do golpe.

— Pode-se entender assim. Aquilo que foi considerado na ocasião o triunfo mais importante do governo... da ditadura contra os movimentos de oposição, foi obra de Albert e Miguel. Bem, principalmente de Miguel.

— E como ele se sentia? — perguntou Cardona, coçando as manchas da bochecha direita. — Recebeu alguma honraria do governo?

— Pela própria natureza do trabalho, o governo não podia premiá-lo publicamente. Ninguém podia nem sequer saber que Albert ou Miguel existiam. Dizendo de outra forma, Miguel Sáenz era um burocrata perdido numa dependência qualquer da administração pública e não tinha nada a ver com Turing. Montenegro não podia convidá-lo a ir ao palácio, mas mandou por um de seus assessores uma breve mensagem de congratulação. De qualquer maneira, não importava muito. Miguel fazia o seu trabalho e ponto final, e não ligava se seu chefe era Montenegro. Não queria saber de nada além daquilo que Albert fazia chegar à sua mesa. Não tinha interesse por prêmios, não se incomodava com o anonimato.

— E a senhora, como se sentiu?

— Demorei para saber disso — disse ela. — Ligando os fios, cheguei à conclusão de que aquelas noites árduas de trabalho de Miguel tinham tido muito a ver com o desmantelamento do plano golpista. Miguel me disse quando lhe perguntei, duas semanas depois. E me disse sem nenhuma emoção. Senti nojo. Mas já estava tão acostumada a sentir nojo dele que isso logo virou alguma coisa com a qual eu podia conviver.

Ruth não quer enfrentar os sujeitos que estão bloqueando a rua. O ardor em seus rostos, os punhos erguidos, as palavras de ordem em alto e bom som. Deve admitir: os líderes da Coalizão, reciclados de movimentos operários e políticos da esquerda mais recalcitrante, fizeram um bom trabalho. Não os suporta: são demagogos hábeis para atiçar a fúria popular diante de tantas demandas não atendidas, mas são incapazes de propor um plano alternativo viável para superar o problema concreto do fornecimento de energia elétrica em Río Fugitivo. "Agora a globalização é a culpada de todos os nossos males. Mas é preciso contextualizar. Antes de essa palavrinha entrar em circulação, estávamos atrasados, éramos dependentes, neocolônias exploradas lutando por uma libertação que nunca chegava. O discurso deve mudar para que tudo continue igual."

Deve mudar de caminho novamente. E se voltasse para casa? Não, não quer ver Miguel. Deve admitir que houve momentos em que o amou como achava que se devia amar. Que houve dias em que ele foi tudo para ela. No começo, Ruth sonhara com os dois indo para os Estados Unidos ou para a Europa fazer uma pós-graduação e depois não regressando: ali teriam um futuro melhor no campo bastante raro de trabalho que haviam escolhido. Mas Miguel não era ambicioso: não queria mudar de Río Fugitivo, nem sequer para La Paz. E tinha um bom emprego, para que mais? Sem expectativas futuras que os unissem, os momentos de intimidade foram-se diluindo com rapidez. O amor não terminara totalmente, mas a armadilha da rotina já começava a atuar. Depois, algo pior: a decepção, aos menos da parte dela. As diferenças éticas, morais.

Por que não se divorciara? Teria custado menos do que todos esses anos de autoengano. Talvez tenha imaginado que logo tudo mudaria. Os dois foram-se deixando engolir pelo trabalho, quem sabe como forma de evitar a angústia dos momentos de silêncio que se instalavam quando ficavam juntos. Quando ele quis ter um filho, ela procurou desculpas para adiar a ideia: não podia pôr um novo ser num lar sem amor. Com os passar dos anos, Miguel parou de insistir. E no entanto, devido a um erro de cálculo, numa determinada manhã ela acordou grávida. E assim nasceu Flavia. Um frágil esperança de que tudo mudaria. Uma esperança rapidamente desfeita.

Para de repente. Acaba de lhe passar pela cabeça o fato de que, se o governo está militarizando a cidade, logo enviará tanques também para as entradas das universidades, fechando-as por tempo indeterminado. Os soldados entrarão nas salas em busca de provas de conspiração por parte de estudantes e professores. Seu manuscrito está num cofre em sua sala.

— Então — disse Cardona, em voz baixa. — Albert e Turing.

— Parece que o senhor tem mais interesse neles do que em Montenegro.

— Não é para tanto. Temos de começar por algum lugar.

Precisa ir imediatamente para a universidade, antes que seja tarde.

14

KANDINSKY PASSA OS primeiros meses fora de casa, no quarto bagunçado de Phiber Outkast. Um saco de dormir sobre um piso de cerâmica. Cadernos e folhas soltas com anotações, disquetes, manuais de programas de PCs, latas vazias de Coca-Cola e vários lápis sobre a escrivaninha e uma cômoda; uma profusão de cabos espalhados pelo chão, roupa suja amontoada num canto. Nas paredes, pôsteres de grupos de rock: Sepultura, Korn. Decalques nas janelas, Kurt Cobain e KILL MICROSOFT. A casa é agitada: Phiber Outkast tem três irmãs adolescentes que estão descobrindo seus desequilíbrios hormonais, e seus pais vivem aos berros e aos empurrões. Há restos de comida em todos os quartos, garfos e facas que não voltaram aos seus devidos lugares, permanecendo impávidos em cima de móveis cobertos de pó.

Por vezes sente falta, mais do que de sua casa em si, de sua atmosfera, de seu estado de ânimo. Vivia num filme neorrealista italiano; agora está no meio de um desenho animado mais frenético do que os da Disney. Tudo isso, porém, é compensado pelo computador de Phiber: um PC com velocidade e memória de causar inveja nos amigos. Foi montado pelo próprio Phiber, com peças roubadas de uma oficina de consertos de PCs onde trabalhou durante alguns anos. Ambos trazem o almoço e o jantar para comer no quarto, fecham a porta e, usando fones de ouvido para tentar se isolar do ruído que os envolve, encaram a tela até que a luz do amanhecer entre pelas janelas sem cortinas. Dormem de modo entrecortado a manhã inteira.

São fanáticos pelas salas de chat. Para visitá-las, trocam de identidade como se a instabilidade fosse a principal regra a seguir. Os nomes se acumulam, e às vezes acabam tão perdidos no labirinto criado por eles mesmos que se encontram nas salas de sadomasoquismo ou dos Simpsons conversando entre si sem se dar conta disso, um fazendo as vezes de um tal Zé Roberto, bombeiro aposentado de Curitiba, o outro de uma tal Tiffany Teets, uma garota de 15 anos em busca de sexo pervertido.

Também dedicam uma parte do seu tempo a jogos on-line, principalmente nos MUDs (*Multiple User Domains*, ou Domínios de Usuários Múltiplos), em que devem assumir diferentes papéis em trabalhosas fantasias medievais ou futuristas. Mas, a partir das três horas da manhã, sua atividade adquire um aspecto mais sério e eles começam a procurar vítimas para hackear. São cidadãos comuns: para Phiber, essa é a melhor maneira de treinar para quando chegar a hora de fazer ataques mais ambiciosos. Kandinsky já fez isso antes, mas agora não está totalmente de acordo: a ética dos hackers indica que os governos e as grandes corporações são alvos justos e que os *civis* devem ser deixados em paz. No entanto, não diz nada e, incomodado, faz o que o colega manda.

Nessas noites, fica claro para Kandinsky que Phiber nunca deixará de ser um script kiddie: seu caminho é seguir fielmente as instruções de programas baixados de sites como attrition.org. Com essas instruções, qualquer adolescente pode provocar um DOS na prefeitura e se transformar num hacker comum. Kandinsky, por sua vez, usa esses programas como ponto de partida, a fim de transformá-los, com suas próprias mãos, em algo mais flexível, eficiente, poderoso.

Phiber vê Kandinsky trabalhar com uma mistura de orgulho, inveja e receio. Voltou aos dias de jardim de infância no Centro Boliviano

Americano, quando, num canto, de punhos cerrados, observava os outros meninos seguirem sem dificuldade as regras de jogos preparados pela professora ou começarem a balbuciar números e cores. De repente, punha-se a correr atrás de um deles e o agarrava, golpeava-o, talvez procurando roubar-lhe o segredo da facilidade para dar nome às coisas do mundo. É difícil, para ele, conviver com uma pessoa que o faz se sentir inferior. Por enquanto, precisa de Kandinsky; mas sabe que a separação é inevitável.

Primeira grande conquista: penetrar no banco de dados do Citibank em Buenos Aires e sair dali com uma boa quantidade de números de cartões de crédito e suas respectivas senhas. Nos IRCs, Phiber Outkast faz contato com um hacker russo para o qual vende os números dos cartões. O pagamento é feito por transferência bancária através da filial da Western Union em Santa Cruz. Phiber Outkast usa uma identidade falsa para retirar o dinheiro e viaja de ônibus para Santa Cruz. É praticamente impossível que alguém suspeite deles, pois, para fazer o assalto ao Citibank, usaram primeiro um computador da Universidade de Mendoza, fazendo a partir dele um telnet com um computador no Rio de Janeiro, depois outro em Miami, para finalmente chegar a Buenos Aires. No entanto, a Interpol está atrás de alguma pista, e é preciso minimizar os riscos.

Outras conquistas virão. Uma companhia de seguros em Lima. Uma filial da Calvin Klein em Santiago do Chile. Uma concessionária de veículos em La Paz. Não é muito dinheiro em cada caso, mas ele vai se acumulando, como uma montanha de terra formada por formigas trabalhadoras. Numa madrugada de domingo, depois de várias horas de trabalho, Kandinsky entra no servidor de um cassino virtual canadense e consegue fazer com que durante noventa minutos os dados do jogo de craps caiam sempre em números pares e que todos os giros dos slots virtuais terminem com uma fileira de três cerejas. Nesse intervalo de tempo, ninguém no cassino perde. Kandinsky ganha 110 mil dólares. Uma investigação da Cryptologic, a empresa que cuida do software usado pelo cassino, conclui que por trás daqueles minutos de vitórias ininterruptas havia um hacker, mas não consegue obter sua identidade. O cassino decide pagar a todos os ganhadores.

Ocorre a Phiber a ideia de, com o dinheiro obtido, abrir uma empresa de proteção de sistemas de computação. "Existe fachada melhor do que essa?", ele pergunta, entusiasmado. "Vão achar que estamos protegendo-os, enquanto, por baixo, trabalhamos para fazer exatamente o contrário." Kandinsky concorda. Ainda está sob o impacto emocional de sua entrada no cassino. Nunca lhe ocorrera sentir orgulho da própria habilidade, sentir-se tomado pela consciência de seu próprio valor. Seus dotes são tão naturais que ele teve muito pouco tempo para refletir sobre eles e para se dar conta das dimensões de seu talento. Nas aulas de religião do colégio, o padre recitava até não mais poder a parábola dos talentos. Todos seriam julgados pela maneira como desenvolveriam aquilo que o destino lhe reservara. Kandinsky acredita que pode conviver sem dificuldade tendo essa espécie de juízo final pendente sobre a sua cabeça.

Até esse momento, não discordou de nenhum dos planos de Phiber. Sente-se devedor: num momento difícil, recebeu casa e comida. Mas sente-se cada vez mais distante dele. O único objetivo do sócio parece ser financeiro; já o que atrai Kandinsky é a possibilidade de burlar os sistemas de segurança das grandes empresas e do governo, mas não com objetivo exclusivamente econômico. Gostaria de fazer outra coisa na vida. Ainda não sabe muito bem o quê.

O nome de sua empresa é FireWall. Alugaram algumas salas no sétimo andar do centro comercial XXI. Na entrada, instalaram a logomarca: uma mão protegendo um computador de uma grande chama.

Kandinsky e Phiber oferecem seus serviços na Câmara de Indústria e Comércio; não aparecem muitos interessados. Em alguns casos, a desculpa é a recessão; na maioria, o motivo é que na Bolívia poucos empresários se deram conta da importância de haver um sistema de proteção seguro para a rede de computadores de suas companhias. Os números das contas bancárias em que está depositado o dinheiro da empresa, as estratégias comerciais, os dados referentes ao planejamento de vendas, os superávits e os déficits: tudo está armazenado em hard disks protegidos por senhas que qualquer hacker mediano poderia descobrir sem nenhuma dificuldade.

Kandinsky se sente desanimado: por momentos chegou a imaginar que esse poderia ser um trabalho dentro da lei que o agradaria. Phiber Outkast lhe pede para não esquecer as metas que traçaram. Aquilo é apenas uma fachada.

— Que metas? — pergunta Kandinsky. — Ficarmos ricos?

— O dinheiro nos proporcionará liberdade para fazer o que quisermos.

Phiber procura tranquilizá-lo; não lhe convém perdê-lo neste momento. Kandinsky se desinteressa pelo assunto e vai a um cibercafé para jogar on-line. Na entrada do local, um cartaz anuncia a iminente chegada, na Bolívia, do Playground Global (*Tenha uma vida paralela por uma módica contribuição mensal!*). Kandinsky se pergunta o que será isso.

Nesses dias, a distração de Kandinsky são os corpos das irmãs de Phiber Outkast. Laura tem 15 anos e o cabelo castanho caindo sobre a testa; seus seios são arredondados e firmes. Daniela tem 14 anos e cabelo louro cortado rente; suas pernas grossas e sua agilidade a transformaram numa temível jogadora de vôlei de praia. Gisela, sua irmã gêmea, tem o cabelo preto com uma franja aparada por uma tesoura epilética; descobriu a maquiagem há alguns meses e empeteca os olhos como se fosse um dever patriótico. A família é de

Sucre, e as três passam as férias de verão ali. Por causa das diferentes cores de seus cabelos, são chamadas de *as uvas de Sucre*. Kandinsky não se anima a falar com elas; são arrogantes, e ele teme ser rechaçado. Então, simplesmente imagina: Laura acha que beijar é enfiar a língua como uma cobra atacando e trocar saliva aos borbotões; Daniela acaricia o membro de Kandinsky com um sorriso travesso, como uma criança cometendo uma maldade planejada durante muito tempo; Gisela deixa que lhe toque em seu monte de Vênus em troca de um pacto de sangue ao entardecer.

Kandinsky compra um Nokia último modelo, com números prateados sobre um fundo preto reluzente. Certa tarde, aproxima-se da casa de seus pais e os observa da calçada em frente. Seu pai está no quintal, consertando uma bicicleta, as costas encurvadas; envelheceu.

Ele se aproxima com passos firmes, e, antes mesmo que possa se dar conta do que aconteceu, entrega-lhe um envelope com dinheiro e desaparece.

Ao caminhar de volta para a casa de Phiber Outkast, flagra-se observando a curvatura irregular das montanhas no horizonte, a luz violeta difusa do crepúsculo. Busca alguma causa que o supere, que seja capaz de transcendê-lo. No último ano do século, chamou-lhe a atenção o protesto maciço dos grupos antiglobalização contra a OIT em Seattle. Os jovens do Ocidente protestavam contra a nova ordem mundial, na qual o capitalismo se apresentava como a única opção. Se havia descontentamento nos países industrializados, a situação era ainda pior na América Latina. A recessão se instalara com força no país. Montenegro continuava a se desfazer de empresas estratégicas para o desenvolvimento nacional; anunciara, por exemplo, a licitação para a energia elétrica em Río Fugitivo. O modelo neoliberal cumpria já quase 15 anos no país e não havia feito outra coisa que não aprofundar as diferenças econômicas. Uma linha direta ligava o fechamento das minas e o "remanejamento" forçado de seu pai aos atuais protestos contra a globalização.

Talvez seja essa a causa que ele procura.

Sente-se mal por ter comprado o Nokia. Atira-o no lixo.

Ao chegar em casa, entra no quarto que divide com Phiber e percebe a estupidez que acaba de cometer. Por mais que o computador que está sobre a mesa tenha sido montado localmente, também não é um produto do império?

Precisa ser inteligente, derrotar o inimigo com seus próprios instrumentos. Não é essa, por acaso, a mensagem de alguém como o subcomandante Marcos? Os zapatistas têm um site na rede e divulgam suas declarações pela internet. Conseguiram chegar assim tão longe graças à flexibilidade para adaptar as armas dos outros a suas necessidades.

Ser purista o levaria a um monastério, e não é esse o caminho que procura. Pelo menos não por enquanto. Duas horas depois, volta em busca do Nokia. E o recupera.

Kandinsky consegue contatar mulheres dentro do recém-inaugurado Playground. Trata-se de um fascinante universo virtual: não uma fantasia medieval, mas uma cidade moderna, como as que ele já conhece, porém com um toque futurista e meio decadente. Usando seus avatares, caminha por suas ruas virtuais. Odeia o Bulevar, pelo excesso de publicidade nos letreiros de néon: Nike, Calvin Klein, Tommy Hilfiger. Prefere visitar os bairros perigosos, pois sabe que ali encontrará mulheres mais dispostas à aventura. Sempre há alguma, embora as que mais o atraiam não vivam em Río Fugitivo. Marca encontros em cafés e bares de forma dissimulada, com códigos estabelecidos previamente, pois as regras do Playground proíbem mencionar-se o mundo real. Às vezes o encontro é decepcionante: o avatar que usava botas até os joelhos e minissaia com um corte insinuante revelou-se uma secretária obesa ou um gay supermaquiado que ao fumar lançava a fumaça direto no rosto; às vezes o avatar se aproxima da realidade, e dá-se então o encontro, e, se houver sorte, algumas horas num motel. Em poucos dias, Kandinsky perde o interesse pela mulher em questão e retoma sua busca no Playground.

Certa noite, conhece no Playground um avatar de nome Íris. Um aspecto andrógino, com botas militares, o queixo em linha reta. Convida-a a beber alguma coisa num bar do Bulevar. Ela aceita, com a condição de que ela mesma pague o que consumir. Não quer dever nada a ninguém. Já não se pode ser cavalheiro nem com mulheres virtuais, pensa Kandinsky. Sente vontade de dizer isso, mas não o faz, pois sabe que estaria cometendo uma infração.

No Ovelha Elétrica, depois de se apresentar, Íris diz, de cara:

Íris: a globalizacao e o gde cancer q corroi o mundo inclusive o Plygrnd e o grd sintoma desse cancer novo opio do povo e a tela virtual onde as pessoas se entretem s dar conta d q td é montagem das gdes corporcoes e preciso sair disso e se isolar num cibrestado

Kandinsky: tmos q criar mtos seattls

Íris: nao e solucao o imperio prmit protstos pra dominar melhor

Kandinsky: se nao gosta Plygrnd por q vem aqui

Íris: viagem d reconhecimento sempre bom conhecer o terreno inimigo

A conversa não pode prosseguir: a polícia do Playground aparece, lê para Íris os seus direitos e a suspende por dez dias. Íris desaparece da tela enquanto grita algo sobre a necessidade de se isolar.

Kandinsky pensa nas palavras dela. Ressoaram em sua mente com força.

Dez dias depois, voltará a se encontrar com Íris. Ficam de se encontrar fora do Playground, numa sala de chat reservada na internet.

Kandinsky: obrigado por voltar suas palavras m fizeram pensar
Íris: quase n volto n suporto o Plygrnd publicidade em todo lado
Kandinsky: e asm em toda rede
Íris: n em toda essa não foi a razão original p q foi criada ha cbrstados zonas temporais autonomas utopias piratas
Kandinsky: utopias piratas
Íris: como dos corsarios do sec 18 uma serie de ilhas distantes onde os barcos se reabasteciam e o butim se oferecia como moeda de cambio provisoes e outras coisas comunidads q vivem fora da lei fora do estado embora seja por um tempo breve em ilhas da rede
Kandinsky: hj n e possivel viver fora da lei fora do stado
Íris: no cibrspaço sim graças a programa d cifra como criptografia com chave publica PGP enviados por e-mail ha comunidades politicas autonomas definindo 1 espaço onde n chega o stado-nacao não chegam suas leis e so criptoanarkia vivo numa delas visite fredonia
Kandinsky: cedo ou tarde a lei chega
Íris: nestas utopias piratas ha leis virtuais juizes virtuais kstigos virtuais instituicoes

q respeitam a autonomia moral do individuo sao justas igualitarias nao como instituicoes do mundo real o q importa e que existam mesmo pouco tempo logo reaparecem em outro lugar na rede zonas temporais autonomas n estruturas permanentes d governo isso nao intressa

Kandinsky: com anarkia n chegamos a lugar nenhum

Íris: anarkia n e incendiar bancos lojas nao e ignorar a autoridade e pedir q a autoridade seja kpaz de justifikr sua autoridade se nao pode faze-lo deve desaparecer se trata de devolver + responsabilidad ao individuo graças as novas tcnologias e possivel enterrar o poder do stado-nacao lembre do spaço virtual o caminho e a criptoanarkia

Kandinsky resolve visitar Fredonia e se sente entusiasmado com a organização social desse MOO (MOO significa MUD Object Oriented: nos MOOs, os participantes têm mais liberdade do que nos MUDs para criar e alterar em andamento o universo virtual). Descobrirá que há na rede mais de 350 MOOs, cada um deles com diferentes formas de governo e de organização social. Viverá em Fredonia durante um mês e meio. Não chegará a conhecer Íris pessoalmente, mas durante esse tempo se apaixonará por ela, compartilhará uma moradia virtual e ambos inclusive, no êxtase da paixão, planejarão ter filhos.

Certa manhã ele despertará sentindo que tudo aquilo tinha sido um sonho maravilhoso, mas nada além de um sonho. Dará adeus a Íris e lhe agradecerá por ter-lhe mostrado o caminho. Agora, ele também tinha uma utopia pirata: estava correto mesmo, era preciso exigir aquilo que lhes correspondia, atacar o Playground até deixá-lo de joelhos; era preciso se reapoderar do espaço virtual, e não só deste, mas também do espaço real. Havia um Estado, havia corporações contra as quais se deveria lutar. Para nada servia refugiar-se numa ilha dentro da rede.

Num domingo, Laura o surpreenderá no banheiro. Após um encontro arrepiante — barulho de pombas no telhado —, ela escapulirá de seus braços e desaparecerá em silêncio.

Pouco depois, ainda tomado de emoção, Kandinsky voltará a entrar no site do Citibank na rede. Dessa vez, não roubará números de cartões de crédito; destruirá a homepage, substituindo-a por uma foto de Karl Marx e um cartaz proclamando a necessidade da resistência.

Eis o nascimento do ciberativismo de Kandinsky.

Dois

1

VOCÊ ENTRA APRESSADO na Câmara Negra, o edifício com sua silhueta recortada na noite imensa e brusca como um farol em alto-mar. O ritual do crachá eletrônico na ranhura. Os guardas da entrada desta vez mal o cumprimentam, um leve movimento das cabeças, os rostos tensos, ou talvez seja o sono, o esforço para evitar um bocejo, a noite ficou longa demais e ainda faltam algumas horas.

Do lado de fora reina a escuridão, mas, dentro do edifício, feixes de luz branca o banham; uma luz de intensidade absurda. Perseguido por refletores ofuscantes, você avança pelos corredores como em tantas outras vezes, agitado, emocionado, quando sabia que destinos dependiam de você, quando podia abolir o acaso num simples estalar de dedos. Contando números em silêncio, revisando frequências de letras em qualquer frase que lhe ocorresse — *um gato escondido com o rabo de fora está mais escondido do que um rabo escondido com o gato de fora* —, você se dirigia à Sala de Decodificação, onde Albert, com um cigarro na boca e atrás dele um aviso *Não Fume*, os cabelos despenteados como os de um cientista concentrado, aguardava-o com as mensagens intransigentes numa pasta, para que você tentasse penetrar em sua couraça de aço. *I-rre-sol-ví-veis*, ele dizia, exagerando na pronúncia, dando a cada sílaba um sopro de independência. *Será que você consegue?* Abrir a cripta e dar de cara com alguém vivo, o coração pulsando, a respiração afônica. *I-rre-sol-ví-veis*. Você era o primeiro a tentar, às vezes o último, quando todos os criptoanalistas do prédio se davam por vencidos. Albert confiava em você, e sua pergunta era apenas retórica: ele sabia que você conseguiria. Pegava a pasta sem olhar para ele nos olhos — tão experimentado em troca de mensagens — e já pensava na solução antes mesmo de ter enfrentado o problema. Arrancar fora a erva daninha, que uma *tabula rasa* receba os seus algoritmos mentais, que cada tentativa valha por uma vida inteira. Ah, o esforço teimoso do intelecto para superar a si mesmo!

Mas agora você não vai para a sala de decodificação. Faz um bom tempo que não faz isso, desde a chegada de Ramírez-Graham. Sente uma dor no peito ao lembrar da vez em que fez isso e sua entrada foi negada. Já não pertencia ao grupo dos eleitos. Você voltou à sua sala e descobriu que ela já não era sua. Seus livros e fichários e as fotos de Ruth e de Flavia numa caixa de papelão, assim como um relógio de mesa que fazia muito tempo já não mostrava as horas. Você tinha sido transferido, era agora o chefe do Arquivo. Uma ascensão, diziam, parabéns, mas você sentia aquilo como uma descida. Por que a porta fechada se não fosse isso? Metáfora que se tornou literal na primeira vez que você pegou o elevador que o conduzia à sua nova sala, no subsolo.

Um ambiente de agitação na Sala Bletchley. Os computadores ligados, as telas brilhando como aquários com peixes elétricos, gente entrando e saindo. Você gosta desse frenesi. Aproxima-se Romero Flores, um criptoanalista cujo olho direito pisca sem parar. Faz-se de amigo seu e você odeia quando ele fica olhando a foto de Flavia na sua mesa e diz que você tem uma filha muuuuito bonita.

— Chegou tarde. O chefe estava atrás de você.

— Só me faltava essa. Quando dizem que precisam de mim com urgência, acaba acontecendo que não era para tanto.

— Desta vez parece que sim. Estão precisando da sua memória, Turing.

— Da memória do arquivo, você quer dizer.

As listas diagonais vermelhas na sua gravata azul... O que indicava esse vermelho sobre o azul? Estaria alertando, como amigo que ele diz ser, que Ramírez-Graham iria punir você?

Mais uma vez a viagem no elevador, a descida para aquele poço infinito de informação, aquele poço de informação infinita. Otis, paredes verdes, limite máximo de cinco passageiros e 400 quilos, revisado pela última vez nove meses atrás. Poderia jogar você de repente no abismo? Sim, pelo cálculo das probabilidades, poderia. Quantos segundos do seu tempo são gastos no elevador? Somados, eles se transformam em minutos e horas, até em dias: números dignos de uma vida.

Você tira os óculos, a armação entortada provoca uma dor nos olhos. Coloca-os novamente. Um chiclete Adams de menta na boca. Em menos de um minuto, você o joga fora na lixeira. Inteira-se das novidades: pouco a pouco, os serviços de comunicações do governo estão voltando a funcionar. A pichação eletrônica introduzida pelos piratas informáticos foi em grande parte apagada. Você deveria ter ficado em casa.

A primeira vez que visitou o subsolo tinha sido depois de seis meses trabalhando na Câmara Negra. Naquela tarde, você tinha comparecido à sala de Albert para conversar sobre as novidades da semana. Já se tinha tornado o seu criptoanalista preferido. Ele passava bastante trabalho para você, que era, para ele, a salvação diante de alguma mensagem cifrada resistente à análise dos outros. Seus colegas viam com desconfiança tamanha preferência. Você nem ligava. Nada tinha importância para você, a não ser estar próximo de Albert e fazer o que ele mandava.

Naquela tarde, Albert saiu da sala e pediu que você o acompanhasse. Andaram por corredores estreitos, em direção ao elevador. Ele continuava falando com aquela voz envolvente de sotaque estranho, um espanhol que às vezes se deixava contagiar por letras e entonações estrangeiras. De onde ele seria realmente? Falava-lhe sobre o quanto ainda havia por fazer em Río Fugitivo. Dentro do elevador, ele disse: "O governo me deu carta branca. Mas não há dinheiro. Se houvesse mais dinheiro, eu faria maravilhas." "Fique tranquilo, chefe. Já fez muito por este país." "Nossos inimigos nunca dormem, Turing." A porta se abriu. Você não sabia onde estava. Seguiu-o, tateando no escuro. "Vou transformar este andar no Arquivo Geral. Há papel demais acumulado. Precisamos começar a dar uma ordem nisso, a arquivar." Ele parou e deu uma volta. O rosto dele se aproximou do seu. Você sentiu um tremor ansioso nos lábios e desviou os olhos para baixo. "Olhe para mim, Turing. Não há do que se envergonhar." Você então ergueu os olhos. Ele aproximou os lábios. Você tentou relaxar, abstrair-se desse momento presente, ver a si mesmo a distância como se fosse um outro que estivesse no subsolo com Albert. Mas percebeu que não queria se distanciar totalmente. Queria dar prazer a Albert. Queria que seu chefe ficasse feliz. Ele não merecia menos do que isso.

Ele deteve os lábios, que não chegaram a tocar os seus. Estaria testando você? Queria ver até onde iria a sua submissão, do que você seria capaz? Ele já sabia: você seria capaz de tudo. Não havia necessidade de mais demonstrações, já não é preciso beijá-lo. Girou o corpo e continuou a falar sobre os planos de instalar um arquivo no subsolo. Não havia acontecido nada.

Houve outros episódios semelhantes ao do subsolo, mas Albert nunca chegou a tocar em você. Você dizia a si mesmo que, embora não sentindo atração por homens — ao contrário do que ocorria com o Alan Turing verdadeiro —, devia aceitar aquilo, e acabou se sentindo aliviado quando nada, de fato, aconteceu. Você teve uma grande decepção quando soube que havia outros homens e outras mulheres na vida dele, mas não fez nada para que ele conhecesse seus sentimentos. Com o tempo, foi descobrindo que o interesse dele por você era apenas intelectual, e aceitou, em silêncio, o papel que lhe fora destinado: alguma coisa já era melhor do que nada. Com o passar dos anos, os indícios de contato físico foram rareando, mas nunca desapareceram totalmente.

— Acorde, senhor Sáenz.

É a voz de Baez na sala. Santana está ao lado dele. Acólitos de Ramírez-Graham. Você não os suporta: acham que tudo começa e termina num computador, sem ele não conseguiriam fazer nem mesmo uma conta de somar. Com tanta mediocridade em suas fileiras, como o governo podia esperar enfrentar os sinais que cruzavam os ares naqueles dias, as pulsões eletrônicas que cheiravam a traição, que destilavam uma conspiração?

— Chegou tarde, senhor Sáenz.

Você odeia a retórica formal de Baez e o fato de ele não chamá-lo de *Turing*: uma forma de dizer que você não está à altura, que não passa de um velho funcionário que só não é demitido por compaixão? Não, não é apenas isso, são os segredos que você guarda, os dossiês que você viu, as ordens que foram dadas ou a fúria que se desencadeou graças ao seu trabalho. Ah, aquele guri birrento que mal balbuciava algumas palavras soltas e incoerentes enquanto você já escrevia — mais ainda, decifrava — os seus anos de glória. E ainda por cima agora me chamam de criminoso, assassino, e o fazem sem mostrar a cara, covardes.

— Tive de dirigir com cuidado. Alguns setores da cidade estão sem luz.

— Bem, bem, bem — disse Baez. — É preciso sair antes, para chegar na hora. Pontualidade acima de tudo. Não há tempo a perder. Bem, bem.

— Não tivemos muita sorte com o vírus — intervém Santana. — Mas obtivemos o source code do software que criou a pichação nos sites do governo, e localizamos alguns sinais indicativos.

Source code? Software? Site? O espanhol de Santana é uma enganação... Devia poupar esforço e falar logo tudo diretamente em inglês.

— É um golpe de sorte — diz Baez. — Mas todos nós precisamos disso. Como diz o chefe, até mesmo no software é possível encontrar as impressões digitais do criminoso.

Nem sempre, você raciocina. Tomara que não desta vez. Será que você quer ver Ramírez-Graham derrotado? Isso implicaria a derrota do governo. Devia erradicar de dentro de você essas ideias de traição à pátria. Mas é impossível lutar contra o pensamento, impedi-lo de avançar pelas trilhas que ele quer percorrer. Albert tinha alguma razão em sua busca do algoritmo que permitisse pensar o pensamento. Por trás da desordem da associação de ideias se achava uma ordem à qual era preciso chegar. O gatilho narrativo que estava na origem do suposto caos mental. Como as máquinas, como os computadores, o cérebro humano adotava certos procedimentos lógicos que levavam o pensamento de um ponto para outro.

— Precisamos — diz Santana — comparar este que temos com outras pichações com código semelhante. Os códigos de outros ataques estavam guardados num computador que foi infectado, mas, por sorte, todos eles tinham sido impressos e arquivados. O senhor deve saber onde eles estão armazenados.

Você tira os óculos tortos. Há rumores de que a permanência de Ramírez-Graham no cargo está em risco: foi incapaz de apanhar os homens — jovens, adolescentes, garotos? — da Resistência. Desde que surgiram, eles jogaram um xadrez ofensivo com Ramírez-Graham, dizimando seus peões, ferindo seus bispos, e agora estão a ponto de pegar sua rainha para em seguida dar um xeque-mate no rei. Ramírez-Graham caminha pelos corredores do prédio com as pastas contendo os dados que conseguiu reunir, fichas nas quais, invariavelmente, faltam pedaços para que possam ser colocadas em pé. É o preço da arrogância. Você admite: neste caso, e apenas nesta ocasião, está do lado dos criadores e não dos desarticuladores de códigos.

— Posso ver o que têm?

— Tudo que for preciso — diz Santana. — E apresse-se. Sabia que o chefe decidiu recorrer à sua filha? Dizem que é muito boa.

— Não sabia. Ela é mesmo. Já nos ajudou algumas vezes. Nos tempos de Albert, não faz dois anos. Graças a ela conseguimos pegar alguns piratas informáticos.

— Hackers, você quer dizer.

Se acham que a menção a Flavia o incomodará estão enganados. Ao contrário, ela o enche de orgulho: é sangue do seu sangue. Albert foi o primeiro a perceber o talento dela. Ruth e você observavam a sua destreza no computador como se fosse um passatempo adolescente sofisticado. Flavia iria longe, e você com ela.

Baez lhe passa uma pasta preta. Por que preta, você se pergunta, e não amarela como sempre, ou azul, ou vermelha? Não devia ler tanto nas cores. Abre-a. Páginas com códigos binários, zeros e uns numa formação rigorosa, capazes, em sua repetitiva simplicidade, de esconder as obras completas de Vargas Llosa ou os indicadores detalhados do último censo. Os zeros e os uns vão formando alguma figura? Nada aparente. Você conhece muitos casos de criadores de códigos que costumam deixar mensagens neles, assinaturas, sinais distintivos, frases brincalhonas ou desdenhosas. Acham-se muito espertos e não conseguem segurar a execução de um gesto de superioridade em relação aos outros. O que seria do seu trabalho sem essas pequenas fragilidades da paixão? É impossível domesticar o desejo integralmente.

Procura no computador o mapa do Arquivo. Para os que estavam nesse andar antes da sua chegada, arquivar significava apenas acumular informações de maneira desordenada. E assim como é fácil que um livro se extravie numa biblioteca, é fácil que uma informação se perca num arquivo. Na tela piscando, o seu mapa é bastante incompleto: algumas manchas pretas na pele de um tigre. Você sabe, e suspira com tristeza por causa disso, que muita informação já foi perdida para sempre.

Há uma seção na qual estão vários source codes — como você chamaria isso na sua língua? —, encontrados em computadores hackeados — pirateados? Você escreve "pichação" e "Resistência".

Sem nada a perder, escreve também "Kandinsky". Caixa 239, estante superior, fileira H. Sua memória é a memória do computador. Sem um único gesto que possa denunciar a sua sensação de vitória, para fazer Baez sofrer um pouco mais, abre a porta que dá para o Arquivo, acende a luz e se perde em seus corredores estreitos.

O piso de madeira artrítica range e há um cheiro de umidade neste local de pouca ventilação. Nas estantes, caixas com papéis, disquetes, zips, CDs, vídeos, DVDs, fitas cassete, alguns discos de acetato de 18 polegadas, precursores dos discos de vinil, usados durante a Segunda Guerra Mundial, e que só podem ser ouvidos numa máquina chamada Memovox (ainda há um exemplar no National Archives Building, em Washington). Disquetes que já não podem ser lidos, pois estão escritos em programas como LOTUS, compreensíveis apenas para quem estudou computação nos anos 1970. Discos óticos que estiveram em voga nos anos 1980 e depois desapareceram do mercado. A era da informação produz tanta informação que acaba afogando a si mesma e ficando obsoleta. A velocidade das mudanças tecnológicas faz com que novos equipamentos rapidamente ponham de lado os anteriores. Graças à tecnologia digital, cada vez mais dados se acumulam num espaço menor; aquilo que se ganha em quantidade se perde na fragilidade do novo suporte, na sua impossibilidade de durar muito tempo. Hoje se gravam dados como nunca antes na história do homem; hoje se perdem informações como nunca antes na história do homem. Às vezes, você percorre os corredores sem se dar conta de nada. Outras vezes, sente na pele cada gota — bit, pixel — de informação, a que se perdeu e a que ainda existe, e se sente próximo de um arrebatamento místico, de um êxtase que algum deus trapaceiro preparou para você.

Chega à estante que estava procurando. Abre algumas caixas, tira várias pastas. Segura-as nas mãos. São leves, mas você sente como se elas o empurrassem para baixo.

Você se ajoelha, comprime as pastas contra o peito, olha para trás — caixas e mais caixas em processo de deterioração — e para cima.

Toca em sua pele cansada, cheia de rugas. Você também é informação que vai se degradando irreversivelmente. Sente que alguém lá de cima quer se comunicar com você. Não sabe o que esse alguém quer lhe dizer. Talvez não importe.

2

FLAVIA ABRE A GELADEIRA e pega uma maçã mordida. Atira-se no sofá e liga a televisão. Assiste às notícias: nada sobre os hackers mortos, nenhuma novidade sobre a Resistência, uma entrevista com o líder aimará dos *cocaleros*, que anuncia a constituição de um partido político e se autoproclama "futuro presidente da república". Muda para um canal de desenhos animados japoneses. *Haruki*, sobre um sapo ou uma rã sobrevivente de um ataque nuclear. Como será que os japoneses fazem para conseguir universalizar com tanta facilidade a sua cultura popular? Logo haveria mochilas Haruki, pijamas Haruki, sandálias Haruki... Abaixa o volume e liga o aparelho de som: Chemical Brothers, *Come with us*. A música techno combina melhor com as imagens.

Joga no tapete os sapatos e o uniforme do colégio: fica apenas com uma camiseta branca e um short azul de jeans.

Os quadros em volta dela na sala de estar têm um tema: noites tormentosas à maneira impressionista. Quem poderia imaginar? Os franceses se dedicaram por mais de três décadas a pintar flores e arbustos e fizeram disso um estilo que ainda persiste. O gosto antiquado de seus pais, incongruentes naquele universo de anime e Chemical Brothers. Preferiria outra coisa para suas paredes; Lichtenstein, por exemplo. Mas até mesmo isso seria insuficiente, uma coisa mais próxima de mim seria a arte digital, com quadros que nunca poderiam permanecer imóveis, que, graças a combinações binárias, nunca seriam os mesmos.

Lê as mensagens em seu Nokia prateado. O encarregado da disciplina do colégio lhe escreveu perguntando onde ela se meteu: são 9h15, sabemos que você não está na classe. Misérias da tecnologia, que conectam a pessoa ao mundo e a impedem totalmente de escapar dele (a não ser que a pessoa queira usar a tecnologia para isso).

A casa está vazia. As cortinas fechadas anulam a manhã. Várias vezes acreditou estar sozinha, para depois descobrir a mãe fechada no seu quarto com uma garrafa de água na mão (Rosa descobriria que se tratava de vodca). Estaria agora? Precisava subir para verificar. Come a maçã com gosto.

Entende os pais cada vez menos. Estão distantes da beleza do mundo. Faz muito tempo que papai mudou. Ou talvez tenha sido sempre assim e só agora ela se dá conta. Mamãe está prisioneira dela mesma, numa camisa de força angustiante. Houve uma época em que faziam muitas coisas juntas: iam ao supermercado ou ao centro comercial sob um pretexto qualquer, e entre uma compra e outra trocavam segredos como se fossem amigas. Para Flavia, a mãe *era* a sua melhor amiga; nunca tinha conseguido se relacionar daquela forma com as meninas da sua idade. Mas esses momentos de confiança e intimidade tinham terminado. Talvez se tratasse mesmo apenas de uma etapa na vida, entre os 10 e os 13 anos, quando a menina atinge a puberdade, e seu corpo e sua mente se transformam, necessitando, como nunca, do apoio de uma pessoa maior para afugentar seus medos e reafirmar sua confiança. Talvez não.

Mastiga o caroço da maçã. Sobe para o quarto. Sente o aroma de pera, sua fragrância favorita. Abre as cortinas, deixando que o dia apareça. Os computadores estão em descanso, com uma imagem de Duanne 2019 no protetor de tela.

Entra no seu site. Em vez da página inicial, aparece outra, com o símbolo da Resistência e uma mensagem. Seu site acaba de ser hackeado. Sente vontade de dar um soco na tela, arrebentar esse símbolo arrogante.

Lê a mensagem: trata-se de uma intervenção amistosa. Um, para dizer que ela precisa de um sistema de segurança mais poderoso. Dois, deve parar de atacar a Resistência com rumores infundados, pois isso só lhe trará problemas. Ao contrário, eles precisam dela em sua luta. Deve unir-se a eles, pois pensa como eles, e é como eles. As grandes corporações é que estão por trás da opressão aos países latino-americanos. A globalização é um jogo no qual elas ditam as regras a seu bel-prazer.

Não sabe o que responder. A luta da Resistência lhe parece utópica, idealista. Sim, entende a ameaça que as corporações representam para um país pequeno, mas daí a derrotá-las vai uma distância enorme. Um abismo intransponível. Tenta adivinhar quais seriam os próximos passos da Resistência. O sistema de comunicações do governo na rede foi hackeado com êxito, conseguiu-se paralisar o fluxo de informações durante mais de um dia, mas tudo retornou a uma relativa normalidade e certamente os novos firewalls do governo são mais difíceis de penetrar. Se tratava-se apenas de enviar uma mensagem, de mostrar a Montenegro que não lhe seria fácil transacionar com as grandes corporações, o objetivo fora atingido. Se se tentava conseguir, junto com a Coalizão, que o governo declarasse nulo o contrato com a GlobaLux, aí já achava que seria muito mais difícil. E ela não se opunha totalmente à GlobaLux. A empresa criará emprego para muita gente, e quando estava nas mãos do governo era ineficiente. É verdade, quase todas as grandes empresas estatais foram vendidas. Como resultado global, estamos mais pobres do que antes e, para culminar, com o país hipotecado. Mas isso não significa que se deva negar por completo qualquer tipo de privatização. Se for assim, o melhor é fechar as nossas fronteiras.

Queria poder perguntar à voz o que a Resistência tinha a ver com as mortes de Vivas e de Padilla. Mas estava claro que não se tratava de um diálogo. Seria uma obra de Rafael essa mensagem? Rafael seria Kandinsky? Difícil. O grande chefe não a seguiria ou a ameaçaria pessoalmente; outros o fariam por ele.

Entra no Playground com a identidade de Erin. Dirige-se ao Embarcadero, uma zona ocupada por vendedores de informação e de drogas ilícitas, aventureiros de encomenda e prostitutas. Erin vai até o Faustine, um salão de jogos de reputação duvidosa: em sua busca por Ridley, acha que ele poderá estar ali, se é que ainda ronda pelo Playground. Câmaras instaladas em pontos estratégicos vigiam seus passos, grupos de soldados patrulham as ruas, e um helicóptero sobrevoa o céu azul metálico.

O Faustine está cheio de avatares nas mesas de blackjack e craps. As conversas se fundem num murmúrio que compete com a música eletrônica que sai de uma jukebox. Erin abre espaço no meio das pessoas. Uma ruiva lhe oferece seus serviços; seu rosto está coberto com um pó branco e pontos dourados brilhantes, maquiagem que virou moda para anunciar a disponibilidade sexual; suas mãos rudes pousam sobre os ombros de Erin, que não está interessada e a rechaça, não sem antes lhe sussurrar que acha atraente a sua blusa, de um vermelho supersaturado e com um decote vertiginoso.

Senta-se a uma das mesas de blackjack e pede uma dose de Amaretto misturado com Irish Cream e um pouquinho de suco de romã. Ao seu lado estão um homem calvo com um gancho de ferro na mão direita e um mastim a seus pés, e uma mulher drogada que engole as palavras ao falar.

Chegam-lhe as cartas: um ás e um rei de copas. Blackjack. Será o primeiro e o último: nas rodadas seguintes, vai perder para a casa, representada por um homem de terno preto, traços afeminados, a boca de lábios finos franzida numa expressão de desdém.

Alguém a toca no ombro. Flavia o vê antes mesmo que Erin, e se emociona por ela e por si mesma: é Ridley, o fio que, ela espera, a levará do labirinto virtual do Playground ao esconderijo de Rafael em Río Fugitivo.

Erin perde mais uma vez e sai da mesa. Ridley usa uma tipoia no braço esquerdo. Na bochecha esquerda há um hematoma de uma cor entre o azul e o púrpura. Saem para a rua. Caminham em direção a uma esplanada de limoeiros. Flavia se pergunta se eles têm cheiro. Faltam os cheiros na realidade do Playground.

> Erin: continuam prseguindo vc
> Ridley: ja m seguraram ja m pgram ja m prenderam por uma noit a policia n perdoa tem um sistma d vigilancia + eficiente e usam informants bons p dissimular falo c vc poderia ser 1 dles
> Erin: n diga isso nem brincando
> Ridley: eu sei senao n estaria aqui mas continua perigoso vem comigo ao meu hotl e perto

Erin decide ir atrás dele. O hotel fica a duas quadras, num local decadente perto do porto. Não há elevador, sobe-se por uma escadaria cuja madeira range, e Erin teme um passo em falso. As paredes estão sujas, cheias de pichações pornográficas. Passam ao lado de dois homens que fazem uma operação de compra e venda de drogas sem nenhuma dissimulação. Chegam ao quarto. Ridley prefere não abrir as cortinas e acende a luz.

> Ridley: nestes lugares e mais difcl interceptarem nossas palavras

Erin tira as botas e deita na cama. Ridley se estira ao lado e a beija no pescoço. Erin se solta; com sua mão hábil, Ridley desabotoa a camisa dela e deixa seus seios expostos. Beija-os apressadamente, como se não quisesse perder tempo neles, para logo avançar em direção ao que de fato lhe interessa. Quando começa a abrir o cinto de Erin, ela o segura.

```
Erin: poderia pelo menos comecar c um bj na
boca todos vcs sao =
```

Ridley a beija na boca sem parar de abrir o cinto. Erin sente a sua palpável ansiedade. Passeia as mãos pelo corpo musculoso, chega ao pênis ereto. Em pouco tempo os dois estão nus.

```
Erin: deve ser incomodo c seu braco desse jeito
Ridley: ja tinha esquecido dele
```

Flavia acaricia a si mesma com os dedos da mão direita. Erin fecha os olhos e sente o prazer de ter Ridley dentro dela. Os tremores e os vaivéns a lançam no fundo daquele instante.

Quando tudo termina, entra debaixo do lençol e deita ao lado de Ridley. Quando tudo termina, Flavia fecha os olhos e sente vontade de deitar na cama e dormir.

```
Ridley: n vou pedir q m acompanhe so quero q
m escute tenho 1 segredo e preciso revelar a
algm se acontecer alguma coisa cmig procure
meus pais o endrç esta no papel n posso falar
va atras e diga q seu filho desapareceu por 1
causa justa
Erin: esta m assustando
Ridley: tb estou assustado mas disposto a
continuar ate o fim
Erin: fim de q
```

Ridley: pertenço a um grp temos planos rebelar ctra o gov do Plygrnd livrarnos desta ditadura nos subjugaram a bel-prazer controlam todos nossos movmnts nos enganam dizendo q somos livres
Erin: impossivel conseguir o q vcs querem
Ridley: melhor desaparecer tentando fazer alguma coisa q continuar sendo pt disso
Erin: tem algo a ver c/ KndnsKy

Ridley entrega a ela um papel dobrado. Erin o abre e lê um endereço. Flavia o copia; suspeita que ele pode levá-la a Rafael.

O som de passos apressados na escada interrompe o silêncio do hotel. Ridley se levanta da cama e veste a calça com pressa; sem se despedir de Erin, abre a janela e salta para um telhado vizinho. Erin o vê desaparecer; logo em seguida, dois policiais abrem a porta com um empurrão. Apontam armas para ela.

PM 235: nao se mova nao s mova fique onde esta

Flavia acredita que não fará mal algum em dizer a verdade. Erin abre a janela e salta para um telhado vizinho.

Erin: ele foi por ali

3

RUTH COMPROVA, PREOCUPADA, que suas suspeitas estavam certas: todos os portões de acesso à universidade estão fechados. Os pátios estão desertos, há dois carros blindados na entrada principal, e ao lado dela soldados antimotim a postos com coletes à prova de bala, capacetes e fuzis. A 50 metros dali, um grupo de universitários lhe dirige insultos. Há um outro grupo de estudantes em conflito com alguns soldados que montam guarda em frente ao McDonald's, a meia quadra da entrada principal. Todos os vidros do McDonald's estão quebrados. Ruth comeu ali várias vezes desde a inauguração, no começo do semestre; às vezes chegou, inclusive, a trabalhar naquele lugar iluminado, com piso reluzente e banheiros limpos, onde nunca falta papel higiênico.

Sente dor nos pés. Andou muito. Não deveria ter vindo com sapatos de salto alto. Deve se dar por vencida? Acende um cigarro: tabaco preto, como seus pais gostavam.

Procura se tranquilizar: mesmo que descobrissem o seu manuscrito, seria impossível decifrarem tudo o que ela escreveu ali, sua infindável peça de acusação ao governo. Cada capítulo tinha sido escrito com um código diferente, e para entendê-lo teriam de ter também o caderno com as chaves dos códigos, guardado num cofre no Banco Central. Cada código fora usado uma única vez, à maneira do one-time pad, mantido pelos operadores nazistas para a Enigma (bem, um código chegou a ser usado duas vezes, e ela sabe que repetição é um descuido, uma porta aberta pela qual os criptoanalistas inimigos poderiam entrar, e, sim, os nazistas também tinham sido negligentes, talvez por confiarem demais na infalibilidade da Enigma, talvez por cansaço).

Vai dar uma volta. Quem sabe tenha mais sorte por uma das entradas laterais. Pelo menos ficará livre do enfrentamento. Para de fumar, joga a guimba do cigarro no chão. Rostos transtornados de estudantes, inclusive alguns alunos seus, acompanham seu caminho. Não sabia que naqueles rostos antes tão aprazíveis se armazenava uma energia prestes a explodir, um descontentamento ao qual só faltava um pretexto para ser extravasado. Talvez a tranquilidade que aparentavam, aquele conformismo sinistro, fosse apenas uma versão um pouco exacerbada de uma resignação vazia: não a dos que acham impossível mudar o estado das coisas, mas sim daqueles que ainda não encontraram a forma que sua explosão irá tomar. Como alguns doentes terminais que parecem aceitar sua condição com lucidez e sem rancores, quando na verdade o que acontece é que durante meses estão afinando a garganta para o seu uivo inconsolável de desespero da madrugada, ou talvez do meio-dia, quando as cortinas do quarto chegam a vibrar de tanto sol.

É estranho ver os pátios vazios, a enorme pimenteira ao centro, solitária, sem estudantes para proteger com sua sombra. As janelas do edifício de quatro andares deixam a luz penetrar até as salas de aula e escritórios vazios. Talvez o barulho de um banco puxado com força, cadernos e livros no chão, um quadro-negro com insultos a algum professor e uma cafeteira ainda acesa no refeitório, exalando vapor aos borbotões. Mais uma vez, as universidades fechadas. E logo, como em outros tempos, o chão cheio de bosta dos cavalos dos militares? Quantas lembranças amargas os cadeados nos ferrolhos lhe trazem de volta! Quantas gerações ficaram com seus estudos pela metade? Lá pelos anos 1970, nos princípios dos 1980... Os dos anos 1990 tiveram mais sorte. A roda gira, e algumas coisas avançam para que tudo retroceda novamente.

Não tinha concluído os estudos devido ao fechamento das universidades por ordem de Montenegro. Nunca tinha tirado o diploma oficial. Graças ao seu trabalho durante o regime militar, tinha conseguido um diploma falso. Talvez fosse essa a razão principal por que não tolerava Montenegro, e não uma questão de princípios. Fora obrigada a viver sempre com o temor de ser descoberta a qualquer momento, de ser exposta como uma fraude. Seria demitida do trabalho e vítima de execração pública.

Há três soldados na entrada lateral que dá para a rua de los Limoneros. Ruth se enche de coragem e se aproxima, com a expressão mais compungida que é capaz de exibir. Está prestes a entrar quando um deles, a voz ameaçadora, a detém:

— Senhora, é proibido entrar.

— Trabalho aqui — diz ela, mostrando-lhe a carteira universitária. — Sou professora. Não estou vindo para causar problemas. Preciso apenas passar na minha sala. É urgente.

— Sinto muito. Ordens são ordens.

Ruth sabe que ordens nunca são ordens totalmente. Sempre se pode driblá-las, é apenas questão de encontrar o preço certo e o momento exato para fazer a oferta.

— Oficial, por favor. Entenda-me. Talvez a universidade venha a ficar fechada por semanas. E se eu não entrar agora, não entrarei nunca mais. Faça de conta que a ordem ainda não chegou, que isso acontecerá assim que eu sair da universidade. Se me fizer esse grande favor, eu saberei valorizá-lo da melhor forma possível.

A lógica é irrefutável: deixe-me entrar porque a porta acaba de ser fechada. Talvez nos primeiros cinco minutos após o fechamento ela ainda possa ser aberta.

O soldado olha para ela confuso. Tem o queixo pontiagudo, belicoso. A jaqueta de seu uniforme está desabotoada na altura da barriga.

— Se quiser, venha comigo, então. E não sou oficial, senhora. Agradeço por me promover, mas sou apenas um soldado.

Agora sim, haverá um momento em que as notas poderão trocar de mãos sem testemunhas incômodas.

— Estou muito orgulhosa — diz Ruth, aduladora — de que vocês mantenham a paz neste momento tão crítico para o país.

O soldado olha para seus companheiros, como que pedindo permissão para descumprir uma ordem. Como que insinuando que eles também terão a sua parte. Eles assentem movendo a cabeça de modo quase imperceptível, como se, agindo desse modo, não o fizessem totalmente, a fim de que possa haver uma desculpa, um subterfúgio que os livre da lei quebrada. É preciso manter as aparências.

O soldado abre o portão. Ruth entra com um andar titubeante: não consegue acreditar que suas palavras deram resultado. Caminha ao lado dele em direção ao bloco principal de prédios; ergue a cabeça, descobre firmeza em si mesma. Pensa em quanto dinheiro tem na carteira.

Atravessam os campos de basquete e de futebol na diagonal. O céu de nuvens cinzentas, ameaçadoras, à espera da conjuração turva da chuva. As coisas intoleráveis que Miguel a leva a fazer. Turing. Deve admitir que houve momentos enternecedores, quando iam a algum restaurante e ele lhe perguntava meu amor, qual é o prato que eu sempre peço?; quando chegava do trabalho com uma rosa, naqueles primeiros anos; quando lhe servia o café da manhã na cama, todos os dias eram o Dia das Mães, mesmo quando ela ainda não era mãe; quando lhe contava, emocionado, já entre os lençóis e com a luz apagada, alguma coisa sobre algum código complexo que tinha acabado de decifrar; quando iam a festas e ele se sentava a uma mesa, incomodado, vendo-a dançar de soslaio, fingindo que não se importava; quando via a sua cara de felicidade enquanto Flavia, que ainda não tinha completado 2 anos, brincava de se esconder atrás da poltrona grande de couro preta. Será que algumas poucas epifanias valem por tantas décadas? Talvez sim. Não teria sido, no fim das contas, tudo em vão? Talvez não.

Mas ela já havia ultrapassado uma barreira e não havia volta. Nem sempre a pessoa deve se salvar em família; tampouco deve fazê-lo como casal; às vezes é preciso fazê-lo sozinha, apertando bem os dentes e fechando os olhos. Ou abrindo-os, como sua mãe, segundos antes de dar um tiro em si mesma na frente dela, de preferir a morte com as próprias mãos à irreversível e dolorosa deterioração da carne.

Sente um líquido quente descer pelas narinas e leva uma mão aos lábios. Toca no líquido, sente seu gosto com a língua: é sangue. Para: agora entende por que se lembrou da mãe. Seu corpo sabia antes dela que o sangue escorria pelo nariz. E lhe dizia que tinha medo desse sangue porque acabava de lhe ocorrer que ali, bem lá dentro, algumas células de seu organismo tinham começado a hospedar um câncer. Era hipocondríaca, mas desta vez não estava sendo. Era paranoica, mas desta vez não estava sendo. Quantos de seus familiares haviam morrido de câncer? A mãe, o avô Fernando, vários tios, alguns primos. As mutações genéticas eram parte de sua preocupante herança.

— Está passando mal? — pergunta o soldado, parando.

Ela tira um lenço da pasta. Ligaria para o médico de sua sala. Não se podia dar um telefonema desses no celular. Precisava receber as notícias sentada.

— Nada não, oficial — diz ela, procurando manter a calma. — É que acabo de me dar conta de que vou morrer.

Retoma o passo, a batida firme dos saltos, o olhar altivo. O soldado a vê afastar-se sem saber o que fazer. Logo depois, segue atrás dela.

4

A MANHÃ SE APAGA. A tarde se apaga. A noite se apaga. O dia se apaga.

Minha vida, não. Continuo, apesar de mim mesmo. É a minha bênção. E minha maldição. Sou uma formiga elétrica... Logo haverá uma nova reencarnação... Estou neste país há mais tempo do que deveria. Num quarto cheirando a remédio. Aguardando outra frente de combate. Mais estimulante. Já fiz tudo o que podia fazer aqui... Nem precisam de mim. Nem eu preciso deles. Apesar de me considerarem um talismã. Ou um prisioneiro...

Talvez o governo queira me fazer desaparecer. Eu sei muita coisa. Mas não posso falar... ninguém pode me interrogar.

As palavras se tecem e se desfazem no cérebro... Não podem ser pronunciadas... E eu quero me pegar pensando. Agarrar o pensamento no ato de pensar... E decifrá-lo... Ver o que há por trás de cada associação de ideias. Talvez uma outra associação de ideias... Um curso acidentado, como o de um rio. Mas, ao final, lógico.

Sou uma formiga elétrica... Que quer morrer e não pode.

Eu quis ficar. Ou alguém que está em mim e que sabe mais do que eu quis que eu ficasse... Escrevo e me escrevem. Sou. Por sorte. Outras coisas mais interessantes...

Sou Edgar Allan Poe... Nasci em 1809. Embora não me lembre de minha infância... Dizem que inventei o conto moderno. E as histórias de detetives. E também as de terror... Procurei explicar racionalmente a composição de um poema. Tinha uma grande fé na razão... E no entanto minha narrativa estava repleta do irracional... Era alcoólatra. Delirava. Talvez o pensamento seja apenas uma outra forma de delírio... Talvez a razão seja o maior delírio de todos.

Nos país dos delirantes. A razão é o rei... É um delírio sobrepor ideias de uma forma lógica. Entre tantas ramificações apressadas... Seguir a correta...

Meu grande passatempo era a criptologia. Escrevi em 1839 sobre a importância da resolução de charadas. Principalmente textos secretos. Convidava meus leitores do *Alexander Weekly Messenger*. Na Filadélfia... A me mandarem textos cifrados em códigos monoalfabéticos que eles tivessem inventado... Chegavam muitos... Resolvi quase todos eles... Levava para fazer isso menos tempo do que meus leitores tinham levado para codificá-los.

Eu seguia a minha intuição. Talvez a intuição seja a face mais sofisticada da razão...

O pensamento é capaz de pensar coisas que achamos que ele não pensa... É capaz de pensar inclusive o impensável...

Quando intuía... Raciocinava sem sabê-lo... Por isso é que é bom deixar-se levar pelo delírio.

Turing não lia muita literatura... Certa vez o convidei para ir à minha casa. Surpreendeu-se com minha grande biblioteca. Meus livros em latim e em grego... Em alemão e em francês... Olhava-me com os olhos espantados. Eu lhe disse que na literatura eu encontrava inspiração... Como dizer o mais óbvio com as palavras menos óbvias... Como ocultar o sentido numa floresta de frases... A literatura é o código dos códigos. Eu lhe disse. Sentado na minha poltrona. De costas para uma janela. Onde a chuva repicava... É uma forma de ver o mundo. De enfrentar o mundo. De se concentrar na batalha cotidiana... Procurando ver aquilo que está oculto. Encoberto por uma capa de realidade... Procurando chegar à medula...

Ele continuava a me olhar. Admirado e incrédulo... Parado junto a uma estante... Levantei-me e procurei um livro numa prateleira. Passei-lhe um volume encadernado... As obras completas de Poe... Disse que ele aprenderia muito lendo aquilo... Disse-lhe para ler *O escaravelho de ouro*...

Fiz menção de dar-lhe um beijo. Gostava de jogar esse jogo com ele... Ver se queria. Conseguia.

O pobre... Quando foi embora. Ainda estava um pouco atordoado.

Sou uma formiga elétrica... Capaz de cuspir sangue... E de manter os olhos abertos e não ver nada... Nem sequer Turing... Sentado à espera de minhas palavras. Pobre homem. Não saiu de seu encantamento... O melhor que lhe aconteceu foi me conhecer. E também o pior... Ensinei-o a fazer o seu trabalho... E a não perguntar nada. A não inquirir. Outros se ocupam disso. A obediência devida é a lei... Pode-se falar com a autoridade. Mas não questionar as suas ordens... Eu o tratava de igual para igual. Como a um amigo. De modo que. Na hora da verdade... Havia sido um bom subordinado... E o foi... E o é... Não pode se manter sozinho. Continua dependendo de mim. Quer que eu o ajude a encontrar o caminho... Como costumava fazer. Ainda não suspeita. Que na verdade eu o ajudava a não enxergar o caminho... A se concentrar somente naquilo que estava diante dele. Em sua mesa de trabalho.

Um governo, para se sustentar... Precisa de funcionários como ele.

Mercados. Ruínas de fortificações. Um rio. Um vale bem verde.

Turing ficou fascinado pelo conto de Poe. Turing ficou fascinado pelo meu conto.

Veio à minha sala falar sobre ele na manhã seguinte... Enquanto o fazia. Eu recordava a madrugada de nevoeiro em que criara o código monoalfabético de *O escaravelho de ouro*... Legrand precisa decifrá-lo para descobrir onde o capitão Kidd. Morto um século e meio antes. Enterrou o seu tesouro... O código é simples:

53 ‡‡†305))6*;4826) 4‡.) 4 ‡);806*;48‡8¶]60)) 85;;]8*;: ‡*
8 † 83(88)5*†;46(;88*96*?;8)*‡(;485);5*†2: *‡ (;4956*2(5
—4)8¶]8;4069285);)6 †8)4‡‡;1(‡9;48081; 8:8‡1;48†8
5;4)485†528806*81(‡ 9;48;(88;4(‡?34;48) 4‡; 161;:188; ‡?;

Eram outros tempos. Quando a arte de guardar segredos ainda não tinha se mecanizado... Era preciso encarar o código com lápis e papel. Conhecer alguns métodos criptológicos também ajudava... Por exemplo. Saber a frequência com que cada letra aparece no alfabeto. Eu tinha começado com a intuição pura. Depois aprendi. Lendo um artigo numa enciclopédia... Que meu estilo era uma forma rudimentar de análise de frequências. Quando escrevi o conto... Já dominava o método totalmente.

Legrand sabia que a letra mais frequente no inglês é o "e". Quando descobre que o 8 aparece no código 34 vezes, supõe que o 8 equivale ao "e". O artigo *the* também aparece com muita frequência... E se a combinação ;48 aparece no código sete vezes... Legrand se anima a deduzir que ela equivale a um *the*. Uma passagem de olhos geral pelo código identificará um trecho apto ao ataque... Trinta e três símbolos antes do fim. Pode-se ler agora *the-t)eeth*. É preciso descobrir a letra oculta atrás de)... Não há uma palavra em inglês equivalente a *t)eeth*... Legrand, então, raciocina... Eu, então, faço Legrand raciocinar... Que o *th* final pertence a outra palavra... E fica com *t)ee*.

Fazendo testes com cada letra do alfabeto... A única palavra que tem sentido é *tree*... Temos então *the tree—hthe*... Para os três espaços... Legrand tenta *through*... Mais três símbolos foram descobertos. =. ?. 3. E assim sucessivamente. Até decifrar o texto... Que é assim. A *good glass in the bishop's hotel in the devil's seat. Forty-one degrees and thirteen minutes northeast and by north main branch seventh limb east side shoot from the left eye of the death's head a bee line from the tree through the shot fifty feet out.*

Ainda misterioso... Mas o problema agora é de Legrand. Não da criptologia.

Sinto um grande cansaço. Chove. Do lado de lá das janelas. Minha garganta está seca. Gostaria de sair para a rua... Desconectar-me destes tubos. Minha missão aqui está cumprida...

Turing nunca se sentiu confortável trabalhando com computadores... Aprendeu muito. Pelo menos se esforçou. Mas sentia saudade daquelas épocas de lápis e papel... Quando os criptogramas tinham alguma coisa de palavras cruzadas... Quando a pessoa encarava um problema. Armada de sua intuição e de sua lógica dedutiva... Relia o conto de Poe até se cansar. Era o seu favorito. Porque fazia vibrarem as cordas mais delicadas de seu ser. E fazia-o descobrir que era um homem anacrônico... Alguém que teria sido feliz em qualquer época. Anterior à que o destino lhe reservou...

Comovia-me vê-lo caminhando para lá e para cá nos corredores da Câmara Negra.

Talvez ele fosse feliz se lhe tivesse cabido ser imortal.

Talvez não. Nunca se sabe... O certo é que a mim coube. E eu não sou feliz.

5

Ramírez-Graham está tomando banho quando toca o celular. Estica a mão molhada e pega o Nokia, que, ensaboado, escorrega e cai no chão. *Fuck*.

— Alô, chefe? — É Baez. — O que foi esse barulho?

— O celular caiu. Estou no banho.

— Ah, sim, pensei que fosse estática. Acabei de falar com a filha de Sáenz. Vai ligar amanhã para dizer se topa. Achei que estava em dúvida. Alguns hackers parecem tê-la intimidado. Confiam nela enquanto ela se mantém neutra dando informações no site, e não gostariam que colaborasse de novo com o governo. Parece que já a ameaçaram antes, quando trabalhou para Albert.

Ramírez-Graham lhe pede que insista e não deixe que ela escape. Desliga.

Sai do banho amaldiçoando mais uma vez o seu trabalho. Mesmo que viesse a vencer, teria o orgulho ferido porque tudo se deveria a uma adolescente. Se Kandinsky fosse derrubado, seria a sua libertação: entregaria o hacker amordaçado ao vice-presidente e, nesse mesmo dia, compraria um bilhete de volta para Washington.

Seca o corpo com uma toalha que traz as suas iniciais. Troca-se de frente para o espelho de corpo inteiro do quarto. Seus pés descalços deixaram pegadas molhadas no assoalho. Supersônico se aproxima, abana o rabo e o encara com os olhos bem abertos. Será que seus sensores estão lhe dizendo que esta será mais uma noite em que seu dono não brincará com ele? Ramírez-Graham lhe sorri e toca em sua cabeça metálica, suas orelhas alertas. Leu no manual da Sony que o modelo interativo que tinha comprado adquiria aos poucos as suas diversas características conforme a relação que tivesse com seus donos; nos primeiros dias, como costumava acontecer com todos os *gadgets* eletrônicos que comprava, lia-o até a madrugada e chegou a ensinar vários truques a Supersônico: como pegar a bola de tênis que jogava no jardim, como abanar o rabo quando ele chegava do trabalho. Era um cão feliz, que dormia ao pé da cama emitindo um silvo suave de satisfação. Depois, as imposições do trabalho fizeram com que Ramírez-Graham esquecesse Supersônico; o cão definhava diante dos seus olhos, murchava quase imperceptivelmente. Seu futuro era o de um traste qualquer no porão quando se acabassem as pilhas.

Na cozinha, serve-se um Old Parr com gelo e esvazia um saco de Cheerios num pratinho fundo. Aos sábados pela manhã, vai a um supermercado especializado em produtos norte-americanos e enche a despensa com Doritos, M&Ms e Pringles.

Liga a Toshiba de tela plana na sala de estar. De novo as pontadas no estômago; vai ao banheiro pegar suas pastilhas. O estômago dá um chiado a cada passo. Teria perdido aquela membrana mucosa que o envolve e protege? A flora intestinal, como se dizia em espanhol. Será que estão lhe faltando sucos gástricos capazes de tornar mais leve o trabalho de digestão?

Volta à sala de estar e procura um canal de notícias. Se for vitorioso, o bloqueio por tempo indeterminado convocado pela Coalizão pode acabar transformando Kandinsky num dos símbolos da luta antiglobalização. Não pode negar que está num país estranho: nos Estados Unidos, seria impossível que um hacker decidisse unir forças com membros de um sindicato. *Fucking weird*. Tinha a tarefa de decifrar uma charada, mas às vezes não se sente nem sequer seguro de entender realmente o idioma em que ela está redigida. Sente falta de sua sala em Crypto City, repleta de desafios talvez mais difíceis mas que, pelo menos, quando alguém se dedicava a eles, não eram tão resistentes a uma solução.

Crypto City, Câmara Negra... Quem podia imaginar que ele chegasse tão longe depois de um começo tão humilde. Devia sua devoção pela matemática à mãe, que, esgotada depois de um dia inteiro de trabalho numa escola pública, ainda encontrava tempo para se sentar com ele a uma mesa na cozinha e ensinar-lhe teoria de números com brincadeiras que tirava de *O homem que calculava*. Aprendeu quase sem se dar conta, brincando naquelas tardes de descobrimentos inesgotáveis. Beremiz Samir, o homem que calculava, encontrava poesia nos números e era capaz de dividir 35 camelos entre três irmãos árabes sem que os irmãos vissem qualquer injustiça na partilha. Com quatro números quatro, ele conseguia formar qualquer número (zero: 44-44; um: 44/44; dois: 4/4 + 4/4; três: 4 + 4 + 4/4; quatro: 4 + 4 + 4/4...). Preferia um número como 496 ao 499, pois 496 era um número perfeito (aquele que é igual à soma de seus divisores, excluindo-se deles o próprio número). Era fascinado pelo 142.857, porque, ao multiplicá-lo pelos números de 1 a 6, os algarismos do resultado eram os mesmos do próprio número, mas em ordem diferente. Podia colocar dez soldados em cinco filas de uma forma tal que cada fila ficava com quatro soldados. Usando uma balança, era capaz de descobrir, em apenas duas pesagens, a única pérola com peso diferente num grupo de oito pérolas com a mesma forma, tamanho e cor. Conseguia explicar como era possível um juiz muçulmano dar a três irmãs quantidades diferentes de maçãs (cinquenta para uma, trinta para outra e dez para a terceira), pedir-lhes que vendessem as maçãs pelo mesmo preço e elas conseguirem, mesmo assim, reunir a mesma soma de dinheiro.

De tanto repetir os jogos, passou, quase sem perceber, a criar seus próprios jogos. Interessou-se pela criptologia, um ramo oculto das matemáticas, devido às múltiplas aplicações que encontrava ali para a teoria dos números; quando caiu em suas mãos uma cópia de um software chamado Mathematica, começou a programar os seus próprios sistemas criptográficos. Não entendia como os matemáticos conseguiam sobreviver antes da invenção do computador. Para quem, como os criptólogos, trabalhava com números de cifras enormes, a velocidade do computador era um aliado sem igual. Um século tinha se passado até se descobrir que um dos números de Fermat não era um número primo, como sugeria o seu célebre teorema, e dois séculos e meio até se descobrir um outro número que não era primo; com um programa como o Mathematica no computador, esses séculos seriam transformados em menos de dois segundos. Fermat acreditava que o número $2^{32} + 1$ era primo; com o Mathematica, bastava digitar o comando *FactorInteger* e em seguida $[2^{32} + 1]$ para descobrir, em um segundo, que Fermat estava enganado.

Foi aceito pela Universidade de Chicago graças à ação afirmativa: suas notas ainda não eram muito boas. Mas tinha se destacado em Chicago: dois anos antes de encerrar seus estudos, já tinha uma oferta de emprego na NSA. Sua carreira evoluíra muito bem. Devia se lembrar de todos os seus êxitos antes de se dar por vencido.

Senta-se numa das poltronas com as pastas trazidas da Câmara Negra. A luz de uma lâmpada ilumina metade de seu rosto e deixa a outra na penumbra. Supersônico deita a seus pés, mexendo o rabo na vã tentativa de chamar sua atenção. Os cães eletrônicos são tão incômodos e carentes de afago como os verdadeiros. *But at least they don't shit and pee everywhere.*

As pastas são documentos reservados, guardados numa seção especial do Arquivo — o Arquivo do Arquivo — à qual apenas o diretor da Câmara Negra tem acesso. Contam a história da fundação da Câmara, no começo de 1975, e de seus primeiros anos de atividade. Tem em mãos os comunicados que deram origem ao edifício, os textos que contam, em linguagem burocrática, a forma como se estabeleceu a missão original, o que se buscava no momento de contratar pessoas.

O que lhe interessa é saber um pouco mais sobre Albert. O prédio está enfeitiçado por sua presença, as histórias que se contam sobre ele serviram para mitificá-lo, dotá-lo de uma aura ofuscante. Quando entra em seu gabinete, é inevitável lembrar que Albert trabalhou ali, e às vezes sua imaginação lhe provoca calafrios: ele vislumbra uma silhueta fantasmagórica observando-o trabalhar, controlando seus passos e suas palavras, talvez até mesmo as suas ideias. Essa silhueta está presa com uma corrente enferrujada na máquina Enigma, como um avô qualquer em *Cem anos de solidão*, ou melhor, *One Hundred Years of Solitude*, pois tinha lido o romance em inglês. Tinha lido e gostado, e também rira muito ao ver que seus colegas o consideravam uma versão da extravagante e exótica vida na América Latina. *Yes, they do things differently down there*, ele lhes dizia, *but it isn't exotic*. Pelo menos não era assim na Cochabamba de suas férias. Havia festas e drogas e televisão e muita cerveja, como nos seus anos de Chicago. Nenhum avô amarrado numa árvore, nenhuma bela adolescente ascendendo aos céus. E agora que vivia ali, *fuck*, sua imaginação o traía: talvez García Márquez tivesse alguma razão.

Ocorreu-lhe a ideia de visitar Albert na casa onde ele está recluso e agonizante; mas, antes de incomodar a pessoa, precisa ter uma visão de tudo e relativizar a lenda com os dados históricos. Os documentos irão ajudá-lo nessa tarefa. E lhe permitirão esquecer de Kandinsky por algum tempo.

Os Cheerios acabam rapidamente. Ele não tem vontade de se levantar. Que estupidez, os cães eletrônicos; Supersônico não serve para nada além de ser uma pálida réplica de um cão. Se pudesse comprar um robô a que se mandasse ir até a cozinha pegar mais Cheerios e aproveitar para trazer a garrafa de Old Parr também... O salário mensal de uma empregada não chegava a 100 dólares. Por vezes achava tentador contratar uma. Não podia fazê-lo: isso sim lhe parecia estranho, uma pessoa que ele não conhecia vivendo em seu apartamento, à sua total disposição das seis da manhã às dez da noite, e talvez fuçando em suas gavetas enquanto ele não estava. Numa de suas férias em Cochabamba, tinha saído com uma garota cujo pai assistia televisão sem sair da cadeira e, como não tinha controle remoto, usava a empregada para mudar de canal; enquanto via seus programas favoritos na sala de estar, a empregada tinha de ficar o tempo todo no vão da porta, atenta para qualquer gesto do patrão. Nunca se esqueceria dessa imagem.

Enquanto repassa os documentos, lembra-se de Svetlana. O que ele não daria para que ela estivesse ali, naquela mesma sala de estar, ele na poltrona e ela estirada no tapete, trabalhando em seu laptop como em Georgetown, preparando algum relatório para a companhia de seguros em que trabalhava.

Mas agora era impossível lembrar dela sem pensar também no filho. Pode vê-lo engatinhando sobre o tapete, aproximando-se de Supersônico, puxando seu rabo enquanto este aguenta com paciência, pois seu software reconhece as crianças e ele está programado para não reagir às provocações delas. Ramírez-Graham olha para seus pés: uma hora ele está ali, outra hora não.

Os documentos da pasta que está em suas mãos falam sobre a Operação Turing. Tinha lido as primeiras páginas sem prestar muita atenção; Albert, no fim das contas, era obcecado por Turing, e antes de dar esse nome a Sáenz já havia batizado com ele uma sala da Câmara e algumas operações secretas. Ramírez-Graham logo se dá conta de que a Operação se refere ao Turing que ele conhece, ao chefe do Arquivo. Um homem que ele vê como um avô, um velho inútil que melhor faria se se aposentasse.

Termina o Old Parr. Supersônico grunhe para o vento, que se choca com as janelas. Pouco a pouco, Ramírez-Graham descobre que entre 1975 e 1977 houve certas mensagens interceptadas que chagaram às mãos de Albert e foram enviadas diretamente para Turing. A justificativa: eram particularmente difíceis, e Albert não queria perder tempo deixando que outros analistas se complicassem tentando desvendá-las; Turing tinha se tornado rapidamente o seu braço direito, e Albert o achava quase infalível.

A lâmpada pisca, desfazem-se as imagens no televisor. Mais um apagão da GlobaLux. Ramírez-Graham fecha a pasta e procura se conformar. Paciência, paciência. Não por acaso, todos são tão religiosos aqui.

É impossível: nunca conseguirá se acostumar com tantas perturbações. Quer se dedicar ao seu trabalho e não ficar preocupado se a infraestrutura está caindo aos pedaços.

Dez minutos depois, voltam a luz da lâmpada e as imagens da televisão.

Abre a pasta que estava lendo. Há alguma coisa que não o convence totalmente. Para que uma mensagem secreta seja considerada difícil, primeiro se deve tentar decifrá-la. Ou Albert era capaz de captar numa única olhadela o grau de dificuldade de uma mensagem? Além disso, pelo que ele sabia, Turing não era muito ligado a computadores: tentava decifrar mensagens com lápis e papel, como se o verdadeiro Turing nunca tivesse existido, como se a criptoanálise não se tivesse mecanizado havia mais de meio século. Uma mensagem realmente difícil precisava ser atacada com a força bruta de um Cray. Uma vez encontrados certos pontos fracos na mensagem, aí entrava em cena o analista. Ainda assim, muitas mensagens ficavam sem ser decifradas. E, no entanto, Turing tinha resolvido tudo o que Albert lhe enviara. Ou quem encriptava mensagens na Bolívia nos anos 1970 o fazia de forma rudimentar, o que era muito possível, ou Turing era um dos criptoanalistas inatos mais brilhantes da história da criptoanálise.

Alguma coisa não se encaixa. Precisa continuar a ler.

A lâmpada e o televisor se apagam. Ele se levanta da poltrona. Procura o celular no escuro. Não sabe para quem ligar, nem o que fazer.

Na penumbra do apartamento, imagina Turing 25 anos atrás, o rosto sem rugas, trabalhando na plenitude de seus poderes na Câmara Negra.

Imagina-o numa sala cheia de papéis, recebendo as pastas entregues por Albert, pondo mãos à obra de imediato, disposto, mais uma vez, a não decepcionar aquele que tanto confiava nele.

Pela primeira vez, esse homem velho e cansado que ele relegou ao subsolo, que ele pensava em demitir a qualquer momento, o comove.

6

O JUIZ CARDONA SAI para a rua com sua maleta preta e dá de cara com um céu nublado e hostil, uma atmosfera de chuva iminente. Havia mais luz no quarto do hotel. Não se lembrava de que Río Fugitivo era assim, uma cidade de sol tímido, de nuvens cinzentas prestes a explodir. A nostalgia já fizera nele o seu trabalho, e os dias ensolarados de sua infância e adolescência, que talvez não tivessem sido muitos, tinham acabado por devorar os outros. Acontece nas melhores famílias. Somos criaturas inquietas, governadas por um desejo incurável de paraíso. Mas como o paraíso não chegou para nós, tratamos de inventá-lo dentro de nossas lembranças, baseadas em algumas semanas furtivas nas quais fomos felizes. Talvez em nossa terra natal ou em alguma outra aonde nos tenha levado alguma bifurcação da vida. Deslizes do acaso, que é capaz de proporcionar também alegrias. Há policiais na praça, e as ruas vizinhas estão desertas, com papéis, pregos, pedras, tijolos, sarrafos de madeira e laranjas podres espalhados no asfalto e nas calçadas. É tarde de sexta-feira: ontem, depois que a mulher se foi, o juiz Cardona exagerou no uso do PMB e acabou dormindo no piso de azulejo branco do banheiro depois de vomitar abundantemente. Acordou ao meio-dia, um gosto amargo na garganta e na boca, o céu da boca ressecado. "Enquanto eu dormia, fazia-se história", diz Cardona ao porteiro, acariciando a barba. O porteiro lhe diz que ele fez bem em ficar no quarto: pode-se ver nas ruas os restos dos enfrentamentos da tarde anterior e desta manhã. Está tudo bloqueado, um grupo de manifestantes ocupou a praça ontem e a polícia a recuperou. Planejam chegar hoje até os prédios da prefeitura e da câmara municipal. Os policiais isolaram a praça. "Se eu fosse o senhor, continuaria no quarto. A coisa está ficando preta. Os manifestantes voltarão com mais força, e a polícia usará gases. Já vi esse filme muitas vezes. Aprende-se muito trabalhando na praça principal." Pestaneja como se não tivesse nenhum controle sobre os músculos das pálpebras. "Tenho assuntos urgentes a tratar", diz Cardona, coçando a bochecha direita. "Infelizmente."

Cardona precisará andar. Toda vez que vem a Río Fugitivo acontece algo estranho. Uma cidade que anseia tanto pela modernidade, mas cujos habitantes não fazem outra coisa que não seja serem tradicionais. Num universo regido por inúmeras combinações históricas, sonham com a modernidade da TV a cabo mas estão ancorados no passado pré-moderno de greves e protestos de rua. Como grande parte do país, aliás. Muitos cibercafés não fazem verão. Muitos supermercados e centros comerciais tampouco. Ainda bem que saí daqui. Não aguentaria muito. Mas o importante é não perder o objetivo. A avenida das Acacias fica relativamente perto, em torno de dez quadras. Toca em sua maleta e se sente protegido. Do futuro, do passado, de si mesmo. Sente as pernas formigarem, um peso esgotante. Ainda ronda pelo corpo o efeito do PMB. Secura na garganta, a intolerância com as náuseas. Talvez devesse esperar um pouco, espairecer, até que sua mente se livre de tanta névoa. Não, não, não: já esperou demais. Nem a lucidez nem a sua ausência alterarão em nada a crueldade radical dos fatos. Alguns anjos são vingativos, vieram à terra apenas para promover o extermínio. Oh, a quem encomendar o espírito? Talvez devesse visitar a catedral do outro lado da praça, atrás das palmeiras esquálidas, numa espécie de prólogo daquilo que já é irreversível. Talvez as manchas cor de vinho espalhadas pelo seu corpo como um arquipélago em entropia se desprendessem de sua pele, e, com elas, toda sensação de cumprimento de um pacto, de lembrança de uma obrigação. Mas não. Alguém tem de se encarregar da prima-irmã morta. Alguém tem de se encarregar de Mirtha. Alguém, por mais febril que esteja, tem de expiar os seus próprios erros. Intransigente agitação de vida que corre dentro das veias. Delito tumultuoso que não se pode apagar. Frenesi do tempo que vai ao encontro de si mesmo, mordendo o próprio rabo, aguarda-o na esquina, em qualquer esquina, cedo ou tarde, bifurcado e vital. Todas as perguntas que alguém se faça sobre o inferno da ditadura podem ser resumidas numa única, ou a várias agrupadas sob o mesmo tema: quem foi o responsável final pelo fato de uma vida ter sido levada? Quem, consciente ou não de seus atos, se arrogou esse direito celestial? A infâmia não pode ficar limitada a uma abstração chamada "ditadura", deve se personificar num corpo que respira, num rosto com olhos firmes ou fugidios.

Cardona caminha entre os policiais. Um sargento de mãos grossas e bigode branco para de falar em seu walkie-talkie e o observa como se o conhecesse de algum lugar; as manchas são fáceis de reconhecer, a barba talvez disfarce um pouco. Pede sua identidade com um tom de incômodo na voz; ele a apresenta. O sargento se surpreende ao topar com um nome conhecido, olha-o como que para se certificar de que a pessoa à sua frente é efetivamente a de alguém que foi ministro da Justiça. Muda o tom: não é uma boa hora para andar na rua. Os manifestantes estão a duas quadras dali. Cardona responde que precisa ir a uma reunião de negócios urgente e pede a ele que, já que se preocupa tanto com sua segurança, destaque uma dupla de policiais para o escoltarem. O sargento chama dois de seus homens. "Vamos lá, Mamani. Vamos lá, Quiroz. Acompanhem o juiz até as barreiras e voltem logo." Mamani e Quiroz se postam cada um de um lado dele. Adolescentes de olhos grandes e remelentos, com olhar amedrontado. Poderiam ser filhos meus. Mas ele não teve filhos. Teve dificuldade para encontrar uma pessoa e estabelecer um relacionamento estável, na qual pudesse se apoiar, com a qual elaborasse planos para o futuro. Atravessou todos esses anos e décadas como um sonâmbulo, tateando no escuro, batendo em portas e paredes, acossado por uma ideia fixa, perseguido por uma imagem. Cometeu muitos erros nesses anos e décadas, deixando escapar todos os que se preocupavam com ele. Tinha, então, apenas 15 anos, e tudo se lhe apresentava de forma esplendorosa. Deixara de lado um pouco o seu interesse obsessivo pelo futebol e pelos amigos, e começava a focar nas mulheres, seres estranhos dos quais tinha um certo medo. O medo talvez se devesse ao fato de frequentar o San Ignacio, um colégio apenas para homens; não tendo mulheres por perto, não sabia como tratá-las, e consumia suas horas fechado no tosco universo masculino de obscenidades e fantasias masturbatórias. Tinha 15 anos, e Mirtha, 20; ela morava a três quadras e de vez em quando o visitava, uma faixa amarela cruzando a testa e contrastando com o cabelo preto com duas tranças compridas, calça jeans boca de sino, sapatos com salto de cortiça. Estava sempre de bom humor, e percebia a timidez de Cardona, que fazia lições no quarto, e lhe dizia brincando *Cresce, que estarei esperando por você*. Recordava essas frases desde os 10 anos, quando ela, em alguns meses, deixara de ser uma garotinha que se vestia como homem e fazia os outros a chamarem de Mirtho e se transformara numa adolescente vaidosa que não precisava de maquiagem ou de alguma roupa provocativa para chamar a atenção. Até que um dia Cardona se deu conta de que tinha crescido e começou a levar a sério as palavras brincalhonas de Mirtha. E se apaixonou. Sua irmã percebeu seu delírio. Disse-lhe que estava perdendo tempo, ela era sua prima-irmã, sangue do seu sangue. O argumento foi incapaz de dissuadi-lo. Sua irmã tentou outro: Mirtha era uma hippie, meio comunista, dava festas com música e guitarras em casa e suspeitava-se que os que ali compareciam fossem como ela, ex-universitários que odiavam o presidente Montenegro e conspiravam contra ele. De nada adiantou: a febre do amor o consumia, e da janela do segundo andar que dava para a rua, com o rosto escondido entre as cortinas brancas semitransparentes, ele a via entrar e sair. Sonhava com Mirtha, dizendo que ele já tinha crescido o suficiente. Mas nada além de alguns sorrisos fugazes de dentes muito brancos sobrava para ele. Num domingo, Mirtha desapareceu. A irmã lhe contou que aqueles rumores eram verdadeiros: ela pertencia a um partido marxista-leninista e tinha passado para a clandestinidade. Passaram-se alguns meses dolorosos em que não teve nenhuma notícia dela. Até que, numa manhã, seus tios, os pais de Mirtha, tocaram a campainha da casa e, com palavras entrecortadas, pediram ajuda aos pais de Cardona: alguém ligara do necrotério pedindo que fossem ali para identificar um cadáver. Eles não se achavam com coragem de fazê-lo sozinhos e pediam companhia. Os pais não se dispuseram, tampouco sua irmã; mas Cardona disse sim. E foi. Entrou no necrotério, um recinto com familiares aos prantos na entrada, paredes trincadas e iluminação escassa. Um médico o conduziu a uma grande mesa de cimento onde se empilhavam vários corpos e levantou o lençol. E ele viu o rosto machucado e os seios cortados e a faixa no cabelo, e fechou os olhos. Hoje, acredita que naquele instante o amor acabou para ele. E se pergunta por que levou tanto tempo para tentar fazer justiça, expiar de alguma forma aquela morte sem sentido. Porque tinha 17 anos, e sabia que ela, por mais esquerdista ou comunista que fosse, não merecia aquela morte. Com o passar dos dias, ficara sabendo que o grupo ao qual Mirtha pertencia conspirava com alguns militares jovens para derrotar Montenegro. Idealistas, admiráveis.

Dois caças barulhentos cortam o céu, deixando atrás de si um rastro de algodão. Ele sai de suas meditações. Será que vai chover? É muito provável. A 60 metros da barreira, pode ver os rostos furiosos dos manifestantes: atiram latas e garrafas e começaram a fazer uma fogueira no meio da rua com caixas de papelão e papel de jornal. "Para a nação, é hora da Coalizão!", o estribilho dos manifestantes é difuso, sem ritmo. "Para a consciência, é hora da resistência!" "Vai acabar, vai acabar, essa loucura de globalizar!" Ele se aproxima da barreira e logo recebe uma pedrada na parte superior do olho direito. Deixa cair a maleta e leva as mãos ao rosto. Um dos policiais que o escoltava também foi atingido por uma pedra; está caído no chão e sai sangue de sua têmpora esquerda. Os manifestantes cruzam a barreira e são reprimidos por um contingente de policiais. Cardona ouve tiros no ar e explosões secas: imagina que sejam de gás lacrimogêneo. Há gritos, barulho de metal contra metal. "Milicos filhos da puta!", a frase atravessa todos os ruídos, impõe-se a eles. "Milicos no quartel!" Há sangue nas mãos de Cardona: ele tem um corte na sobrancelha direita. Pontadas agudas e quentes atingem o olho. Mal consegue abri-lo, e a dor lhe causa náusea. Deveria ir a uma clínica? Pega a maleta: precisa seguir caminho. Às cegas, chega até a esquina e dobra à esquerda. Começa a correr por uma rua que lhe parece interminável, enquanto sente picadas nos olhos, e um cheiro amargo toma conta do ar. Gases, escuta alguém gritar gases; o porteiro tinha razão. Tenta avançar, os olhos semicerrados. A adrenalina sufoca os pulmões; assim é que Mirtha devia se sentir quando enfrentava policiais e militares nas manifestações. Ele tinha perdido tudo aquilo. Só queria que a universidade fosse reaberta para poder começar os seus estudos. Se ela não fosse reaberta logo, iria estudar no Brasil ou no México. Queria fazer uma carreira, preocupado com o futuro, não se interessava muito pelo que acontecia ao seu redor. Certo, dissera isso a Mirtha, que entrara no quarto dele enquanto sua irmã preparava o chá. Ela lhe tinha perguntado o que ele achava da situação política, e se disse surpresa com o egoísmo dele, seu desconhecimento em relação ao que estava acontecendo no país. Tinha vergonha dele. Imagino o que esteja acontecendo, mas não sou tonto, não sou um valentão, não sou um herói, disse ele. Não se trata disso, dizia ela, com as tranças agitadas, mas sim de manter a dignidade. E logo se retirara para a sala de estar. Foi essa a última vez que ele a viu em vida.

Para quatro quadras adiante, à saída do Enclave. Passa pelo prédio que um dia foi sede da Companhia de Telégrafos, com colunas dóricas e duas deusas neoclássicas nuas ladeando a entrada. Passa por um edifício de sete andares: não há nenhuma placa indicando do que se trata, mas deve ser importante, pois está sob a guarda de vários policiais. Ainda se ouvem tiros no ar. Chegam as câmeras de televisão. Uma repórter lhe enfia o microfone no rosto e algumas perguntas; Cardona segue em seu caminho, com ardência nos olhos. "Espere... o senhor não é...?" Por sorte, atrás dele há várias outras pessoas com vontade de ser entrevistadas. Ele não quer saber de câmeras. Já faz um bom tempo que está distante delas. E dizer que um dia tinha ansiado por estar no centro dos acontecimentos, atrair microfones, sair em belas fotografias ao lado de Montenegro. Vamos promulgar o novo código penal. Seu gabinete cheio de papéis e pedidos de entrevistas. Os fins de semana na casa de campo de alguém próximo ao regime, tomando cuba-libre junto a uma piscina, conversando com a paquidérmica esposa de Montenegro, como será que ele fazia de noite para não morrer esmagado? Os rumores de que a esposa de Montenegro está por trás da corrupção na alfândega. O afilhado de Montenegro, ex-prefeito, a barba branca, o sorriso afável, o copo de uísque na mão, aproximando-se e perguntando se ele não está com calor, devia tirar o paletó. Daqui a pouco, meu prezado. O dossiê em seu gabinete, com as provas concretas de suborno do afilhado para este aprovar uma licitação. A pressão da oposição, que o afilhado seja julgado. A ordem de Montenegro, junto a essa mesma piscina, para que faça desaparecer esse dossiê. Claro, meu general. Evidentemente, meu general. As fotocópias da compra de um avião Beechcraft para a presidência da República, 3 milhões de dólares, a assinatura de Montenegro autorizando a compra. Um estudo de uma consultoria que indica que não devem ter sido pagos por este avião mais do que 1 milhão e 400 mil dólares. Onde foi parar o dinheiro? Como perguntar ao general? Como entrar nesse jogo sem ter estômago para isso? Ao lado da piscina, a dona da casa, com um chapéu branco chamativo e incongruente cobrindo-lhe a cabeça quase calva, pede que todos se aproximem para fazer um brinde à esposa de Montenegro em seu aniversário, *happy birthday to you, happy birthday to you*, o olhar ameaçador de Montenegro ao seu lado, esqueça esse avião, juiz, o senhor está do nosso lado ou não? Não tenha dúvidas, meu general. É que preciso ter as respostas prontas, os jornalistas vão começar a fazer perguntas, a oposição. O brilho do sol na água da piscina. Respostas para as perguntas de todos, menos para as minhas. O afilhado lhe dá um tapinha nas costas. Se você não tem as respostas, é melhor cair fora. Antes tarde do que nunca. Ir embora, fugir das câmeras, fugir do poder, não ser aquele que dá a cara a bater desse modo vergonhoso. Não vai entrar na piscina, juiz? Já está meio tarde, meu general. Nunca é tarde para nada, escute o que eu digo. As pontadas nos olhos. Abre-os e os fecha, uma, duas vezes. A dor aguda na sobrancelha direita. Embora ainda sinta as pernas um pouco pesadas, passou o efeito do PMB. Talvez a violência da rua o tenha feito despertar de sua letargia. A quatro quadras dali fica a casa onde está Albert. Pode vê-la dali, no horizonte de seu campo visual, inofensiva, passando despercebida aos vizinhos e transeuntes. Jacarandás ao longo da avenida. Uma casa onde está asilada uma pessoa que controlou por um tempo alguns dos fios da história nacional. Deve deixar mesmo para trás tudo o que ficou para trás, e preocupar-se apenas com o que tem pela frente. Dirigir-se, a passos firmes, a essa casa. Ruth foi atrás das provas concretas contra Albert e o marido dela, provas de que eles foram responsáveis por várias mortes, inclusive a de Mirtha. Mas Cardona, tendo ouvido da boca de Ruth a confirmação de suas suspeitas, não precisa de prova alguma. A única coisa que pede a si mesmo é que mantenha a convicção, e que seja forte. Para o mais, basta o objeto de metal polido dentro da maleta a que ele se aferra — ou que se aferra a ele.

7

KANDINSKY GOSTA DE CAMINHAR pelo centro da cidade, conhecido como o Enclave. Trata-se de uma conjunção heterogênea de vendedores ambulantes nas ruas e um aroma agressivo dos espetinhos de *anticuchos* e dos sanduíches de *chola* vendidos nas esquinas; edifícios com fachadas carcomidas; aposentados e velhos heróis da pátria lendo jornais nos bancos da praça, e uma portentosa catedral transformada num protetorado de mendigos que ocupam a escadaria de sua entrada. Anos atrás, durante uma das fugazes explosões de prosperidade econômica que marcaram a história de Río Fugitivo, o Comitê Cívico viu com preocupação o avanço desmesurado dos novos edifícios na cidade. Essas construções alteravam a paisagem urbana, e, embora conferissem a Río Fugitivo uma cara moderna e progressista, não valia a pena desfazer sua imagem de cidade tradicional, de um refúgio prazeroso para o descanso. Demoliam-se igrejas coloniais e casarões do século XIX, perdia-se o sóbrio encanto daquilo que é antigo, daquilo que testemunha o passar do tempo e com sua simples presença combate o império do efêmero. Não poderiam manter o centro como um enclave de tradição em meio a tanta modernização? O Comitê Cívico mobilizou suas forças para conseguir que fosse proibido qualquer tipo de construção no centro velho. E conseguiu. A batalha continua: a cidade nova, agora, assedia e sufoca a velha, envolve-a por todos os lados e espera por um descuido qualquer para obter a vitória final. O Enclave é uma demonstração de que o antigo, por si só, não basta para testemunhar a História e a grandeza. Edifícios construídos no fim do século XIX — a Companhia Nacional de Telégrafos, a sede local de Ferrocarilles — e em meados do século passado — o Teatro Departamental — estão desabitados e se deixam arrastar num processo de morte lenta. Outros edifícios, como o casarão que hoje abriga o hotel Palace e o que antes foi sede do jornal *Tiempos Modernos* e é agora do instituto de computação onde Kandinsky estudou, persistem, na contracorrente.

Kandinsky gostaria que Río Fugitivo inteira fosse como o Enclave. Um lugar parado no tempo, dando as costas ao hipermercado em que o planeta se transformou. Muitos jovens pensam como ele, inclusive no próprio império. Estão vivos em sua memória os protestos de Seattle em novembro de 1999: fizeram-no ver que não estava sozinho, que há um descontentamento generalizado diante da nova ordem mundial. Se os jovens dos países mais ricos eram capazes de se manifestar da forma como o fizeram em Seattle, não era absurdo pensar que uma explosão ainda mais devastadora pudesse ocorrer numa região com a pobreza e os contrastes da América Latina. Río Fugitivo deveria se tornar a Seattle da Bolívia e do continente. O trabalho de Kandinsky, ao lado de outros ativistas, seria fazer com que os tremores do descontentamento emergissem para a superfície.

Para levar a cabo uma revolução, raciocina Kandinsky, a cabeça apoiada entre as mãos, a primeira coisa a fazer é recrutar gente. Está deitado no sleeping no quarto de Phiber, que ronca depois de ter ido dormir tarde. Sente uma dor nos dedos das mãos e os movimenta como se estivesse escrevendo no teclado do computador, mania adquirida nas últimas semanas. Quais palavras ele escreve no ar? Quais códigos de software ele improvisa diante dessa tela inexistente? Na madrugada, um sopro frio ainda circula no ambiente, mas os primeiros raios de sol já começam a atravessar as cortinas. Nas janelas, o brilho avermelhado do letreiro de néon da calçada em frente começa a perder força. A cidade desperta, as ruas vão sendo ocupadas pelo barulho de guinchos dos ônibus e pelas vozes agudas dos vendedores de jornal.

Kandinsky não conseguiu conciliar o sono. É o que lhe acontece às vezes, quando a mente se põe a girar para todos os lados. Impossível parar de pensar, impossível se desconectar. O pensamento voa e o arrasta para campos férteis, às vezes nem tanto. O importante é uni-lo ao desejo, à intuição, às sensações. Faíscas se formam quando há sintonia entre o racional e o irracional.

Imagina-se às vezes com Laura, que o ignora desde o episódio do banheiro. Insuportável. Quem ela pensa que é?

A primeira coisa a fazer é deixar a casa de Phiber. Com todo o dinheiro que ganhou, podia comprar um apartamento. Era absurdo ter uma conta bem fornida no banco e continuar dormindo num sleeping. Phiber dizia que eles deviam tomar cuidado para não chamar a atenção fazendo muitos gastos de uma hora para outra, o que levantaria a suspeita da polícia. Já bastava o escritório que tinham constituído. "Não há pressa."

Sim, há pressa, sim, raciocina Kandinsky. Decidiu exigir sua parte e mudar nesta mesma semana. A revolução não pode esperar. Precisa ter sócios e seguidores como ele. Insatisfeitos com o estado de coisas e dispostos a fazer algo para modificá-lo. Imagina um exército de jovens que retomem as propostas utópicas e de mudança social das gerações anteriores. Que rompam a apatia e façam viver a sua raiva contra o governo vendido para as multinacionais, contra a nova ordem mundial. O descontentamento está no ar, e é só uma questão de canalizá-lo. Não será fácil, mas, como se dizia num mural de uma das paredes do San Ignacio, *Nada é impossível para aqueles que são capazes*.

Kandinsky boceja. Talvez o sono finalmente esteja chegando. Ocorre-lhe que essa será uma revolução diferente das anteriores. Haverá manifestações nas ruas da cidade, discursos emocionados feitos de algum palanque da praça principal. Mas pelo menos uma parte dela será feita a distância, por computador. Talvez nem seja necessário conhecer pessoalmente seus companheiros de luta.

Figuras geométricas tridimensionais flutuam na tela do computador. Olhos que parecem espioná-lo na madrugada.

Como ele suspeitava, Phiber não recebe bem sua decisão de ir embora. À tarde, ao retornarem de um cibercafé, ouvem-se gritos e críticas sobre a ponte dos Suicidas. Phiber afirma que se sente usado. Kandinsky se aproveitou de sua hospitalidade para adquirir autoconfiança e ficar independente.

Kandinsky silencia.

— Talvez você tenha razão — diz finalmente. Não quer discutir. Admitirá todas as acusações para acelerar a ruptura.

Phiber para e o olha diretamente nos olhos, implorante.

— Por favor, só mais um ano. Preciso de mais um ano.

Há na sua voz uma humildade genuína.

— A decisão está tomada — diz Kandinsky, sem alterar o tom.

Nem sequer lhe passa pela cabeça revelar-lhe seus planos e convidá-lo a fazer parte deles. Phiber é farinha de outro saco.

No caminho de volta, Phiber não fala mais nada. Ao chegarem a casa, diz que ele não pode entrar. Ele próprio colocará do lado de fora, na porta, os seus pertences.

— Temos de dividir o dinheiro — afirma Kandinsky.

— Nem pensar. Na minha opinião, você está abandonando a sociedade. O dinheiro vai ficar aí, esperando, para quando você decidir voltar.

Kandinsky não cairá na armadilha de sua chantagem. Sabe que não lhe será difícil conseguir tanto ou mais dinheiro até do que tem com Phiber.

Dá meia-volta e parte. Escuta os insultos de Phiber. A única coisa que lamenta é não ter podido se despedir de Laura.

*

Kandinsky passa a dormir numa pracinha a uma quadra de sua casa e do San Ignacio. Pelas manhãs, sentado num banco do outro lado da rua, observa a atividade no San Ignacio: longos intervalos de silêncio durante as aulas, pontuados por breves eclosões de euforia nos recreios. Também observa o que ocorre em sua casa. O pai acorda cedo para trabalhar no quintal: nada mudou. Seu irmão cresceu e desenvolveu um corpo robusto. A mãe sai cedo, provavelmente para cuidar de algum bebê ou para fazer faxina em alguma casa.

Às vezes sente a tentação de bancar o filho pródigo, aparecer na porta, dizer aos pais que voltou e jogar-se em seus braços: tudo foi apenas uma travessura que se prolongou mais do que o devido, e ele agora quer ajudá-los, acompanhá-los para que possam suportar bem a velhice. Embora já tenha se introduzido no mundo adulto, continuará a ser um menino para os pais. Mas ele intui que o retorno é impossível: uma vez iniciado o caminho, qualquer caminho, a única alternativa é prosseguir, mesmo quando se volta para casa. Os objetos e as pessoas se movem junto com você, não costumam esperar por ninguém.

Durante esses dias, Kandinsky tem frequentado o Portal para a Realidade, um cibercafé localizado no bairro de Bohemia. É atendido por uma jovem que tem o braço direito de metal. Kandinsky a observa, a distância, pegar copos de vidro com delicadeza, folhear as páginas de sua agenda, digitar no computador. O braço é controlado pelo cérebro, aprende a se mover de modo intuitivo, reconhece as formas e as texturas dos objetos e se adapta a elas. A jovem tem um rosto arredondado e insosso e um peito quase reto, mas Kandinsky se sente seduzido por ela, ou talvez pela relação que ela tem com o braço. Queria se relacionar com o seu computador da mesma maneira, intuitivamente: programar códigos sem a necessidade de usar o teclado. Convida-a a sair, mas ela recusa. Talvez seja tímida, ele pensa. Deve insistir.

O café é frequentado por jovens com carteiras bem fornidas e tendência a subestimar os outros; não é difícil, para Kandinsky, fazer apostas com eles em jogos de guerra on-line — está na moda o *Linaje*, ambientado no Japão feudal — e encher os seus próprios bolsos. Logo voltará a hackear algumas contas pessoais e transferirá o dinheiro para uma conta que abriu apenas para si; depois de sacar o dinheiro, fechará a conta e desaparecerá. Alugará um pequeno apartamento na periferia da cidade, no caminho da colina onde se encontra a Cidadela, e comprará um computador clonado da IBM.

E tudo estará pronto para começar a executar seu plano.

Kandinsky passa horas no Playground, com a intenção de recrutar pessoas. No Playground há um bairro de anarquistas, com uma praça e cafés onde se reúnem os avatares insatisfeitos com a política dos governantes do Playground. Kandinsky supõe que a insatisfação desses avatares deva estar relacionada com a de seus criadores no mundo real. Claro, nem sempre é assim: às vezes um avatar anarquista pertence a um yuppie dócil e um outro, revolucionário, está sob o comando de alguém que trabalha no governo. Mas é preciso começar de alguma maneira.

Ocorre-lhe que o melhor seria não misturar os dois mundos, pelo menos inicialmente. Por que não recrutar esses avatares para uma insurreição contra o governo do Playground? O mundo virtual lhe permitia exercitar algo que ele depois colocaria em prática no mundo real.

Na praça de pixels laranja e púrpura, junto a uma fonte da qual jorra uma água amarela, o avatar de Kandinsky, batizado como BoVe — em homenagem ao camponês que atacou um McDonald's em protesto contra a globalização —, recruta dois avatares: um andrógino e um Ser digital que mistura a cabeça de um unicórnio com o corpo de um tigre (os Seres digitais combinavam a cabeça de um animal de fábula ou de alguma personalidade famosa com o corpo de outro animal ou personalidade: uma górgone com o corpo de Ronaldo, uma hidra com o corpo de Britney Spears. O criador dos Seres digitais era um designer gráfico desaparecido em circunstâncias misteriosas; diante da proliferação de seres digitais piratas, sua irmã havia patenteado o invento e procurava fazer uso disso das formas as mais inverossímeis. Uma delas tinha sido vender a possibilidade de seu uso à corporação que mantinha o Playground).

Certa noite, os avatares pintaram palavras de ordem revolucionárias em vários lugares do Playground onde ficam os anúncios comerciais da Sony, Nokia, Benetton, Coca-Cola e Nike. Em todos os ataques, deixam a assinatura da Recuperação (nome com o qual Kandinsky batizou seu grupo), com um *R* maiúsculo no lugar do *a* no símbolo @. Perseguidos pela polícia, fogem pelas ruas do bairro anarquista e conseguem se esconder na casa de um professor universitário. Um dos avatares é pego ao saltar uma cerca e cair no jardim da casa vizinha àquela onde seus companheiros entraram; as forças de segurança o levam para a Torre, um edifício abominável onde ficam presos por tempo indeterminado os avatares mais incômodos para o regime.

As notícias sobre o ataque são divulgadas pela Rádio Liberdade, um dos poucos meios de comunicação clandestinos que o governo do Playground ainda não conseguiu fechar. Os boatos e os rumores fazem aumentar as proporções do ataque da recuperação. Nasce aí o mito de BoVe no Playground.

Na solidão de seu apartamento — uma mesa com o computador, uma TV em preto e branco, um aparelho de som e um colchão estirado no chão —, Kandinsky começa a pensar no próximo lance. Nos jornal, lê que o governo de Montenegro deu uma concessão de fornecimento de energia elétrica em Río Fugitivo para a GlobaLux, uma empresa formada por um consórcio ítalo-americano.

8

VOCÊ ALMOÇA NO REFEITÓRIO da Câmara Negra, a contragosto. As sopas têm gosto de grude — do que você imagina que seria o gosto de grude se o provasse —, é comum encontrar marcas de gordura nos garfos e nas facas, e as carnes são duras, cheias de intrincados labirintos de nervos. Muitas vezes você já se prometeu não voltar ali, e antes da hora do almoço murmurou a si mesmo que, como de hábito, numa espécie de ritual, iria para casa a fim de almoçar com Ruth e com Flavia, para depois ver um pouco das notícias na televisão e tirar uma sesta de meia hora tampando os olhos com um lenço (a extravagante rotina da vida doméstica). Mas logo encontrou um pretexto para adiar o retorno a casa pelo menos até a noite. E enviou um e-mail para Flavia — talvez uma foto digital ou trinta segundos de um vídeo com você fazendo macaquices nos corredores do Arquivo — como uma compensação insuficiente.

Está sozinho numa mesa afastada do refeitório, repassando uma outra mensagem em código que lhe chegou esta manhã, quando Baez e Santana se aproximam, trazendo nas mãos as bandejas de plástico com o almoço.

— Podemos sentar, professor?

Você tenta detectar na voz um tom de gozação ou de sarcasmo. Preferia dizer não, está incomodado e preocupado. Falta pouco para acabar de decifrar a mensagem, e tudo indica que voltaram a insultá-lo: *criminoso, assassino, suas mãos estão manchadas de sangue*. Seu apego à boa educação, porém, o impede.

Fecha a pasta com a mensagem. Observa-os: um louro, o outro moreno, faces opostas de uma mesma moeda. Calças pretas, camisas brancas e gravata. Albert preferia incentivar a individualidade e deixava que cada um se vestisse como quisesse. Ramírez-Graham se acha o diretor de um internato e impôs regras rígidas sobre como se vestir no trabalho. Pode-se conhecê-los pelas roupas; sob o comando de Albert, forjaram-se os maiores gênios da criptoanálise em Río Fugitivo, como Turing; o lema de Ramírez-Graham é vitória de um, vitória de todos — influenciado pela leitura que fez de *Os três mosqueteiros*, imagina Turing —, e não há como alguém se destacar dos demais.

— O chefe está possesso — diz um deles, dando uma mordida no seu hambúrguer.

— Não é para menos — diz o outro, louro e com acne. — A Resistência humilhou o governo.

— E Montenegro está procurando os culpados. Ou o seu governo, o que dá na mesma. Porque, a esta altura, Montenegro não deve passar de um boneco nas mãos de seu grupo. De sua família. De sua mulher. Se ele morrer, são capazes de mantê-lo vivo artificialmente até o fim do mandato.

— Obviamente, quem paga o pato somos nós.

— Acham que somos mágicos.

— E que devemos interceptar todas as comunicações do país.

— E ainda entendê-las.

— Sempre digo que talvez os métodos antigos conseguissem melhores resultados. Procurar documentos comprometedores nas lixeiras.

— Essa *fucking* Resistência. Esses moleques têm máquinas mais poderosas do que as nossas. Será que somos tão insignificantes assim?

— Será que o próximo presidente irá nos eliminar de uma penada só? Se for o dirigente dos *cocaleros*, não tenho nenhuma dúvida.

— Por isso é que o invejamos, professor.

— Uma inveja sincera.

Falam de modo atropelado e ruidoso, de boca cheia. Perturbam a sua paz. Tiveram ascensão rápida graças à sua maneira indiscreta de cortejar Ramírez-Graham. Ou melhor: nem sequer tiveram de ascender, já começaram de cima. Albert nem sequer os teria contratado.

— A gente bem que gostaria de ter vivido na sua época — prossegue Baez, abaixando a voz. Sua expressão é sincera.

— Época de ouro — sugere Santana, em tom de admiração.

— E temos interesse em ouvi-lo — de novo o tom mais elevado, as palavras pronunciadas com ênfase. — Que nos conte o que viu.

— O senhor é parte da História. Nós, não.

— A não ser que aconteça um milagre.

— E colaboremos em alguma coisa para pegar Kandinsky.

— Filho da puta.

— Dizem que não tem nem 20 anos.

— Ninguém tem pista alguma. Pode ser qualquer pessoa.

— Pode, inclusive, estar trabalhando aqui.

— Pode ser o próprio chefe.

— Se ele ouvir isso, ele mata você.

— Se ele ouvir isso, ele me aplaude. Não é a regra dele? Sermos paranoicos. Desconfiar até de nós mesmos.

— Sim. Eu já não consigo ler os e-mails da minha namorada sem pensar que ela pode estar mandando mensagens secretas, dizendo que, na verdade, me odeia.

— E eu não consigo ler as minhas anotações sem pensar que estou tentando enviar para mim alguma mensagem secreta, fazendo ao mesmo tempo todo o possível para não ser decifrado por mim mesmo.

Há algo patético em sua exuberância de gestos e palavras. Se você é insignificante, é também, pelo menos, uma peça de museu. Já eles o são da pior maneira, nascidos fora do tempo para sua profissão (em comparação com países mais desenvolvidos, até mesmo você tinha nascido fora do tempo; graças ao fato de que o país ao qual foi destinado se movia ao mesmo tempo em diferentes fases históricas, você conseguiu agarrar a cauda do cometa). Olham para você como se você fosse o próprio Arquivo, e você, que lutou tanto contra isso e renegou tanto a sua obsolescência, começa a achar que, no fim das contas, aceitar a nova situação talvez não seja algo tão negativo.

— Não tenho muito para contar — diz. Não vai lhes dar esse prazer. A primeira coisa que se deve aprender nessa profissão é manter segredos. Inclusive com os colegas de trabalho.

— Como não, professor? Não seja modesto.

— Quem tem muita coisa para contar é Albert — você diz. — Sabe tudo sobre todo mundo.

— Mas ele já não consegue falar.

— O que não é um destino ruim para gente como nós — você diz.

— Então, conte-nos pelo menos alguma coisa sobre ele. Era tão rápido como se diz?

— É verdade que era um fugitivo nazista? Muito amigo de Klaus Barbie?

— Dois nazistas encarregados de operações secretas de Montenegro quando era ditador, um encarregado dos paramilitares, outro encarregado do aparato de inteligência.

— Trabalhei na Câmara Negra desde o começo — diz, a voz firme. — E posso jurar que Albert não conhecia Barbie. Barbie apareceu nos anos 1980, com o governo de García Meza. Foi assessor do DOP, mas não tinha nada a ver com a Câmara Negra.

— É de se pensar — diz Baez. — Barbie chegou à Bolívia no começo dos anos 1950. Não me venha dizer que ficou trinta anos sem fazer nada. Como pode ter certeza de que não foi assessor secreto de outros governos militares antes dos anos 1980? Talvez na época de García Meza ele tenha se sentido seguro o bastante para vir a público, mas lembre-se de que, como fugitivo nazista, convinha-lhe ficar quieto. Seu erro foi voltar à vida pública de maneira aberta.

— Com licença, senhores.

Você se levanta, incomodado.

— Aconteceu alguma coisa? — pergunta Baez, tentando evitar que você se retire.

Santana e ele estão surpresos com a sua reação. Acostumaram-se com a tranquilidade com que você aceita tudo, a forma como os músculos do seu rosto não demonstram nenhuma emoção, inclusive quando parece que estão fazendo alguma gozação com você. Você, porém, é uma coisa; outra coisa, muito diferente, é Albert.

— Não vou tolerar ofensas a Albert.

— Desculpe-me, por favor — diz Baez. — De verdade.

— Eu também — diz Santana. — Estávamos falando apenas por falar, sem intenção de ofender.

Aceita as desculpas com um sorriso leve e vai embora. São charlatães demais, não durarão muito nessa profissão.

Ainda falta um bom tempo para voltar ao trabalho. Você decide, então, fazer uma visita a Albert. É sua visita mensal, adiantada de alguns dias. Quem sabe ele não o ajude a decifrar o enigma das mensagens que tem recebido. Quem sabe, como em outras vezes, algumas frases em seu delírio o iluminem.

Albert vive no segundo andar de uma casa modesta na avenida das Acacias, com um jardim de rosas ressecadas e uma seringueira mirrada. As paredes são pintadas de azul, e uma trepadeira se aventura por elas sem muita energia. O primeiro andar está vazio; uma escada externa leva diretamente ao segundo andar. Um policial guarda a porta; só permite a entrada de pessoas autorizadas pelo governo.

Você levou bastante tempo para chegar. A avenida está bloqueada; não o deixavam passar, e você teve de estacionar o Toyota num cruzamento e ainda pagar alguns pesos. Depois de receber o dinheiro, um jovem o insultou: "Não vá imaginar que nos deu uma esmola!" Você não disse nada. Tinha ficado olhando o rosto do Libertador na nota. Ele olhava para você fixamente; queria lhe transmitir alguma coisa. O quê? O que, meu Deus, o quê? "E pense bem no que está fazendo, e da próxima vez não saia de casa. A cidade está toda paralisada, e o senhor não consegue se solidarizar com um amplo movimento popular."

Você estava pensando naquele rosto pétreo impresso na nota. Deve ter feito um esforço para retornar para o *aqui* e *agora*. Prosseguiu no seu caminho sem responder ao jovem; odeia o confronto. Além disso, nem sabe muito bem contra o que eles protestam. A capitalização da companhia de luz? O aumento nas tarifas de eletricidade? Diante da abundância de greves e manifestações, é difícil saber a diferença entre as relevantes e as irrelevantes. Tudo iria melhor se houvesse mais respeito à autoridade, se não se perdesse tempo ou dinheiro discutindo-a ou não a reconhecendo. Você está vivendo em tempos difíceis.

O policial interrompe a leitura do *Alarma* e o saúda com um leve movimento da cabeça. Tem sobrancelhas brancas e uma pele de um rosa descolorido. Um defeito genético, um código mal escrito. Conhece você, mas, mesmo assim, pede que apresente a sua carteira. Você a entrega, respeitoso. E fica olhando a primeira página do *Alarma*. *Afogou o filho enquanto dormia*. Quem estava dormindo? O filho ou o assassino? Você imagina um assassino sonâmbulo, seu corpo se mexendo enquanto ele está ausente, incapaz de responder pelos seus atos. Imagina sua mente funcionando entre os sonhos, os pensamentos se sucedendo livremente, distantes de um ser racional capaz de controlá-los. Talvez todos nós sejamos sonâmbulos, raciocina, com nossos atos, ideias e sensações sendo guiados por algo ou por alguém que está para além de nós mesmos, ou talvez no nosso interior. O efeito é o mesmo. *Afogou o filho enquanto dormia*. Esse algo ou esse alguém que se encontra dentro ou fora de você e que o controla, você considera haver nessas palavras uma mensagem que talvez pudesse ajudá-lo a entender o sentido do mundo. Ficará esgotado procurando o código que desvende essa frase, que restitua a um pedaço do universo a ordem definida por alguma Primeira Causa.

— Deve ter sido difícil chegar até aqui — diz o policial, de olho na sua carteira. — Não estão deixando ninguém passar. O Exército deveria intervir. Enfiar um gás neles todos. Isso os deixaria bem calminhos, como numa missa.

Você assente com a cabeça. Já se perguntou algumas vezes de onde vem o respeito que tem pela autoridade. Teve uma infância privilegiada; seu pai era um engenheiro com um cargo importante na companhia nacional de petróleo. Era alto e encorpado, tinha voz firme, intimidadora; andava sempre organizando os colegas e seus subordinados em busca de melhores condições de trabalho. Seu erro, se é que se pode falar assim, foi se solidarizar com uma greve de fome dos trabalhadores de base. Os outros engenheiros decidiram não apoiar a greve sob o argumento de que não tinham nada a ver com as reivindicações de outro setor; seu pai era do tipo que se comovia facilmente e não conseguiu fazer a mesma coisa. Tinha muito amigos entre os trabalhadores. A direção lhe deu várias oportunidades para reconsiderar a sua posição, mas ele se manteve impávido em seus princípios. Ao final, foi demitido. Poderia ter esquecido o assunto, tratando de procurar emprego numa empresa privada, mas não quis fazê-lo. Decidiu apelar contra a demissão até as últimas consequências. Os advogados comeram toda a poupança de seu pai, e a família foi perdendo os privilégios que tinha. A direção da companhia, com apoio do governo, não cedeu, e seu pai acabou sendo derrotado, tornando-se um homem rancoroso. Você se lembra dele murmurando insultos enquanto regava o jardim. Andando pela casa de noite, insone, com um tremor nos lábios. Talvez date desses anos esse seu respeito, esse medo da autoridade. Ou talvez houvesse alguma coisa inata dentro de você que o fez apreender justamente isso daquela experiência, pois outra pessoa, com outro temperamento, poderia, talvez, extrair uma lição em sentido oposto.

— Pode passar, professor — diz o policial, voltando-se, de novo, para a leitura de seu jornal. — Peço-lhe apenas que não demore muito.

O quarto tem cheiro de folhas de eucalipto e de remédios. Albert está deitado na cama com as cobertas até o pescoço; os olhos estão abertos, mas você sabe que ele está dormindo. Vários tubos conectam seu corpo a uma máquina de cor creme num dos lados; numa tela de monitor, a trêmula geometria de seus sinais vitais. Você ainda se sente pequeno e insignificante diante dessa figura reverenciada, tempos atrás tão poderosa. Nas primeiras vezes, enganado pelos olhos dele, pensou que estivesse acordado e tentou travar uma conversação. Não adiantava. Agora, o que você faz é contar-lhe, sem parar de falar, tudo o que aconteceu na Câmara Negra desde a última visita. E aquele rosto sulcado de rugas, e aquele corpo mais próximo da morte do que da vida, deixam que você fale como costumava fazer em vida, mesmo que você não tivesse aproveitado muito essa oportunidade. De repente, às vezes, os lábios fazem um esforço e pronunciam algumas palavras ou frases; no começo lhe pareciam incoerentes, mas, com a sucessão de visitas, você descobriu que, como um oráculo, elas lhe dizem algo esclarecedor sobre a sua situação atual. Um espécie de *I Ching* particular, sua profetisa exclusiva. Albert estava interessado em descobrir como o pensamento pensava; queria encontrar o algoritmo, os passos lógicos que iam de uma ideia para outra como ramificações nervosas previsíveis. *Pouparíamos muito tempo*, ele dizia, *se conseguíssemos controlar os sons do mundo; seria muito mais fácil, assim, conhecer os planos dos nossos inimigos*. Faz sentido, então, que haja alguma coerência no seu delírio. Faz sentido, então, que seu delírio seja interpretado como um código que dê conta da realidade do mundo.

Você senta numa cadeira ao lado da porta. As paredes do quarto reluzem, mais nuas, do que de costume. Algumas fotos, três ou quatro, foram retiradas. Nessas paredes, alguém da Câmara Negra havia erguido uma biografia de Albert no país. Albert em seu gabinete, o cigarro teimoso entre os lábios. Albert apertando a mão de um jovem e ambicioso Montenegro. Albert com a réplica de uma máquina Enigma, que ele mandara colocar em seu gabinete, como forma de obter inspiração. Havia inclusive uma foto com você e outros daqueles primeiros dias. Quais estão faltando? Sua memória logo lhe dará a resposta.

Faz três anos desde a primeira vez que ele começou a delirar. Você estava na sala dele, falavam sobre o vice-presidente de Montenegro, que tinha feito uma reunião com Albert para informar que os planos de reorganização da Câmara Negra tinham sido aprovados. Albert não gostava do vice-presidente, americanizado demais. Mas confiava em Montenegro: afinal, graças a ele é que ele tinha ficado na Bolívia. E graças a ele é que a Câmara Negra existia. De repente, você o ouviu murmurar uma sequência incompreensível de palavras. Dizia chamar-se Demarato, que era grego e vivia em Susa. Inventara a estenografia. Dizia chamar-se Histaiaeo e que era governador de Mileto. Dizia ser Girolamo Cardano, criador de uma grade estenográfica e do primeiro sistema de autochave. Dizia-se imortal. Não conseguia parar de falar. Você reuniu toda a coragem que tinha e jogou um copo d'água no seu rosto. Ele acordou. Pediu desculpas. Mas já era tarde. Dois dias depois, aconteceu a mesma coisa, desta vez na Sala Vigenère e perante um grupo de criptoanalistas. Depois de vários minutos de um discurso completamente desconexo, deram-se conta de que alguma coisa anormal acontecia com ele. Um deles se aproximou e pediu que se sentasse, que estava muito agitado. Albert reagiu com fúria e tentou golpeá-lo. Em seguida, atirou no chão as pastas e os porta-lápis e tentou chutar quem encontrasse pela frente. Três homens o lançaram ao chão e o imobilizaram até chegar a ambulância. Levaram-no numa camisa de força. Ele perdeu a consciência, e quando acordou não era mais o mesmo. Trazia os olhos vazios e não falava nada, a não ser, muito de vez em quando, algumas frases sem sentido que Turing se esforçava para compreender. Desde então, está recluso no segundo andar daquela casa na avenida das Acacias.

Você cruza as mãos e começa a falar. Diz que sente a falta da presença dele, que transmite confiança e tranquilidade para todos na Câmara Negra. E conta os últimos acontecimentos. Sobre Kandinsky e a Resistência. Sobre Ramírez-Graham e as mudanças por ele efetuadas, em desrespeito às regras instituídas por Albert. Sobre os códigos inexplicáveis que você tem recebido. Frases insultuosas e injustas. Tantos anos a serviço do país não merecem esse tipo de retribuição. Pede sua ajuda. Se estivesse ao seu lado, você se sentiria mais forte e poderia descartar qualquer injúria com facilidade.

Escuta, vindo da rua, o barulho dos poucos carros que passam. Pela janela, as montanhas no horizonte, que sempre o surpreendem. Espera. Não há resposta alguma. Por um momento lhe ocorre que Albert não existe mais. Nota, em seguida, um leve movimento sob as cobertas, a agitação cansada da respiração em seu corpo.

— Kaufbeuren — diz Albert de supetão, surpreendendo-o.

— Kauf...?

— Kaufbeuren. Rosenheim.

— Ros... Ros...?

— Kaufbeuren. Rosenheim. Huettenhain.

Silencia. Você memoriza as palavras, ou o que conseguiu entender delas. Kaufberen. Rosenrreim. Uetenrrain. Preferia ficar mais tempo ali, talvez Albert fale mais alguma coisa. Mas não pode: você precisa voltar para o trabalho. Voltará tentando descobrir a que essas palavras se referem.

Pelo menos, no silêncio, acorrerão à sua mente as imagens que estão ausentes nas paredes. E você descobrirá que havia, no fundo, um motivo para sua visita de hoje: alguma coisa que o seu inconsciente já sabia antes de você. Queria descartar ou confirmar aquilo que tinha ouvido de Baez e Santana.

Uma das fotos é de um grupo, em preto e branco. Nunca prestou muita atenção nela, os rostos estão um pouco borrados. Há nove homens, em duas fileiras: cinco usam uniformes do Exército, os outros quatro estão de camisa e gravata. Um deles, o que está mais à esquerda, é Albert. Ao lado dele, você imagina, intui, Klaus Barbie.

9

FLAVIA ENTRA NO Portal para a Realidade. O primeiro andar está cheio de luzes vermelhas e amarelas, e as caixas de som emitem a música trance de Paul Oakenfold. Colegiais e universitários se enfrentam nas telas dos computadores Gateway arranjadas em três fileiras. Nas paredes, pôsteres de *Matrix*, Penélope Cruz numa cena de *Preso na escuridão*, e em outra de *Vanilla Sky*, e diversas capas de *Wired*. Em letras alaranjadas, um anúncio do lugar exclama: *Agora também alugamos celulares!* Flavia se dirige ao balcão e pede um computador, se possível numa das cabines reservadas do segundo andar. Uma garota de cabelo vermelho e piercing nos lábios informa que elas custam o dobro do que nas cabines do primeiro andar, e lhe entrega um número sem tirar os olhos de seu monitor: está jogando *Linaje*. Na primeira vez que vim a este café, a garota que atendia me deixou nervosa, tinha um braço de metal e fazia de tudo, como se fosse normal, que coisa mais estranha. Nascera assim, ela me disse, aquele braço era normal para ela, o estranho era ter dois braços, como eu. E acabei olhando para os meus braços durante uma semana como se fossem bichos estranhos, tocando neles, inclusive mordendo-os.

O ambiente lhe parece pretensioso, deslocado num lugar como Bohemia. Mas Bohemia, cabia admitir, já não era como antes, e aquilo que em algum momento parecia fora de lugar ali agora era normal. O bairro tinha ficado conhecido graças aos cafés localizados em torno de uma praça que tinha no centro uma estátua de Bob Dylan. Os primeiros clientes desses lugares com ares alternativos haviam sido universitários e mochileiros, que ali discutiam tanto sobre a cosmovisão aimará quanto sobre o novo cinema mexicano e a música de Björk. Surgiram depois as discotecas de música techno, as filhinhas de papai vestidas na última moda — botas com plataforma alta, minissaias de plástico e tops com jeito de lingerie — e os rapazes ricos frequentadores do Playground com seus celulares importados do Japão. Tudo que se tornava conhecido demais acabava se corrompendo.

Sobe as escadas, tenho quase certeza de que me enganei. Pelo que consegui decifrar do papel entregue por Ridley a Erin, Rafael deveria estar numa das cabines do segundo andar. Mas não consigo imaginá-lo num lugar como este. Ele era como ela, uma pessoa que preferia os cibercafés vazios do Enclave. Se suas suspeitas estavam certas, Rafael tinha alguma coisa a ver com a Resistência, e para os hackers desse grupo um lugar como o Portal para a Realidade devia ser malvisto.

A atmosfera do segundo andar é completamente diferente da do primeiro. Não há luzes ofuscantes nem pôsteres nas paredes. Doze cabines, a maioria desocupada. Os passos de Flavia hesitam. Ela olha de modo dissimulado para dentro das cabines cujas portas estão entreabertas. Nada aqui, nada ali. Irá até a última cabine, no fundo, só para tirar a coisa da cabeça, e voltará para casa.

Às suas costas, escuta uma voz sussurrando seu nome. Ela para e dá meia-volta; uma das cabines acaba de se abrir. Aproxima-se, mechas do cabelo lhe caindo sobre a testa. Sentado numa poltrona de couro preta está Rafael, que, num gesto imperioso, lhe pede para andar mais rápido. Flavia entra na cabine e Rafael fecha a porta. Está com olheiras, e suas pupilas se movimentam de um lado para o outro, inquietas. Flavia raciocina que esta versão de Rafael tem muito pouco a ver com aquela outra, tranquila e segura de si, que ela havia conhecido no micro alguns dias antes.

— Você é mais inteligente do que eu tinha pensado — diz Rafael. — Conseguiu chegar. Em alguns momentos, achei que não seria capaz, que a mensagem de Ridley para Erin tinha sido muito cifrada, que você não perceberia que na verdade era uma mensagem para você et cetera.

— Se você sabe tanto sobre mim como acha que sabe, então deveria confiar mais em mim — diz Flavia, agora convicta de que uma das coisas que mais a atrai em Rafael é sua voz grossa, tão masculina. Não conseguiria me apaixonar por ele apenas através do Playground, ou talvez dentro de pouco tempo não seja mais necessário escrever para se comunicar no Playground, será possível conversar em viva voz, como quando se fala no celular. Tantos avanços na tecnologia digital, e no entanto escrevemos cada vez mais. Pensando bem, é uma coisa meio anacrônica.

— Não temos tempo a perder. Se você chegou até aqui, significa que eles também podem ter lido a mensagem e chegar até aqui.

— Eles quem?

— A Resistência.

— Você poderia ter marcado este encontro num lugar menos óbvio.

— Escolhi este lugar justamente por ser óbvio.

— E o que o pessoal da Resistência tem contra você? E se Ridley é da Recuperação, então quer dizer que você tem um avatar na Recuperação?

Rafael respira fundo. A poltrona range.

— A Resistência e a Recuperação são a mesma coisa. A Recuperação foi um grupo virtual formado para a resistência no Playground. Quem controlava os avatares eram hackers que depois formaram a Resistência para saltar do espaço virtual para a realidade.

Flavia franze o cenho, esforçando-se para entender. Ouve alguns passos rondando a cabine. Rafael põe o dedo indicador sobre os lábios. Os passos desaparecem.

— Que paranoia, essa sua — diz Flavia.

—Eu os conheço muito bem. Fui um deles. Para mim, tudo começou como um jogo. E, no fundo, talvez nunca tenha deixado de sê-lo, e esse é o meu problema. É da minha personalidade. É difícil eu levar as coisas a sério. Mesmo sendo uma questão de vida ou morte. Por isso eu passava horas e horas no Playground. Porque, de certa maneira, tudo vira jogo na tela de um computador. E porque ali eu podia conseguir informações. Você sabe que sou um Rato, e se não sabe pelo menos suspeitava. Um Rato do bem, que não engana.

— Você não é hacker?

— É só um meio para atingir um fim. Faço isso para obter informação, como último recurso.

Rafael olha para ela como se não tivesse paciência nem tempo para lhe explicar tudo em detalhes. Como são frias as mãos dele, parece que dormiu ao relento. E como está nervoso. Flavia se pergunta o que pode fazer para ajudá-lo. E diz a si mesma, também, que aquela é uma sensação nova, tocar nas mãos de um homem e não se sentir hostilizada ou rejeitada. Havia tentado aos 15 anos, fora ao cinema e a festas com amigos, mas fora incapaz de ir adiante: nem bem a tocavam e ela se sentia repelida por alguma carga negativa. Não era culpa deles: era ela, era a imagem sinistra dos homens que existia dentro dela, contra a sua própria vontade.

— Tudo começou como um jogo — diz Rafael —, até que fui seduzido por BoVe. E comecei a fazer parte da Recuperação.

— No Playground.

— Exatamente. Era uma espécie de teste. Atacar o governo do Playground, ir desenvolvendo um modelo de resistência que depois seria posto em prática na vida real. Claro que não era fácil chegar a esse modelo, não existem correspondências diretas entre esses dois mundos, mas pelo menos nós tentamos. E então passei a integrar o círculo de Kandinsky na Resistência. Porque, você certamente já entendeu, BoVe era o avatar de Kandinsky no Playground. No Playground, era eu quem conseguia obter os objetos que depois, vendidos no mercado negro, financiavam as nossas atividades. Não me pergunte como eu fazia. Digamos que ser um Rato tem suas vantagens. Os Ratos têm uma fama muito ruim, merecidamente. Uma das coisas que eles fazem é extorquir pessoas que trabalham na empresa encarregada do Playground, para que lhes digam como conseguir objetos valiosos, como vidas extras, cartas mágicas.

Rafael se levanta, apoia as mãos na parede atrás de si. Flavia percebe o cansaço nos seus gestos. Esforça-se para entender, mas há alguma coisa nessas explicações que não amarra o conjunto.

— E assim iam as coisas — prossegue Rafael. — O fato é que depois, quando a Resistência começou a operar na vida real, eu quis conhecer Kandinsky pessoalmente. Não consegui fazê-lo. E me dei conta de que nenhum dos hackers principais, o círculo, digamos, o conhecia pessoalmente. Era uma tática que se justificava para evitar delações. E também, é claro, para que o mito crescesse. Ninguém conhecia aquele grande hacker em pessoa, mas todos tinham alguma história a contar sobre ele. Dessa maneira, o mito nascido no Playground, relacionado ao avatar chamado BoVe, passou para a vida real, para a pessoa conhecida como Kandinsky, que controlava o avatar BoVe. Parece complicado? Mas não é.

— E eu? Que papel eu tenho nisso tudo?

Rafael volta a se sentar. Movimenta as pernas, agitado. Passa as mãos na barbicha.

— Os meios de comunicação, inclusive os mais críticos, criaram uma aura em torno de Kandinsky. Uma pessoa do Terceiro Mundo que foi capaz de colocar de joelhos grandes corporações, símbolos do Primeiro Mundo, do triunfo do capitalismo. É a mais viva expressão da resistência a um governo que adota políticas neoliberais selvagens. E, sim, Kandinsky é tudo isso, sim. Mas não é um deus.

Faz uma pausa. Limpa a garganta.

— É um ser falível, como todos nós — o vozeirão prossegue, e ele que estava falando baixo; como seria se falasse em voz alta? — E chegou ao topo não só por causa de sua grande habilidade para manipular a tecnologia, ou por seu carisma, mas também pela forma impiedosa como elimina qualquer tipo de discordância na organização. A Resistência não tolera resistência interna. Sua capacidade de luta contra o governo e as corporações se deve a um fundamentalismo ideológico que impede qualquer debate interno. Através do meu avatar, comecei a suspeitar de alguma coisa no Playground. Tudo ficou claro para mim quando alguns membros da Recuperação foram encontrados mortos e tentaram fazer-nos acreditar que tinha sido o governo. Mas era coincidência demais que esses membros fossem justamente aqueles que se tinham oposto a BoVe numa reunião recente.

Fala com rapidez, como se tivesse o tempo contado para expor seu caso.

— E algo semelhante aconteceu há pouco tempo na vida real. Dois hackers apareceram mortos.

— Vivas. Padilla.

— É isso aí. Os dois eram da Resistência. E eu, que não me sentia pronto para acusar Kandinsky, decidi que você seria a pessoa adequada para tornar pública a acusação. Seu site tratava de hackers, então decidi fazer chegar a você tudo o que eu sabia. Claro, eu precisava fazer parecer que estava advertindo você sobre o perigo que corria se continuasse a investigação sobre a identidade de Kandinsky. Estava sendo monitorado, e um passo em falso poderia significar o meu fim.

— Ou seja, foi você que...

— É isso aí. E fiquei impressionado com a sua coragem de publicar tudo. Bem, quase tudo. Você não mencionou que era Kandinsky...

— Precisava de provas mais concretas. Apenas insinuei. Para bom entendedor...

— Não estou criticando. Eu me senti mal, um covarde, porque tinha posto a sua vida em risco. Por isso é que eu seguia você. Me sentia responsável por você, e queria protegê-la.

Flavia olha para ele com os olhos sobressaltados. Não sabe o que dizer.

— Ridley contatou Erin no Playground — continua Rafael — porque temia pela vida dela. E eu faço o mesmo com você agora. Podem até acabar comigo. Mas pelo menos você já conhece a história e vai se encarregar de continuar tornando-a pública.

— Não posso fazer muita coisa enquanto não se souber quem é Kandinsky.

— Nem mesmo nós, os Ratos, podemos ajudá-la nisso.

Rafael beijou-a nos lábios. Foi um beijo que começou com doçura e se tornou agressivo. Flavia fez cara de surpresa; na verdade, o que a surpreendera, antes, fora a demora para que isso acontecesse. Tinha pensado que o encontro seria romântico; não suspeitava do novelo que se desenrolaria na sua presença. Talvez um dia, depois que tudo isso terminasse, os dois pudessem embarcar numa relação sentimental; por ora, outras coisas os chamavam, com urgência.

— Ficarei em contato, aqui ou no Playground — disse Rafael. — Saia você primeiro. Não se vire para trás por nada neste mundo. Assim que você colocar os pés na rua, eu sairei da cabine.

Beijaram-se mais uma vez. Flavia saiu da cabine, desceu as escadas com pressa e se aproximou do balcão. Devolveu seu número à ruiva, dizendo que não chegara a usar o computador; a garota a olhou com estranheza e comprovou no seu monitor o que Flavia dissera.

Quando Flavia saía, viu descer de um Honda Accord vermelho destrambelhado dois homens de óculos escuros. Chamou-lhe a atenção que o Honda tivesse ficado junto à calçada do café com o motor ligado. Quando se deu conta do que se tratava, já era tarde. Entrou no café no instante em que soavam os tiros. Rafael, que começava a descer as escadas, caiu de bruços e rolou até que seu corpo foi detido pelo corrimão de metal. Enquanto os homens de óculos escuros saíam correndo do café e fugiam com o automóvel, Flavia, imune ao pânico reinante à sua volta — estudantes gritando debaixo das mesas, tropeçando uns nos outros em busca de saídas de emergência que não existiam —, corria em direção ao corpo caído, o sangue manchando a camisa branca, o coração batendo, batendo, parando de bater.

10

Ruth detém-se à porta da sala, na qual há uma foto de Bletchley Park e tiras cômicas de Mafalda e The Far Side. Sente dor nos pés, os sapatos de salto alto a incomodam de modo intolerável; tira-os e os deixa no corredor, ao lado de uma lixeira. O policial a observa, entre curioso e expectante. Abotoou a jaqueta, sua figura parece, agora, mais composta. Ruth se sente mais tranquila: o nariz parou de sangrar. Será que as veias podem sair de seu leito normal como fazem os rios em tempos de chuva? E podem voltar a ele da mesma forma intempestiva como saíram? Que falhas geológicas se abrem a cada dia em seu organismo envelhecido? O que as futuras endoscopias, colposcopias e laparoscopias revelarão sobre suas células cansadas?

Pega a chave. Independentemente do que lhe esteja acontecendo, ela decidiu que não se deixará abater pelo pânico. Não será como sua mãe, que diante da deterioração inexorável do corpo preferiu acabar com tudo de uma vez e lhe impôs um espetáculo de horror.

Dá algumas notas ao policial. Sente-o insatisfeito, olhando as notas contra a luz para se certificar de que não são falsas. Alguém dando uma propina, alguém a recebendo, quantas vezes por minuto isso acontece no continente? A corrupção institucionalizada como forma de vida.

No olhar desconfiado e na pele escura do policial, em sua pose de desafio, as pernas abertas e o corpo um pouco inclinado para a frente, Ruth nota o abismo que os separa. O que ela pode fazer? Não é sua culpa. Não vai cair nessa armadilha. Já caiu nela várias vezes, quando via as pernas cheias de varizes de sua empregada Rosa e a obrigava a ir ao médico e pagava-lhe a consulta e os remédios; ou quando Rosa lhe contou que estava fazendo uma poupança para comprar um televisor, e ela a ajudou com alguns pesos extras para depois ficar sabendo que Rosa dera o dinheiro para o ex-marido. Aprendeu que nenhuma ação bem-intencionada pode remediar aquilo que é irremediável. Só serve para que a pessoa se sinta com a consciência tranquila por alguns minutos, por uma tarde, talvez por um dia.

Ruth lhe dá mais algumas notas e entra na sala. O policial fica do lado de fora, observando-a pelo canto do olho através da porta entreaberta, a mão tocando no quepe num gesto congelado, como se posasse para uma fotografia.

A sala tem cheiro de jasmim e de tabaco negro. Ela acende um cigarro, olha sem atenção para os papéis sobre a escrivaninha — apontamentos de aulas, anotações para um artigo sobre o papel desempenhado pela NSA na guerra das Malvinas (a NSA conseguira decifrar os códigos do Exército argentino; contribuíra com 98 por cento da informação que os ingleses tiveram à sua disposição na guerra) —, os livros nas estantes — as histórias da criptoanálise de Kahn, de Singh, de Kippenham —, os vídeos de filmes relacionados com a criptoanálise para as aulas do próximo semestre — *U-571*, *Windtalkers*, *Uma mente brilhante*, *Enigma* —, os quadros de Degas nas paredes.

Pega o manuscrito na gaveta inferior direita da escrivaninha. Quase trezentas páginas redigidas em diversos códigos; o que a deixa mais orgulhosa é um de substituição polialfabética, criado por ela mesma com base no Vigènere, que permanecera tantos séculos sem que ninguém conseguisse decifrá-lo. Até mesmo o título e o seu nome, na capa, estavam escritos em código. Qualquer pessoa que visse aquilo diria que ela sofria de uma obsessão doentia. Era normal, a única forma que ela tinha de se relacionar com os códigos. Pelo menos transformara a sua dedicação numa curiosidade inofensiva. Pelo menos tivera a integridade necessária para perceber que rumo teria o trabalho na Câmara Negra e retirar-se a tempo.

— Posso fazer uma ligação? É para o meu médico. Se quiser, pode anotar o número.

— Vá em frente. E apresse-se.

Ruth disca o número do consultório. A secretária diz que o médico ainda não chegou, essa história de bloqueios. Ruth pergunta pelos resultados dos exames. A secretária diz que o laboratório está fechado, que por favor ligue amanhã.

Ela sai da sala apertando o manuscrito junto ao peito. Ela e o policial caminham no pátio vazio rumo ao portão principal. Ouvem gritos e explosões; o policial, porém, anda como se não tivesse nenhuma pressa. Ruth acompanha o seu ritmo. Agora sim, ela pensa: entregará o manuscrito a Cardona, e isso será o fim para Miguel. Irá para casa fazer as malas e comunicar-lhe que seu advogado dará início aos trâmites para o divórcio. Sairá dali num táxi rumo à casa de seu pai, na zona norte de Río Fugitivo. Talvez procure um apartamento, ou decida, melhor, dar um salto no escuro, demitir-se do trabalho e mudar para La Paz. Flavia a preocupa. Iria com ela ou ficaria com Miguel? Talvez nenhuma das duas opções. Era tão independente...

— O que tem de tão urgente nessa papelada? — pergunta o policial, sem olhar para ela.

— É parte de uma pesquisa que estou fazendo. Sou historiadora. Estava com medo de ficar sem eles se essa situação se prolongasse muito. Agora pelo menos vou poder trabalhar em casa.

— No meu caso é o contrário. Vou ficar um bom tempo sem poder voltar para casa. Quando há estado de alerta, ficamos aquartelados.

— Onde você mora?

— Em Tarata. Quer dizer, para onde fui encaminhado. Mas não reclamo. Acabei de receber um fuzil novo. Antes não tinha nem mesmo um revólver.

— O que aconteceu com o seu?

— Me roubaram um mês atrás.

— E não lhe dão outro?

— Descontam do meu soldo. E só dão um novo quando o outro está pago. Pode levar meses. E os ladrões não esperam. Por sorte, Tarata é quase deserta. Às vezes acontecem algumas brigas de bêbados, mais nada. E se ganha alguma coisa com as gorjetas dos que vão visitar a casa do presidente Melgarejo. É muito feia e pequenina. Para conservá-la, usaram um cimento horroroso. Os estudantes que vão ali se decepcionam.

Uma conversa normal como essa parece fora de lugar no momento em que os gritos e as explosões estão cada vez mais próximos, quando labaredas de fogo e colunas de fumaça saem do McDonald's. Embora, talvez, essa conversa não tenha, em si, nada de anormal. Afinal, quando terá outra oportunidade para conversar com um policial?

— Este trabalho não é nada fácil — diz o policial. — Quando recebemos ordens para acabar com um bloqueio, às vezes dou de cara com gente conhecida minha do outro lado. E me xingam e dizem que sou um vendido. É, talvez tenham razão. Mas, enquanto não consigo outro emprego decente e que também me dê prazer, fico por aqui. É o que me coube, o que se pode fazer? Cada um faz o que gosta. Ou o que pode fazer.

Chegam ao portão. O outro policial ainda está ali, no mesmo lugar, tendo chegado também um reforço de cinco soldados com dois pastores alemães que puxam suas coleiras como se quisessem rompê-las. Ruth se detém, hesitante. Não sabe o que fazer, aonde ir, qual caminho tomar. À esquerda estão o portão principal e o McDonald's incendiado; à direita, ruas bloqueadas e um grupo de manifestantes que caminha entoando palavras de ordem contra o governo. *Vai aca-*

bar, vai acabar essa loucura de globalizar... Dois carros da polícia com as sirenes ligadas bloqueiam a passagem. Ela fica olhando para um dos pastores alemães, o pelo preto brilhante, a baba escorrendo de seus caninos violentos. Talvez tenha sido má ideia vir à universidade. Talvez o melhor tivesse sido voltar para casa.

Há duas mensagens no seu celular. Uma de Miguel, outra de Flavia. Não as abre: está cansada das mensagens de Miguel, que, entediado no Arquivo, liga para ela sem nada de novo para dizer, apenas para ocupar alguns minutos; quanto a Flavia, não há nada que lhe pareça urgente naquilo que ela faz. Fazia anos que tinha perdido o seu rastro. Talvez quando se dera conta de que competia com ela pelo tempo escasso de Miguel, por seu afeto cada vez menor, e logo percebera que perderia a disputa.

Um sargento barrigudo e com um quepe na mão direita se aproxima do policial que a acompanhara. Pergunta que diabo fazia ali aquela mulher parada no portão.

— Não está vendo que é perigoso? — repreende-o. — Eu não falei que era para evacuar todos os civis? Não quero uma alma viva na universidade.

— Evacuamos todos, meu sargento — diz o policial, num tom assustado. — Essa senhora apareceu depois. É professora. Queria ir até a sala dela pegar um manuscrito.

— E o que você fez, hein? Não me diga que a acompanhou...

— É que, meu sargento...

— Não tem nada de "é que"... Acompanhou ou não?

— Ela disse que era urgente. Que precisava trabalhar em casa.

— Ah, que piada! E desde quando você foi contratado como secretária? Ou office boy? Se para você tudo bem, então, porra, que todos venham aqui fazer fila para pegar seus documentos. E que enquanto isso o mundo desabe em cima de todos. Só não vou trancá-lo numa cela agora porque precisamos de gente. Mas depois você vai me ouvir.

— Sim, meu sargento. — O policial bate continência. O sargento se aproxima de Ruth. E diz, num tom de voz cerimonioso:

— Desculpe-me, senhora. Posso ver o que está carregando?

— Não é nada que possa lhe interessar, oficial.

— Sargento, por favor. E, desculpe, mas quem decidirá se me interessa ou não sou eu mesmo.

Ruth lhe mostra o manuscrito, sem soltá-lo. O sargento observa a capa.

— O que são esses hieróglifos?

— É um livro que estou escrevendo. Sobre mensagens secretas na história do país. Sou historiadora.

Os olhos do sargento brilham, os músculos das faces relaxam, ele exibe uma expressão de felicidade, como se acabasse de descobrir que, mais uma vez, sua astúcia o ajudou. Um livro sobre mensagens secretas só podia ser também uma mensagem secreta.

— Permita-me — diz ele, e, antes que Ruth responda, pega o manuscrito. Abre-o ao acaso, repassa algumas páginas. Linhas e mais linhas com letras que não formam palavras compreensíveis, que não se estruturam em nenhum parágrafo coerente, nenhum capítulo com sentido. Isso tudo não cheira bem. — Vai me desculpar, senhora — diz ele, enfático —, mas terei de ficar com seu livro. Preciso ver isso com calma, por via das dúvidas.

— Sargento, isso é uma afronta! — grita Ruth, tentando reaver o manuscrito com uma mão. — Não tenho tempo a perder. Preciso trabalhar imediatamente.

— Entendo, entendo. Mas veja bem, minha senhora, a situação...

— Não tenho nada a ver com tudo isso que está acontecendo. O que o senhor acha? Que são mensagens secretas da Coalizão? Um plano secreto para acabar com a GlobaLux? Os endereços dos membros da Resistência?

— Acalme-se, senhora. Eu é que não tenho tempo a perder. E não me force a prendê-la. Quem não deve não teme.

O sargento lhe dá as costas; Ruth se lança sobre ele e o empurra. O sargento dá dois passos para a frente, perde o equilíbrio, mas consegue evitar a queda. Dá meia-volta e manda que seus homens a prendam.

O nariz de Ruth volta a sangrar. Ouvem-se várias explosões.

11

CHOVE. ESTOU CANSADO. Estou cansado. E a luz continua a atacar meus olhos.

Não posso fazer nada... A não ser aguardar... reencarnarei num corpo jovem. Haverá um tempo de esperança. De energia... De planos realizáveis. Um corpo jovem. Mas não jovem demais. Serei parasita num outro corpo. Que já está instalado comodamente na vida... E o ajudarei a explorar as múltiplas possibilidades de seus talentos...

Sempre foi assim. Não tenho infância. Nunca tive. Alguns dizem que é a melhor época da vida. Não acredito nisso. A verdade é que não posso opinar...

De vez em quando ocorrem-me imagens de um menino brincalhão. Não sei quem ele é... Não sei de onde surgiu. Corre pelos campos nos arredores de um vilarejo... Monta e desmonta uma máquina de escrever que encontrou no lixo. Escreve com ela... Palavras sem sentido. Chaves secretas.

Eu gostaria de ter uma infância. Pelo menos uma vez na vida.

Corpo cansado... Dores no estômago. No pescoço. Olhos que não querem se fechar. Inflamação na garganta... o fluir incessante do sangue...

A máquina que registra as batidas do meu coração continua a funcionar.

Gostaria de... Uma vez... morrer... E não acordar. Talvez seja pedir demais. Talvez o ser que me controla... Que me deu esta maravilha e este infortúnio. Tenha piedade de mim e me dê também um fim definitivo. Enquanto isso. Continuarei a ser muitos homens.

Fui Charles Babbage. Professor em Cambridge. Conhecido por várias realizações... A mais importante foi enunciar. Lá por 1820. Os princípios que serviriam para construir os computadores... Estava obcecado com a ideia de usar máquinas para fazer cálculos matemáticos... Sonhei em construir o Motor Analítico e o Motor Diferencial... Durante sete anos renunciei inclusive à minha cátedra em Cambridge. Faleci aos 78 anos sem ter conseguido realizar meus planos. No entanto. Minhas ideias permaneceram. Outros homens depois de mim... Tornaram possível que a estrutura lógica do meu Motor Analítico... Servisse de base para o computador.

Interessei-me pela criptologia por causa do meu interesse pela estatística... Gostava de contar a frequência com que as letras se repetiam num texto. Foi por isso... Que fui um dos primeiros a usar fórmulas matemáticas para resolver problemas de criptoanálise. Fui um dos primeiros a utilizar a álgebra... Fico surpreso que não tenha havido outros antes de mim.

Um pequeno passo. Naquele momento... Que depois teria uma enorme repercussão.

Como tudo que é meu.

Lamentavelmente. Não continuei as minhas pesquisas. As anotações que fazia ficaram incompletas... Me meti em outras coisas. Me desviei... O que podia fazer? Era a minha personalidade.

A chuva bate na janela. No telhado. Minha visão das montanhas de Río Fugitivo se embaça. Seus contornos ficam borrados. Uma luz difusa e sombria toma conta do dia.

Sempre gostei da chuva. Dizer sempre não é uma hipérbole neste caso. Minha personalidade está mais afeita aos crepúsculos do que aos dias cheios de luz. É brilhante demais. O sol nesta cidade. Tive de criar minha própria penumbra. E refugiar-me nela.

Há sons do lado de fora do meu quarto. Tenho visitas. É Turing... Ou algum outro...

Não sinto vontade de ver ninguém. Não sinto vontade de nada. Apenas aguardo. Que termine essa brincadeira cósmica cruel... Que me mantém aqui. Na periferia da periferia. Enquanto em outros lugares se travam batalhas... Ataca-se e defende-se o coração de um império com mensagens secretas. Dirão que foi culpa minha... Eu escolhi ficar neste território. É verdade. Na ocasião. Parecia importante o que eu fazia... Minha presença era necessária aqui. É verdade. Foi culpa minha.

Formiga elétrica...

Mas não decido todos os meus passos. Escrevo meu destino. Enquanto alguém me escreve.

Eu fui José Martí. Eu fui José Martí. Martí José eu fui. José fui eu Martí. Fui. Martí. Eu. José. Sonhei com uma Cuba livre... E dediquei todos os meus esforços à causa da liberdade. Vivi muitos anos em Nova York. Reunindo-me com patriotas que pensavam como eu. E que queriam que nossa ilha se livrasse do jugo espanhol...

Em 1894. Elaborei um plano de sublevação. Junto com José María Rodríguez. E Enrique Collazo... Coordenamos o movimento a partir de Fernandina... Para evitar indiscrições perigosas. Que pusessem nosso plano em risco. Decidimos criptografá-lo. Usei uma chave de substituição polialfabética... Quando me dirigia a Juan Alberto Gómez. Um dos nossos contatos principais... Usava quatro alfabetos. Não considerava neles a letra *ch*...* E a palavra-chave era HABANA. Seis letras. Mas uma delas repetida três vezes... Dava quatro letras diferentes. Não era preciso anotar nada. Bastava memorizar o ritmo... Que era 9-

*Em espanhol, o *ch* é considerado uma letra à parte. (*N. do T.*)

2-3-2-16-2. Isso significa que... Quando se tratava do alfabeto 9. A correspondia a 9. B a 10. C a 11. E assim por diante... Quando se tratava do alfabeto 2. A correspondia a 2. B a 3. E assim por diante... Para decifrar. Colocava-se o ritmo sob a chave. Digamos que se escrevesse:

9-6-30-6-28-2-14-8-32-15-13-29. E embaixo o ritmo.

3-2-16-2-9-2-3 2-16-2-9-2.

Isso significa que primeiro se deve verificar a qual letra corresponde o número 9 no alfabeto 3... É a letra G... E depois a qual corresponde o 6 no alfabeto 2... É a letra E... A frase completa tem como resultado: GENERALGOMEZ. Muito fácil... Conhecendo-se a chave. Nas cartas para Enrique Collazo. Também usei quatro alfabetos... Mas a palavra-chave era MARIA.

Torres medievais. Ruínas de fortificações.

A carta seria levada ao general Gómez por um enviado especial... No plano da sublevação... Escrevemos que seria enviado um cabo "q. indicará q. já se tem preparo e liberdade para atuar na ilha"... Depois haveria um cabo final "q. indicando q. tudo o q. se tinha a fazer no exterior já está feito"... E no qual se pedia que se "aguardasse para sublevar-se com segurança pessoal até dez dias após o recebimento do cabo"... As instruções destacavam que deveria "ser garantida a boa vontade ou a neutralidade dos espanhóis radicados na ilha"... Que não se deveria tomar nenhuma "medida de nacionalismo ou terrorismo"... Mas que se deveria "usar toda a força das armas contra o espanhol que estiver armado"...

O plano fracassou. Porque um dos nossos. Nos traiu... E alertou sobre o carregamento de armas que pensávamos em enviar para Cuba. Dos Estados Unidos. O carregamento foi retido. Fica claro que para que uma revolução seja vitoriosa. Não basta cifrar bem uma mensagem. As pessoas gostam de falar mais do que o necessário... Não gostam. De se transformar. Numa máquina. Universal. De. Turing.

O que é uma pena.

Estou cansado. E há barulho do lado de fora do meu quarto. Muito barulho.

Somente a chuva me traz alegria nesta tarde. Que se acumula com as outras. Tantas. Tardes.

Kaufbeuren. Rosenheim. Huettenhain.

12

Ramírez-Graham acaba de receber uma mensagem de Baez: a filha de Sáenz está disposta a colaborar. Um carro oficial já foi buscá-la e a trará imediatamente à Câmara Negra. Ramírez-Graham desliga o celular e o deixa sobre uma pilha de pastas na mesa de seu gabinete. Põe-se a observar o lento e imprevisível deslocamento dos acarás-bandeira nas águas cristalinas do aquário. A maneira como contornam o galeão encalhado nas profundezas. O baú do tesouro esparramado. O mergulhador flutuando em seu trabalho de resgate.

Ainda não está totalmente convencido das vantagens da ideia, mas convém não descartar nenhuma alternativa. *Thinking outside the box, thinking outside the box*... Preferia capturar Kandinsky usando os métodos convencionais, manter o enfrentamento como um choque de intelectos no qual um dos lados estabelece códigos ou se aproveita das fragilidades do sistema para penetrar nele, enquanto o outro decifra os códigos ou descobre as impressões digitais deixadas pelo criminoso ao entrar no sistema. É mais forte, porém, o seu medo de uma derrota. Ele não foi treinado para isso; não conhece a derrota, não sabe lidar com ela.

Toma uma xícara de café e se reclina na poltrona giratória, de frente para as janelas cheias de luz que, somadas aos seus quadros, formam um espaço colorido excepcional naquele prédio de paredes nuas e tetos opressivos. A bebida lhe queima o céu da boca. Não bebe o café para desfrutar seu sabor, mas para combater a ansiedade. Café escuro, dos Yungas. Quantas xícaras já tomou hoje? Quatro, apesar de não lhe faltarem motivos para a insônia. As náuseas estão de volta, talvez haja uma úlcera em formação.

A pilha de pastas é da Operação Turing. Queria continuar a lê-las, mas não conseguiu avançar muito depois de ter chegado ao gabinete: a luta contra a Resistência o requisitava com urgência. De qualquer maneira, já tinha passado os olhos em quase todas as pastas, e não achava que encontraria ali o documento comprometedor que solucionaria o mistério, as frases que apontariam numa direção inequívoca. Isso só acontecia no cinema. Mais do que isso, achava que já tinha em mãos os dados principais e que agora faltava apenas um esforço intelectual para chegar ao fundo da questão. Ou talvez faltasse um golpe de sorte, uma intuição arrasadora.

Já sabia bastante coisa. E continuava se sentindo comovido com a sorte, o destino de Turing.

Deveria ter ficado com Svetlana. Fora a hora em que ela mais precisara dele. Nunca o perdoaria. Mas aquilo era demais para ele. Naqueles dias, a única coisa que ele queria era fugir daquele espaço desolador no qual o grito das crianças brincando num pátio ou o olhar de um bebê no supermercado faziam-no mergulhar numa dor dilacerante. O futuro filho tinha 15 semanas quando morreu no ventre de Svetlana. Que estúpido ele tinha sido. Como fora possível ter-se negado a aceitar a maravilha que é a paternidade e depois, com suas palavras, provocado uma série de efeitos que levaram ao acidente e à morte?

Sente vontade de telefonar para Svetlana e lhe pedir perdão pelo seu comportamento. Pega o telefone, disca o número, que sabe de cor. *Answer, please. Answer, damn it.*

Na secretária eletrônica, a voz de Svetlana soa firme e vulnerável ao mesmo tempo. Quer deixar uma mensagem, mas não o faz. *What for?* Em alguma manhã, ele a surpreenderá na porta do prédio dela.

Pedirá perdão e implorará por uma nova oportunidade. Ela é muito orgulhosa, e ele não tem certeza de que terá sucesso. Não importa: a resposta dela é secundária; o essencial, para ele, é corrigir os erros que cometeu e agir da forma correta, mesmo que seja tarde demais.

Yeah, sure: of course, I care about the answer.

Fecha os olhos. Quando alguém bate à porta, não tem ideia de quanto tempo se passou. Observa o relógio: 10 horas. É Baez, ao lado de uma adolescente de cabelos castanhos emaranhados e olhar distante. Uma rasta *wanabe, I know the type*: os cafés de Georgetown viviam cheios delas. Não se parece em nada com o pai, ele pensa. Levanta-se, chama-os a entrar e convida-os a se sentar.

— Muito obrigado por sua resposta rápida — diz ele, tomando um gole do café frio. — Precisamos de mais pessoas como você. Sem isso, como deve ter visto nos últimos dias, é o caos.

— Não vim em nome de nenhuma pátria abstrata. — Ela cruza e descruza as mãos. — E não me trate como uma criança, com esse tom paternalista. O pessoal da Coalizão, para mim, é um bando de imbecis que só sabem dizer não para tudo e não têm nenhum plano alternativo para oferecer. Mas também não perderia nenhum minuto de sono se um dia desses Montenegro aparecesse enforcado num poste.

Well, well, well: essa garota tem opiniões contundentes. *Opinionated.* Nisso também não se parece com o pai.

— Então por que veio aqui? Podemos saber?

— Porque Kandinsky é responsável pela morte de Rafael, um hacker de quem eu gostava muito. E também pela morte de outros dois hackers este mês.

— Interessante — intervém Baez. — Não sabíamos disso. Rafael de quê?

— Não sei.

— Baez — diz Ramírez-Graham —, veja que informação nós temos sobre isso, por favor. Não é possível que não saibamos de nada.

— E os outros dois hackers... — diz Baez, olhando-a fixamente.

— Vivas e Padilla. Li o que você publicou em seu site. Pelo que sabemos, eram dois hackers do baixo escalão. Mas não há nada que os ligue à Resistência. Muito menos a sua morte.

— Não haverá nada que faça essa relação — diz Flavia. — Terão de cavar isso em montanhas de conversas de chat apagadas nos canais de IRC [Internet Relay Chat]. Descobrir seus pseudônimos et cetera. Podem confiar em mim.

Baez a observa com uma expressão de ironia. Ramírez-Graham gostaria que Baez fosse mais profissional. Por vezes, intimidava as pessoas que poderiam ajudá-los. Ao mesmo tempo, admitia que ele próprio não era um bom modelo para Baez. Talvez devesse ter ficado trabalhando na solidão de uma sala, lidando com algoritmos traiçoeiros e disposto a descarregar sua raiva em cima deles (lápis que se quebrariam, cadernos e calculadoras voando pelos ares, telas de computadores recebendo socos violentos).

— Pessoas como Kandinsky é que destroem a reputação dos hackers — continua Flavia. — Se não os detivermos, haverá mais mortes. É um megalomaníaco que merece ser preso.

— Isso me surpreende — diz Ramírez-Graham. — É a primeira pessoa que fala mal dele para mim.

— Além disso — diz Baez —, a razão de sua luta é equivocada.

— A razão é boa — contrapõe Flavia. — Os métodos é que estão equivocados. Kandinsky não admite opiniões diferentes nem vacilações. Considera-as como uma traição pessoal. Isso não combina com a ética dos hackers.

— Desculpe, mas pessoas que operam à margem da lei não têm ética alguma.

— Os hackers defendem o livre fluxo da informação. Penetram nos sistemas para abrir aquilo que nunca deveria ter sido fechado, e depois compartilham as informações com todo mundo. Um prédio como este aqui é, por natureza, um inimigo deles. E gente como vocês são o oposto daquilo que eles representam. Vocês nunca conseguirão entendê-los.

A expressão de Baez se torna indefinida — lábios caídos, músculos da face tensos —, como se ridicularizasse a resposta de Flavia mas ao mesmo tempo admirasse a sua coragem de emitir opiniões indiscretas. Ramírez-Graham não quer se perder numa discussão intelectual.

— Do que você precisa para fazer seu trabalho? — pergunta ele. — Podemos colocar à sua disposição os nossos melhores computadores. A sala que quiser. Obviamente, será remunerada. Não sei o quanto lhe pagavam antes, mas posso lhe garantir que desta vez será melhor.

— Basta que me paguem. E prefiro trabalhar em casa. A única coisa que peço é acesso a todos os arquivos que vocês tenham sobre Kandinsky.

— Vamos lhe passar tudo o que temos sobre a Resistência — diz Baez. — Mas supomos que, por causa do TodoHacker, você já tenha muita informação a esse respeito.

— Talvez até mais — diz Ramírez-Graham. — Tem mesmo certeza de que os hackers assassinados são obra de Kandinsky? Senhorita, você parece saber mais coisas do que nós.

— Não me surpreenderia — diz ela, em tom cortante.

Nessa resposta firme e rápida, Ramírez-Graham sente reconhecer em Flavia uma das características de Svetlana.

13

DEBAIXO DE CHUVA, o juiz Cardona passa pelo portão aberto da casa onde vive Albert. Atravessa o jardim e sobe as escadas. Toca na trepadeira na parede; algumas folhas secas caem sobre os degraus. A porta do segundo andar está fechada. Ele bate nela com firmeza. Aperta o lenço contra o olho direito, o sangue continua escorrendo, embora com menos intensidade do que antes. Sua visão está turva, e a dor lhe sugere que se trata de uma ferida considerável. Fará o que tem de fazer, e depois terá tempo para tudo, inclusive para ir a uma clínica. A chuva forma redemoinhos em seus cabelos e escorre pelas bochechas. O guarda abre a porta; tem um rosto alongado, e as sobrancelhas brancas sobre a pele pálida, rosada, levam Cardona a considerar que se trata de um albino. Tivera um colega albino no colégio; seus amigos zombavam dele até fazê-lo chorar. Diziam que tinha cor de papel higiênico. Que Deus o tirara do forno antes da hora. Cardona também tinha participado dessas provocações. Se soubesse que um dia apareceriam manchas em sua pele, e que as crianças olhariam para ele na rua por causa disso, não o teria feito. A vingança é um prato que se come frio. A passagem turbulenta do tempo sempre nos reserva alguns dias que nos cospem na cara. O guarda o deixa passar. Observa com desconfiança como as solas de seus sapatos deixam marcas úmidas no chão. Parece a ponto de lhe pedir que tire os sapatos, mas não diz nada e volta para sua cadeira atrás de uma mesa que tem uma das pernas mais curta. Cardona atenta para as paredes trincadas, nas quais há um calendário do ano anterior e quadros da paisagem de Río Fugitivo, as pontes e o rio, e as montanhas de coloração ocre. Mas jamais dera importância a isso, pois certamente alguém fizera essa decoração para ele, talvez fosse do dono anterior, que lhe alugara a casa. Albert fora trazido para cá inconsciente, com camisa de força, o cérebro moído de tanto trabalhar com códigos, os neurônios embaralhados, as sinapses fragilizadas após tantas mensagens cifradas e perigosas. “Ai, ai, ai, a ferida. Deveria ir ao médico.” “Achei que não fosse nada sério. Mas pelo jeito é.” “Talvez tenha de levar uns pontos.” Sobre a mesa estão um caderno de anotações e uma pequena televisão em preto e branco. Com a maleta na mão, Cardona observa na tela as imagens ao vivo dos enfrentamentos, na praça, entre policiais e manifestantes. Sensação estranha, fantasmagórica, essa de estar assistindo a uma cena da qual ele próprio fazia parte poucos minutos antes. Ocorre-lhe que a qualquer momento ele poderá aparecer na tela, a maleta na mão, escoltado por um policial na sua tentativa de sair da praça. “Ele sabe que o senhor viria?” Ele nega com a cabeça. Que pergunta mais absurda. Como um mordomo mantendo a pose quando chegam os convidados de uma festa, enquanto o patrão agoniza no quarto, e respondendo cerimonioso que ele está impossibilitado de aparecer. Ou então, talvez, a pergunta queira indagar, na verdade, se Cardona possui alguma autorização para visitar Albert. O guarda tem os olhos sonolentos. Suas botas brilham, e o uniforme verde-oliva parece recém-passado. Veste um quepe verde. A cada instante olha para o chão, tentando fazê-lo de modo que Cardona não se dê conta disso, como se para conferir se o assoalho recém-encerado não está ficando manchado de sangue, e se a água que escorre do corpo do visitante não está formando uma poça. Deve ser do campo. Certamente o viam como um bicho estranho, pensando que o nascimento de um albino era um castigo de Deus para todo o vilarejo. Pediram ao padre um exorcismo ou sacrificaram uma lhama para acalmar os maus espíritos. O guarda lhe pede a identidade. Ele a entrega com a mão molhada. "A chuva pegou o senhor em cheio." "Sim. Parece que tudo tinha de dar errado esta tarde. Deveria ter ficado no meu hotel." "Não quer tirar o paletó?" "Não se preocupe. Não vou ficar muito tempo." "Se tiver sorte, esta chuva passa rápido." O clima: item obrigatório nas conversas banais entre desconhecidos nos elevadores e no táxis. As oscilações meteorológicas nos salvam do nosso medo dos espaços vazios, dos momentos inevitáveis de silêncio. Furor intempestivo de nossas palavras, desesperadas para tapar os buracos. O guarda registra o nome no caderno e lhe pede que assine ao lado. "A identidade fica comigo." "Sem problema." Tudo fica mais fácil quando o objetivo está claro. Cardona não tem interesse em esconder seu nome. Cedo ou tarde, na verdade mais cedo do que tarde, tudo será conhecido. Ficaram surpresos com sua frieza, falavam de alguém que perdeu o prumo depois de ter sido exonerado do ministério. Ou ele renunciara? Um pouco de cada coisa: obrigaram-no a renunciar. Fazia tudo o que lhe pediam, no começo com entusiasmo, depois a contragosto. Perceberam sua má vontade. Mas ele queria ter ficado até o fim, para de repente, em seu discurso de despedida, diante dos flashes dos fotógrafos, erguer o seu dedo acusador, num grande golpe de efeito, contra a corrupção do regime, desde o presidente até os escalões inferiores. Montenegro não era mais ditador, mas isso não significava que tinha deixado a corrupção de lado. Não havia mortes como antes, mas isso não significava que ele fosse mais limpo. O país se privatizava, ou melhor, se capitalizava, para usar o eufemismo em voga, e nem sequer para os melhores postulantes de acordo com os interesses do país, e sim para os mais preparados para operações de suborno, os mais hábeis em matéria de propina. Não lhe deram a chance para um final glorioso. Saíra do governo pela porta de trás, num final de tarde com nuvens rosadas no horizonte para além da janela, quando três soldados da polícia militar se aproximaram de sua sala e pediram que os acompanhasse até a sua casa num jipe, deixaram-no na porta e lhe disseram para não aparecer mais no ministério. Recolheram suas chaves do gabinete e pediram, com uma cortesia que apenas encobria uma represália violenta caso ele não acatasse esse pedido, que se abstivesse de qualquer declaração à imprensa. Isso era jeito de tratá-lo? A frieza, no entanto, provém do fato de não se ter nada a perder, de não mais haver motivos para viver, uma vez cometidos os atos necessários para os quais se gastou o tempo preparando. E, diante da chance de planejar minuciosamente algo perfeito, a melhor surpresa deriva justamente da ausência de surpresa. Fará tudo sem esconder a identidade, à luz do dia, abençoado, ainda, pela sorte de as forças policiais e militares estarem absorvidas pela agitação que toma conta da cidade. Faria a mesma coisa, de qualquer forma, se não houvesse comoção alguma. Avança pelo corredor, em direção ao quarto de Albert. "Um momento", diz o guarda. "Não pode entrar com a maleta." Cardona já imaginava que nem tudo podia ser tão fácil assim. O que a mulher de Turing diria quando ficasse sabendo? A pobre, ingênua, fora atrás de documentos que corroborassem a sua versão, as provas dos crimes cometidos por Turing e Albert. Suas palavras tinham sido o suficiente para condenar os dois homens. Ele coloca a maleta sobre a mesa. O som da chuva sobre o telhado diminui. "Posso retirar um presente que trouxe para ele?" O guarda assente, olhando distraído para a tela da televisão. Quem dá declarações diante das câmeras é o gerente da GlobaLux, um homem de La Paz que pronuncia os erres e os esses como se sua vida dependesse disso. A face local do projeto global, pensa Cardona. São muito inteligentes. O homem tem bigode fino e fala sem parar, ameaça com ações judiciais, indenizações milionárias. Cardona para de ouvi-lo e se lembra do título de um filme: *Crocodilo Albino*. Tira da maleta um revólver cromado com silenciador, comprado de um de seus guarda-costas quando era ministro, e, num movimento rápido, estica o braço direito e dá dois tiros no guarda. O quepe cai-lhe da cabeça, e seus olhos sonolentos esboçam uma expressão de surpresa; o corpo desaba pesadamente. O uniforme verde-oliva fica manchado de vermelho-escuro. É a primeira vez que Cardona faz uma coisa dessas. Sempre foi uma pessoa medrosa, que fazia o possível para ficar longe de qualquer violência. Garoto, sentia náuseas só de ver cachorros e gatos atropelados na rua, as entranhas expostas, mortos ou à beira da morte. E odiava ir ao sítio dos avós, porque os primos riam dele quando ele não saía com o grupo para caçar pardais e colibris com espingardas de chumbo. Chamavam-no de Maria Madalena, e ele olhava para Mirtha com o rabo do olho, esperando, em vão, que pelo menos ela parasse de agredi-lo. Ainda se lembrava bem daqueles almoços humilhantes, quando seus primos e sua irmã cantavam em coro, dirigindo-se a ele, *Você é Maria Madalena, Você é Maria Madalena*, até que ele se levantasse e saísse correndo para se trancar no quarto dos avós. Às vezes pensava ter nascido no país errado para gente como ele. Por isso se refugiara atrás dos estudos de direito; estes se tornaram a âncora agarrada desesperadamente para se contrapor, com a racionalidade da lei, à violência caótica do mundo. Um esforço em vão: no país recordista em golpes de Estado, a lei era um fantoche que se atirava ao fogo com uma frequência escandalosa. Ele observa o guarda estirado no chão. Caíra de lado, as balas entraram-lhe pelo peito e pelo abdômen. Teria gostado de saber o nome dele. Como certas pessoas que se lembram dele como o *manchado*, ele se lembrará agora do guarda como o albino. Sente certa compaixão por aquela morte injusta, pela família que chorará por ele. São eles, os inocentes, que sempre acabam pagando o pato. Inclusive quando se trata de vingar uma morte inocente. Queria defendê-los a partir de sua posição como magistrado. Pelo menos no começo, antes de descobrir a sordidez do sistema, o giro corrupto das rodas da justiça. Fora, em certos tempos, tão inocente, tão idealista. O que diriam os seus primos se o vissem agora? O que diria Mirtha? Pelo visto, a pessoa é capaz, sim, de fazer algo para o qual sua vida não a destinou, pelo menos não em sua superfície lisa.

Entra no quarto de Albert. É austero, com cravos em cima de uma mesa e fotografias nas paredes. Fotografias que contam uma trajetória vitoriosa. Albert, que chegara à Bolívia apenas como um dos homens enviados pela CIA para assessorar a ditadura em operações de inteligência, e se transformara rapidamente numa figura imprescindível para Montenegro. Albert, que não quisera voltar para os Estados Unidos, desligara-se da CIA — ou era, na verdade, um fugitivo nazista? — e conseguira a proeza de organizar uma instituição eficiente no país, encarregado da segurança interna, de monitorar a oposição, escutar suas conversas, interceptar e decodificar suas mensagens secretas. Tão eficiente, que Mirtha e seus companheiros não tinham conseguido enganá-la. Turing decifrara a mensagem que mencionava o local onde haveria uma reunião clandestina do grupo e a passara para Albert, e este ao DOP, para que fizesse o que lhe cabia fazer. A chuva bate nas janelas. O juiz Cardona tirita. Traz as roupas molhadas, só lhe faltava essa, pegar um resfriado. O homem está deitado entre os lençóis da cama, em meio a um cheiro de eucalipto misturado com o cheiro da velhice e da putrefação da carne. Seu corpo, ou o que resta dele, está conectado a alguns fios que saem de uma máquina ao lado da cama. Ele está com os olhos abertos, sem órbita, único sinal de vida naquela caveira coberta por uma pele que já perdeu toda a elasticidade. Se não fizesse nada, de todo modo o homem não demoraria muito para se despedir deste mundo. Com o revólver na mão, Cardona é o juiz encarregado de pronunciar o veredicto final. As pontadas candentes na sobrancelha atingida não lhe dão trégua. Precisa acelerar as coisas. Aponta para o peito de Albert, que mantém os olhos bem abertos dirigidos a algum lugar que talvez nem esteja dentro desse quarto. “Kaufbeuren”, diz ele, de repente. Está delirando, pensa Cardona. “Pela minha prima”, pronuncia em voz alta, solene, enfático, com o vozeirão que momentos antes não o acompanhava. “Mirtha. Merecia um destino melhor. Era preparada, inteligente, sensível. Poderia ter dado muito ao país. Poderia ter feito muito pelo país como tantos outros iguais a ela. E por mim. Por mim.” Puxa o gatilho uma, duas, três vezes.

14

Ao VOLTAR PARA A Câmara Negra, você descobre que a polícia conseguiu liberar algumas ruas. Com um chiclete de menta na boca, observa pneus e pedaços de madeira ardendo em fogo intermitente em vários cruzamentos: a mesma paisagem de confrontos que você conhecia desde a infância, num país onde os seus concidadãos se negavam a aceitar as imposições vindas de cima. Às vezes os anos transcorriam em mansidão, preguiçosos, sem sinais de movimento na crosta terrestre; mas essa tranquilidade constituía apenas um parêntese entre duas sacudidas, tratava-se apenas de esperar com paciência a chegada de um novo tremor. O epicentro variava: as minas; as universidades públicas; a zona tropical de Cochabamba; o planalto de La Paz; as cidades. Os motivos variavam: protestos contra um golpe de Estado; o salário mínimo; a alta do preço da gasolina e dos gêneros de primeira necessidade; a repressão militar; os planos para erradicar o cultivo da coca; a dependência em relação aos Estados Unidos; a recessão; a globalização. O que permanecia invariável: a existência de um ponto nevrálgico de discórdia e as várias razões para protestos. Você sabia de tudo, porque, por mais que se esforçasse nesse sentido, era impossível isolar-se completamente, dedicar-se ao seu trabalho e esquecer a conjuntura. Pelo menos não totalmente, e nunca nesse país em que havia nascido. Mas era preciso tentá-lo. Ser impermeável ao seu entorno era a única maneira de sobreviver, de não ser arrastado pelo vendaval do presente.

Lana Nova traz, no seu celular, as últimas notícias. Os manifestantes haviam tentado ocupar a prefeitura e a câmara municipal, com um saldo de sete mortos. Ah, Lana, como é que você faz para manter tão imperturbáveis os músculos de seu rosto diante de tantas alfinetadas da realidade? Deram-lhe alguns gestos, você é capaz de insinuar algumas emoções, mas ainda lhe falta muito para conseguir nos enganar: se você fosse uma replicante tentando se fazer passar por um de nós, há muito tempo já teria sido identificada. O prefeito, um empresário do setor privado que sentia saudade da tranquilidade de sua concessionária de automóveis, assumira a responsabilidade que lhe cabia em relação às mortes dos manifestantes e renunciara com um discurso que tinha muito de profético: *Não teremos mais a GlobaLux, mas também não teremos um fornecimento de eletricidade decente nos próximos cinquenta anos. Nossos filhos e os filhos dos nossos filhos viverão em meio aos apagões. Uma vitória de Pirro, como tantas outras a que estamos acostumados*. Um grupo numeroso de manifestantes cercava os escritórios da GlobaLux e ameaçava tocar fogo neles; o representante do consórcio gritava que, caso a ordem não fosse restabelecida, seus superiores romperiam o contrato e exigiriam uma indenização milionária do Estado. A Resistência reivindicara a responsabilidade pela disseminação de um novo vírus que se espalhava com rapidez pelos computadores do governo, destruindo arquivos em sua passagem. O presidente do Comitê Cívico e membros da Igreja procuravam dialogar com a Coalizão; o governo anunciava nova chegada de tropas, a militarização de Río Fugitivo e o envio de ministros para uma mesa urgente de negociações. As notícias continuavam: protestos e bloqueios no Chapare, distúrbios nas comunidades aimarás vizinhas ao lago Titicaca...

Você desliga o celular. É informação demais. É preciso bloqueá-la, impedir que ela tome conta do seu inconsciente, que se apodere da sua imaginação. Caso contrário, logo estará tendo pesadelos com militares atirando em civis, com mãos brancas que não são tão brancas assim, mãos que estão manchadas de sangue.

Na entrada da Câmara Negra há mais policiais do que de costume. Submetem-no a um interrogatório, como se fosse o seu primeiro dia de trabalho. Examinam sua carteira de identidade; num scanner, comparam suas impressões digitais com as da carteira. Não é culpa deles: a ordem deve ter vindo de Ramírez-Graham, sempre tão exagerado. Como se esse edifício fosse alvo dos manifestantes. Como se a Câmara Negra não extraísse o seu poder justamente desse anonimato em que vive, nos limites do Enclave, próximo ao edifício de Telecomunicações e do museu de Antropologia. Um vizinho familiar. Um amigo de bairro, disforme. Genial a ideia de Albert. Pois, se a Câmara Negra tivesse sido instalada em La Paz, como queria Montenegro, todo mundo já teria dirigido o seu ódio contra ela. Em Río Fugitivo, a Câmara Negra passa despercebida e pode tecer com tranquilidade a sua rede captadora de articulações.

Você joga na lixeira o chiclete de menta. Coloca outro na boca.

Um dos policiais traz na lapela um broche de metal com um escudo vermelho e branco. O que ele significa? É a pergunta que você sempre se faz, a inevitável procura da toca onde se esconde o sentido. Pois você considera que nada do que os seus olhos veem é, de fato, o que é; tudo é símbolo, metáfora ou código de alguma outra coisa. O jeito nervoso de gesticular do policial, com os braços estirados e agitando os dedos como se estivesse usando uma linguagem incoerente para falar com surdos; o cinto de couro tendo passado por cima de um dos cós da calça... Todas as respostas deveriam confluir para uma única: se o programa que faz o universo funcionar fosse matemático, haveria um algoritmo inicial do qual derivariam todos os demais. Se fosse um programa de computador, seriam três ou quatro linhas de código, responsáveis pela explicação tanto das marés como das manchas do leopardo e da multiplicidade das linguagens e dos movimentos da sua mão direita e do voo das moscas e do nascimento das galáxias e da Vinci e Borges e dos cabelos pegajosos de Flavia e da sombra dos salgueiros-chorões e de Alan Turing. Às vezes você se cansa da metralhadora giratória que é o seu cérebro, incapaz de descansar, mesmo nos sonhos, e se pergunta sobre a pergunta e diz a você mesmo: *Qual o sentido de se perguntar sobre o sentido?*

Talvez você esteja condenado a ser um enigma para você mesmo. E talvez valha a pena aplicar essa lição em suas tentativas de captar o sentido desse cipoal de códigos que o cerca e o aflige: que tudo, no fundo, não passe de um enigma.

Pedem-lhe desculpas pela demora e o deixam passar. Os corredores estão agitados. Santana informa que todos os computadores da Câmara Negra foram examinados; alguns foram atingidos pelo novo vírus, outros ficaram livres. Como da vez anterior, não parece haver um motivo claro indicando a preferência do vírus por esse ou aquele computador. Os do Arquivo estão funcionando perfeitamente. O homem lhe pede para ter cuidado ao abrir o seu e-mail e para avisá-lo de imediato caso ocorra algo anormal. Você gostaria de dizer a ele que já há dias está ocorrendo algo anormal: alguém entrou na sua conta secreta e está enviando mensagens ameaçadoras. Mas fica quieto.

Vontade de urinar. As pontadas galopantes na bexiga, a incontinência refletida no seu cenho franzido. Você tira os óculos e limpa as lentes com um lenço sujo.

Kaufberen. Rosenheim. Uetenhain. Certamente têm alguma coisa a ver com a criptologia. Quem sabe não seriam criptoanalistas menores, que você não conhece? Ou seriam mais algumas das delirantes reencarnações de Albert? Patético e cômico, esse negócio de se achar imortal.

Ruth, sendo historiadora, poderia lhe dar a resposta em segundos. Você vai lhe perguntar.

Ao descer para o Arquivo, ocorre-lhe a imagem de abrir a porta e deparar com Napoleão a cavalo, com alguma coisa inesperada e fantástica que o arranque da realidade. Homem de pouca fé, talvez já seja hora de voltar a visitar algumas igrejas. Há muito tempo que não faz isso; desde a adolescência, quando ali comparecia com os pais. E talvez o que você esteja sentindo nesses dias sejam sinais emitidos para lembrá-lo da sua própria mortalidade. Talvez a escritura secreta que você busca seja a escritura de Deus.

Há no seu celular uma mensagem de Carla. Surpreende-o, mais uma vez, o quanto ela é parecida com Flavia. Está sem a maquiagem da noite passada, e sua pele parece gasta. Uma Flavia de outra cor e outro corte de cabelo, uma Flavia que a vida faz envelhecer rapidamente. Pede que você a visite hoje; estará à sua espera às seis. É urgente, diz ela, precisa da sua ajuda. Não tem mais ninguém a quem recorrer. Seus pais, mais uma vez, lhe deram as costas.

Você não quer se envolver emocionalmente, cair na armadilha. Mas se pega pensando que Flavia poderia ter se tornado uma Carla, não fossem os seus conselhos e a sua proteção. Ninguém está imune a nada.

Em seguida, você inverte a lógica: Carla é uma das possíveis versões de Flavia. Seu instinto paternal o impede de abandoná-la. Vai se encontrar com ela. Apaga a mensagem.

Entra nos corredores do Arquivo, a fim de realizar aquilo que vinha rondando sua cabeça desde que saiu da casa de Albert. O Arquivo guarda várias caixas com material catalogado sobre a história das origens da Câmara Negra. Você não tem autorização para ler esses documentos. Mas quem ficaria sabendo?

Talvez ali você encontre pistas que o guiem até a verdadeira identidade de Albert.

15

KANDINSKY NUNCA SABERÁ muito bem como foi possível a Recuperação ter conseguido sobreviver àqueles primeiros meses de repressão exercida pelas forças policiais do Playground. Não pode nem sequer argumentar que seu grupo foi subestimado, pois, mais do que isso, o governo fez tudo o que era preciso para aniquilá-lo. Deitado no piso de assoalho de seu apartamento, ouvindo música eletrônica com fones de ouvido, chegou a acreditar, em alguns momentos, que a habilidade técnica dos integrantes da Recuperação tornou possível burlar a máquina governamental, tão funcional quanto pouco criativa. Em outros momentos, chegou a suspeitar que a guerra de guerrilha escolhida como método de combate possibilitou uma flexibilidade de movimentos diante da qual, muitas vezes, um exército numeroso se vê impotente. Ocorreu-lhe até mesmo que o governo do Playground tivesse permitido a sobrevivência da Recuperação como uma demonstração generosa de que não era tão totalitário como seus críticos sugeriam: nesse esquema, a Recuperação se torna, sem querer, um cúmplice do governo, pois, ao combatê-lo, permite que este se entrincheire ainda mais no poder.

Maquinou em sua mente diversas teorias, nenhuma delas muito convincente. Ao final, acabou concluindo que se tratava de um desses acasos em que a história é especialista. Muitas coisas poderiam ter falhado a qualquer momento, mas não falharam. Depois que o grupo conseguiu sobreviver à dura batalha dos primeiros meses, tudo ficou mais fácil: sua fama foi se disseminando no Playground e atraiu indivíduos marginalizados em relação ao sistema, seres com grande talento para manipular as regras técnicas do Playground e ansiosamente desejosos por atacar, ao menos de forma simbólica, as estruturas de poder que os sustentavam na realidade real.

Seus dedos tamborilam no assoalho ao som da música de Air, um grupo francês que ele vem escutando esses dias. Seus dedos estão sempre em movimento, mesmo durante os sonhos. Ele sente dores nos ossos da mão. Terá contraído a síndrome do túnel carpal? Leu na web que os sintomas são adormecimentos, formigamentos e dores nos dedos, nas mãos e nos pulsos; é o que ele sente. Não deve ser difícil resolver o problema. Mas ele não quer ser visto. Não acredita que haja em Río Fugitivo especialistas nesse tipo de síndrome decorrente do uso frequente de teclados de computador. Ou talvez seja o pânico que sente em relação a clínicas e hospitais: tem medo de perder o controle, sonhou que lhe injetavam uma anestesia e que nunca mais acordava. Ou talvez seja mais um passo em seu crescente abandono de todo contato físico com outros seres humanos.

Às vezes sente medo: ficará paralisado, sem condições de escrever uma única letra pelo resto da vida. Tudo isso antes mesmo de completar 25 anos.

Suspira, iluminado no escuro da noite pelas luzes azuladas da tela do computador. O vento forte atinge as janelas; apesar de estar vestindo um pulôver de lã, ele sente frio. Percorreu uma distância enorme em pouco tempo. Agora, é obrigado a recusar voluntários que querem integrar a Recuperação. Faz tudo on-line, por intermédio de avatares, sem nenhum interesse em conhecer off-line os seus controladores. Isso se torna cada vez mais difícil e requer muito faro e muita paranoia, pois não faltam agentes de segurança tentando uma infiltração no grupo: é extremamente fácil inventar identidades no Playground. Essa mesma facilidade lhe permite, ao mesmo tempo, armar a defesa: criou mais de 15 identidades com as quais monitora permanentemente tanto os candidatos a entrar na Recuperação quanto os que já estão nela; seu círculo íntimo — formado pelos raros e desconfiados avatares de sua absoluta confiança — faz a mesma coisa. Houve uma dupla de infiltrados, que se conseguiu eliminar a tempo. Ele dorme pouco, cada vez menos, mas sabe que a única forma de preservar a integridade da Recuperação é através de um trabalho microscópico. Só sobrevivem os líderes que nunca consideram que tudo está garantido. Um pouco de paranoia — ou muita — sempre ajuda.

Tira os fones de ouvido e se levanta, alongando os músculos carentes de exercícios. Suas articulações fazem o som de um cabo de vassoura ao se quebrar. Apalpando no escuro, dirige-se à geladeira em busca de comida. Sopa agridoce numa embalagem de papelão. Esvazia-a num prato fundo e o coloca no micro-ondas. Faz dias que não sai para a rua. A barba crescida e os cabelos desgrenhados precisam de um corte. Ele observa pela janela o contorno difuso da Cidadela no topo da montanha. A sede local do Ministério da Informação. Se soubessem que seu computador armazena tantas informações sobre o governo quanto todos os prédios da Cidadela juntos...

Em cima de uma mesa estão os arquivos com toda a informação que ele baixou da rede sobre a licitação para fornecimento de energia elétrica em Río Fugitivo. A empresa que irá assumi-lo, a GlobaLux, é um consórcio — ítalo-americano. Ele viu isso como o símbolo mais grosseiro da política neoliberal de Montenegro. Numa corrida desenfreada rumo à privatização total, o governo deu continuidade à ação dos seus predecessores e foi se desfazendo do controle de setores estratégicos da economia nacional. Já não restavam muitos. As ferrovias tinham passado para mãos chilenas; o setor de telefonia estava com os espanhóis; a companhia aérea estatal passara por um interlúdio brasileiro para depois cair em mãos de um grupo nacional — por trás do qual se encontrava, segundo os rumores, uma holding argentina. Os americanos dirigem olhares cobiçosos para o gás e para o petróleo, e agora, com os italianos, assumirão a eletricidade em Río Fugitivo. Este último golpe é, para Kandinsky, um sinal da rendição definitiva do governo às forças da globalização. Numa situação em que não há nada que não possa ser colocado à venda, é hora de expandir a Recuperação, passando do mundo virtual do Playground para o mundo da realidade crua.

Acabou a sopa. Chegou a hora de sair para a rua e dar início à Resistência.

Claro que "sair para a rua" é apenas uma metáfora. Chegou a hora de entrar nos computadores e dar início à Resistência.

Desde os tempos de Phiber Outkast, Kandinsky fez o possível para apagar suas impressões digitais no mundo. Agora nem sequer sai com mulheres: embora sinta falta do contato que tinha com elas — suas caretas charmosas, sua inteligência acesa, sua sensibilidade sofisticada —, e tenha a certeza de que ao evitá-las perdeu algo muito importante, está convencido de que a missão que atribuiu a si mesmo torna perigoso qualquer tipo de contato. Até mesmo o anônimo, ele se diz, quando sente vontade de caminhar pelas ruas do Playground em busca de avatares que o levem a mulheres. É um monge do século XXI; seu apartamento, um monastério; seu computador, o instrumento que lhe possibilita isolar-se sem isolar-se. Deveria rapar a cabeça, vestir uma túnica e transformar o seu movimento numa seita religiosa.

Ajuda-o muito o fato de que ninguém o conhece. A mística existente em torno de BoVe no Playground se deve, entre outras coisas, a que ninguém sabe quem o controla. Mas, como armar um ataque contra a GlobaLux e o governo sem conhecer os hackers que constituirão a Resistência na vida real? Poderia simplesmente confiar nos que controlam os avatares da Recuperação no Playground? Impossível: a identidade de alguns deles não corresponde à sua atuação no Playground. O Playground é um mundo de fantasia, um universo onde as pessoas testam múltiplas identidades, escondem-se nelas como num baile de carnaval e delas se desfazem ao final da festa.

Caminha às altas horas da noite pelas ruas molhadas de chuva na cidade semideserta. Chega à rua onde vivem os pais e se aproxima da casa. Há uma silhueta recortada na janela: seu irmão. Acaba de confirmar aquilo que sua intuição anunciou antes: iniciou um caminho sem volta. Está distante deles e não há como se fazer, algum dia, de filho pródigo, como chegou a imaginar durante muito tempo.

E, no entanto, luta por eles. Luta para dar dignidade e valor ao trabalho dos pais. Luta para dar um futuro ao irmão. Um dia eles entenderão.

A caminhada lhe faz bem. Ao voltar para o apartamento, decidirá que ainda não é hora de mostrar a cara. Depois de hackear durante horas nos arquivos daqueles que controlam os avatares da Recuperação, chegará à conclusão de que pode confiar em quatro deles. Um deles é Rafael Corso, um Rato que trabalha nas imediações de um centro comercial em Bohemia. O outro é Peter Baez, estudante de informática que trabalha no Playground. Os outros dois são Nelson Vivas e Freddy Padilla; ambos ganham a vida trabalhando na edição digital do *El Posmo*.

Nessa mesma noite, envia-lhes um e-mail cifrado convidando-os para uma conversa num IRC secreto do Playground. Ali, revela-lhes seus planos. Todos aceitam sem que Kandinsky precise insistir.

O grupo, que Kandinsky batizou de Resistência, começa a operar duas semanas depois. Os primeiros ataques são dirigidos a grandes corporações: um vírus no sistema financeiro da Coca-Cola em Buenos Aires; um "fora de serviço" no AOL-Brasil e na Federal Express em Santa Cruz. Lana Nova, que acaba de receber um upgrade e agora é capaz de fazer o dobro das expressões faciais que fazia originalmente, informa que a única coisa concreta que a polícia sabe é que os ataques provêm de Río Fugitivo. Orgulhosos, alguns colunistas destacam que em matéria de capacidade técnica "nossos jovens não deixam nada a desejar em relação aos jovens do chamado Primeiro Mundo".

Passam-se os meses. A GlobaLux assume o fornecimento de eletricidade em Río Fugitivo e, como primeira medida, decreta um aumento de 80% em média nas tarifas (para algumas empresas, o aumento chega a 200%). O governo não dá nenhuma atenção aos primeiros sintomas de insatisfação popular: manifestações violentas em frente à sede da GlobaLux. Pouco depois, os programas noticiosos anunciam a formação, em Río Fugitivo, da Coalizão, um grupo heterogêneo de partidos políticos, sindicatos, trabalhadores de fábrica e camponeses, disposto a enfrentar o governo.

Kandinsky, que decidiu juntar a luta da Resistência com a da Coalizão, acha graça no fato de se unir, sem querer, a uma companhia tão estranha. Velhas e novas formas de luta, sem saber, somam forças contra um inimigo comum. E, embora ele acredite que ideologicamente sua perspectiva vá além da luta conjuntural da Coalizão — seu intento é acertar uma flecha no núcleo duro das forças da globalização que atuam no país —, o fato é que, concretamente, os hackers adolescentes que só sabem lidar com a realidade através de uma tela de computador estão marchando lado a lado com sindicalistas tarimbados, portando dinamite na hora dos protestos de rua.

Sentado diante do computador, Kandinsky planeja sua próxima tacada. Sente dores nos dedos da mão esquerda. Deveria descansar alguns dias. Mas não o fará: acredita-se capaz de derrotar a dor física. Sente-se poderoso, iluminado por uma missão divina. Nada pode segurá-lo. Fará o que deve ser feito, custe o que custar, caia quem cair.

Três

1

FLAVIA SE SENTA DIANTE do computador. Os pais estão fora, e a casa, em silêncio; ouvem-se apenas os miados da gata siamesa dos vizinhos: está no cio, e, noite passada, não deixou a vizinhança dormir. A brisa da manhã penetra pela janela entreaberta, um sopro de ar que agita os ramos das árvores e alcança as suas costas, acariciando-a.

Não sairá de casa antes de cumprir sua missão. Não sabe como teriam sido as coisas com Rafael, mas está convencida de que nunca mais voltará a encontrar alguém tão parecido com ela mesma. Nunca tinha visto a morte de tão perto. Permanecem em sua mente o corpo de Rafael caído no chão, seus olhos bem abertos e já sem vida. A dor e o medo ardem em seu corpo; prometeu a si mesma não se deixar abater enquanto não achar Kandinsky.

Entregara-se a Rafael quando se fazia de Erin, e ele, de Ridley. Teria isso real validade? Esses avatares eram extensões de suas personalidades ou possuíam uma identidade independente? Da mesma forma como podemos ser apenas canais através dos quais nossos genes conseguem se perpetuar, talvez não sejamos mais do que instrumentos para que nossos avatares se tornem realidade na tela de um computador. Ela era o avatar de um avatar, e controlava avatares que viviam no Playground, os quais, por sua vez, controlavam avatares que viviam num computador no Playground...

Uma das táticas mais bem-sucedidas que utiliza em suas caçadas aos hackers é a de criar um "melhor amigo". Considerando que todos os hackers circulam pela rede com apelidos, é muito fácil para Flavia, ou para qualquer um, ocultar sua identidade. Flavia costuma se disfarçar de amigo on-line do hacker da vez, e para isso usa algumas identidades que já criou e consolidou tanto no Playground quanto no IRC, ou então cria uma nova, conforme as necessidades do momento. Tem "melhores amigos" para os hackers mais perigosos. Por intermédio deles, conversa sobre tecnicismos enfadonhos e sites a serem atacados, e troca informações sobre o mundo dos hackers; compartilha seu ódio pelas autoridades e às vezes lhes revela intimidades sobre sua vida. Estabelecida a confiança, os hackers passam a fazer o mesmo com ela. Flavia é muito boa para criar amigos, tanto entre os mais submissos quanto entre os mais arrogantes; certa vez tentou criar amigas, mas não conseguiu avançar muito: o mundo dos hackers é quase que exclusivamente masculino, e as poucas mulheres em atividade precisam se resignar a não serem levadas a sério ou a serem hackeadas incansavelmente até se verem obrigadas, em muitos casos, a abandonar o ofício (Flavia é admitida para tocar adiante o TodoHacker por estar ali como jornalista, e não como hacker).

Examina no arquivo do hard disk todos os dados que tem sobre Kandinsky. Não são muitos: ele foi ligado durante certo tempo a um hacker que deixou de atuar há algum tempo, Phiber Outkast; tem alguma coisa contra o colégio San Ignacio; suas táticas de ataque ao governo são semelhantes às de um grupo interno do Playground chamado Recuperação. Obteve esses dados às escondidas, no IRC e em salas de chats no Playground; embora o mundo dos hackers pareça, à primeira vista, impenetrável, o fato é que eles precisam comunicar-se entre si, e frequentemente o fazem em canais abertos. Achamse protegidos pelo fato de que suas palavras escritas em salas de chats desaparecerão em alguns minutos; os computadores de Flavia, atuando juntos, percorrem as salas de chats e 15 mil canais de IRC preferidos pelos hackers em busca de palavras-chave, e arquivam muita coisa que encontram.

Kandinsky é um hacker mais cauteloso. Mesmo assim, deixou dados suficientes para que Flavia comece sua busca. As pessoas — inclusive as que trabalham na Câmara Negra — acham, equivocadamente, que a maioria dos hackers cai quando se descobrem os seus métodos técnicos ou as impressões digitais que deixaram nos códigos utilizados. No mundo computadorizado do século XXI, Flavia adota métodos dedutivos que seriam aprovados pelos grandes do século XIX, Como Auguste Dupin e Sherlock Holmes. Seu lema é uma frase de John Vranesevich, o maior especialista em hackers do mundo: "O que eu procuro estudar não é o mecanismo do revólver, mas sim as pessoas que puxam o seu gatilho."

O primeiro passo é conectar-se com algum sócio, antigo ou atual, de Kandinsky. Ela busca em sua base de dados o nome "Phiber Outkast". O computador lhe mostra o nome de sete hackers que usaram, em algum momento, esse pseudônimo. Quatro deles lhe parecem interessantes. Flavia opta pelo nome Wolfram. Primeiro, instala um sistema de monitoramento nos computadores dos quatro hackers. Ao final da manhã, acaba selecionando um deles, chamado VermePhatal. Segundo os arquivos, tem cerca de vinte anos de idade e trabalha numa empresa de sistemas de segurança contra hackers nas Torres XXI.

À tarde, Flavia faz Wolfram enviar a VermePhatal uma mensagem sobre as fragilidades inerentes aos sistemas de segurança antihacker. VermePhatal não se surpreende com a mensagem — os hackers estão habituados a que estranhos busquem entabular alguma conversa nas salas de chat — e responde com um longo discurso no qual afirma que o único sistema que ele não conseguiu enganar no país foi o FireWall. Conversam sobre sistemas de segurança durante duas horas. Wolfram lhe diz que conhece segredos do FireWall.

```
VermePhatal: como?
```

Flavia decide se arriscar. Os hackers escrevem o "f" com "ph". Em inglês soa melhor, pensa Flavia, mas, por prevenção, adota esse estilo quando se corresponde com hackers:

```
Wolfram: phoi amigo d K me diss phaz tmpo tava
phurioso sabia d phirewall sabia d tudo
```

VermePhatal se vê numa situação difícil: se admitir que conhece Kandinsky e que foi sócio dele na época em que se chamava Phiber Outkast, estará admitindo que é um hacker fornecedor de sistemas anti-hacker. Ele sai da sala de chat.

Retorna à meia-noite. Não consegue resistir à tentação de tornar pública sua amizade com Kandinsky:

```
VermePhatal: phoda-se esse hipocrita phingindo
consciencia d ativista
Wolfram: ram amigos
VermePhatal: phaz mto tmpo não vale a pna
```

É evidente, porém, que vale, sim, a pena: ter conhecido Kandinsky pessoalmente, ter sido sócio dele, tudo isso confere prestígio a VermePhatal. É um segredo que vem à tona em todo o seu esplendor, sem muita insistência por parte de Wolfram. Como um homem sóbrio a se recordar nostalgicamente de seus dias de alcoolismo incontrolável, VermePhatal diz a Wolfram que Kandinsky só é Kandinsky graças a ele, e começa a contar casos de seus momentos iniciais. Flavia, com short cinza e uma camisa de mangas compridas, lê, grava, registra, e chega ao final da conversa munida de um dado concreto: Kandinsky vivia numa casa muito pobre perto do colégio San Ignacio.

Na manhã seguinte, Flavia fala com Ramírez-Graham e lhe passa a informação; Ramírez-Graham diz que a manterá a par de suas investigações.

Ela se dirige ao quarto dos pais. A cama está arrumada: a mãe não dormiu em casa. No sofá da sala de estar, no qual Clancy está encostado, não vê os lençóis que o pai normalmente usa quando dorme ali. Pergunta a Rosa sobre os dois. Não os viu, não tinham descido para o café da manhã. Estranho, são tão apegados à rotina e previsíveis. Talvez tenham ficado retidos pelo bloqueio. Mas teriam telefonado.

Deita-se, por fim. Mas não consegue dormir. O que fez até agora não é suficiente.

2

A CELA É PEQUENA e malcheirosa; sete mulheres se amontoam no espaço reduzido. Duas carregam bebês no colo, um deles chorando desconsolado: tem o rosto sujo, com manchas de fuligem nas bochechas. Está com fome, pensa Ruth, a raiva perceptível no tremor dos lábios. Está com fome, e ninguém faz nada.

Ela se aproxima das barras da cela e grita chamando um policial que está apoiado num vão da porta que dá para o pátio; alto, de bigode, com um leque na mão, o policial se aproxima.

— Tudo bem que nós sejamos castigadas — diz ela. — Mas os bebês também? Ele só vai parar se lhe derem leite.

— Eles param... Já vi isso muitos vezes. Acabam adormecendo de cansaço.

— Isso não são modos de tratar as pessoas.

— Quem mandou se meter em problemas? Saem à rua para arrumar confusão e acham que só por serem mulheres não faremos nada. Desta vez se foderam.

— Nem animais merecem ser tratados assim.

— E o que a senhora sabe sobre o que merecem ou não? Percebe-se que é a primeira vez que vem parar aqui. Pode ir se acostumando.

Dá meia-volta e desaparece. Ruth murmura insultos entre os dentes. Está descalça, sente dores nas solas dos pés. Recolheram seu manuscrito, e, sem ele, ela se sente desarmada diante do perigo. Tiraram-lhe também a bolsa com o celular. Foi um erro ter ido à universidade num dia tão cheio de acontecimentos. Que pressa tinha? Devia ter esperado os bloqueios terminarem, que os militares saíssem das ruas.

Vai para um canto e se senta no chão, encostando-se na parede. Leva as mãos ao nariz; massageia a ponte entre as narinas. Sente arderem as fossas nasais. Pequeninos fios de sangue talvez estejam amontoados ali, preparando-se para deixar seu corpo. Não pode esquecer de ir ao médico, de ligar para ele amanhã na primeira hora.

Procura se acalmar. Esses incidentes, com o sangue gotejando de seu nariz, não têm nada de especial. Trata-se apenas da tensão das últimas semanas. O resto não passa de uma hipocondria deslavada. Verdade que isso também ocorreu com sua mãe. Não dera importância ao que acontecia com seu corpo, não imaginava que as células degenerariam com tanta rapidez, e assim se foi. Ela pelo menos presta atenção no que acontece com seu organismo; já fez os exames, e agora falta apenas saber os resultados. Não deve fazer especulações antes de falar com o médico. O câncer pode ser hereditário, mas isso não significa que vá ter o mesmo destino.

Muitos anos atrás, numa tarde, Ruth foi visitar a mãe depois do trabalho. Ela estava no quarto, encostada em duas almofadas sobre a cama. Vestia uma camisola manchada de catarro. Na penumbra, Ruth surpreendeu-se com a sua calvície, o modo repentino como a pele lisa do rosto se dobrara sobre si mesma, tornando-se enrugada como um saco vazio. Em menos de dois meses, passara de uma maturidade cheia de vitalidade para um final agonizante. Chorava, e Ruth aproximou-se para acalmá-la. "Não toque em mim", disse a mãe, com firmeza. "Não olhe para mim... Tenho vergonha de que me veja." Ruth tentou brincar um pouco. "Ah, mamãe, nem doente você consegue deixar de ser vaidosa." "Quero que você vá embora... Você, seus irmãos, seu pai... Deixem-me sozinha!" Agitava as mãos, respirava com dificuldade. Ruth procurou acalmá-la; talvez não tivesse chegado numa boa hora. Mas fazia dois meses que não havia uma boa hora.

Certa noite, a mãe se queixara ao marido de dores no peito; no dia seguinte, o médico que a vira no hospital a encaminhara para um especialista, não sem antes lhe dizer que temia pelo pior. Ao fim do dia, o cancerologista confirmava as suspeitas, sendo seco e claro: o câncer já estava tão avançado no fígado e nos pulmões que ele não lhe dava mais do que seis meses de vida. "Mas eu não fumo muito", gritava a mãe nos corredores do hospital. Era mentira: fumava dois maços por dia. Ruth se sentou à beirada da cama. Observou que a mãe procurava alguma coisa atrás das almofadas. De repente, já brandia uma arma entre as mãos. "Pare com isso, mamãe! Onde conseguiu isso?" Era o revólver com cabo de madrepérola que o pai comprara na época em que ocorreram alguns roubos na vizinhança. "Vá embora, filhinha... Não aguento mais." Ruth tentou arrancar-lhe o revólver. A mãe apontou contra o próprio peito e atirou.

Uma mulher que está ao seu lado a assusta, apertando suas mãos entre as dela. Tem o rosto redondo, os olhos avermelhados e muito abertos.

— Ah, senhora — diz ela —, precisa interceder por nós quando sair daqui.

— Pode ser que você saia antes de mim.

— Não pode ser. Veja as suas roupas. Vão tirar você daqui rapidinho, com certeza. Assim é que as coisas funcionam.

— Por que prenderam vocês? Pode ser que o meu caso seja mais complicado.

— Estávamos bloqueando a avenida que vai para o aeroporto. Chegaram os milicos e nos botaram para correr usando correntes, e nos prenderam, e também aos nossos maridos. Mas é preciso protestar. A luz subiu muito, e, com o pouco que ganhamos, não está certo. E também estamos cansadas de nos enfiarem o dedo na boca.

— Você tem toda razão. É assim na cidade inteira.

— Não se esqueça de nós. Meu nome é Eulalia Vázquez.

Aponta para a mulher ao lado.

— Ela é Juanita Siles.

— Se vocês saírem primeiro, lembrem-se também de mim. Meu nome é Ruth Sáenz.

Dão-se as mãos. Ruth fecha os olhos, tomada pelo cansaço. Deveria estar em casa, relaxando na banheira, coberta até o pescoço por água quente. Quantas vezes não tivera de disputar o uso do banheiro com Flavia, que passava horas dentro dele. O que pode uma pessoa fazer por tantas horas dentro de um banheiro? E Miguel não a deixava impor sua autoridade, defendia Flavia e a deixava fazer o que quisesse.

O bebê continua a chorar. Ela gostaria de fazê-lo ficar quieto e, ao mesmo tempo, que desaparecessem aquele choro e todos os gritos de suas companheiras de cela. Ela as entende, sabe o que estão passando, mas é difícil manter a calma com tanto desespero em volta, e o que ela quer, mais do que qualquer outra coisa, é manter-se de cabeça fria.

Ocorre-lhe a ideia de que todo o curso estranho de sua vida é culpa de Miguel. Quem poderia imaginar? Quando o conheceu sentiu-se atraída pelos longos momentos de silêncio em que ele se perdia, os olhares evasivos, os gestos simples que procuravam não chamar a atenção. Introspectivo e inteligente, tinha tudo aquilo que Ruth buscava num homem. Odiava os que conhecera na adolescência e em sua primeira juventude, bagunceiros, desajeitados, agressivos em sua masculinidade. Miguel, além disso, compreendia a sua paixão pela arte dos códigos, que outros tinham achado chata e, ainda por cima, *fora de lugar* no país em que viviam. Como lhe dissera um namorado, "as pessoas têm o dever de cultivar paixões que sejam mais úteis para a nação". Ela respondera que a nação era um limite arbitrário para as paixões, que o único território que podia lhes caber era o universo. Anos depois, ao contar o episódio a Miguel, este elogiou a resposta. Ah, Turing: queria aprender com ela e acabou ficando melhor do que a professora. E não apenas isso: entregara-se à criptoanálise como se nada mais existisse ao seu redor. Era preciso abstrair o contexto para exercer suas atividades, mas isso não significava esquecê-lo totalmente.

Discute com Miguel em silêncio. Já o fez tantas vezes que sabe de memória a troca de opiniões, as acusações veladas e a surpreendente firmeza das respostas. Nos últimos meses, tinha sido capaz de reunir coragem e dizê-lo cara a cara, mas talvez já fosse tarde demais, quando o ruminar intenso das frases não ditas já produzira um dano irreparável. O gesto de hoje não basta como contrapeso para tanta raiva e tanta amargura acumuladas, ou para recolocar nos eixos novamente as suas vidas, direcionadas, agora, lentamente em direção ao abismo.

Exausta, ela adormece. Esta será uma noite intranquila, em que despertará várias vezes, devido ao choro dos bebês ou de alguma companheira de cela. O cansaço a ajudará a voltar a dormir rapidamente. Terá pesadelos: as águas sangrentas do Fugitivo arrastaram seus manuscritos. Tentando ler um livro, descobrirá que ele foi escrito num código incompreensível para ela.

No dia seguinte, à tarde, o policial de bigode se aproxima da porta da cela e a chama. Ela se levanta, surpresa. As outras mulheres se aglutinam junto à porta, implorando para que sejam libertadas. O policial abre a porta e pede a Ruth que o acompanhe.

Ela passa pelo umbral. A pálida luz filtrada pela janela fere os seus olhos. Só então ela se dá conta de que, na cela, encontrava-se na mais completa escuridão e que precisava fazer muito esforço para distinguir, na penumbra, os rostos e as silhuetas de suas companheiras de prisão.

Observa a chuva pela janela. Esforça-se para ver algo de poesia naquelas gotas apressadas que fragmentavam o dia em linhas paralelas.

— Ande rápido — diz o policial, resmungando. — O chefe quer falar com a senhora.

3

EM SEU GABINETE, Ramírez-Graham bebe uma xícara de café. Terminou de ler as pastas que retirara do Arquivo. Ficou sabendo pouco sobre Albert, mas muito sobre Turing. E o que sabe o deixa entristecido. Precisa se afastar da política o quanto antes, assim que puder. Voltar para seus algoritmos. Precisa sair da Câmara Negra.

Baez o chama pelo telefone.

— Chefe, preciso que o senhor venha aqui imediatamente, na sala de monitoramento.

Ramírez-Graham não sente vontade de se mover. Baez sempre acha que tudo é urgente.

— Alguma coisa a ver com a filha de Turing?

Falou com ela há duas horas. Falou, depois, com Moreiras, o chefe do SIN em Río Fugitivo. Moreiras lhe telefonara, minutos antes, com a informação: havia poucas casas como aquela que ele procurava nas proximidades do San Ignacio; era um bairro residencial de classe média alta. Ele tinha, porém, uma pista: numa daquelas casas, que era também uma oficina de conserto de bicicletas, descobriram que os pais não conseguiam localizar o filho mais velho, um jovem de aproximadamente 20 anos. Seria possível que o cerco finalmente estivesse se fechando?

— Tem muito a ver com nosso Turing — diz Baez

Ramírez-Graham se levanta, incomodado. Impossível ter alguma pausa na Câmara Negra. Na NSA, conseguia descansar mais do que ali, mesmo que trabalhando mais. Talvez isso se devesse ao fato de que, na NSA, não era o chefe, e podia escapulir por alguns minutos de suas responsabilidades. Talvez houvesse também uma outra diferença, cultural: em Río Fugitivo, ninguém parecia ser capaz de tomar uma decisão por conta própria, e até mesmo o pedido referente à provisão mensal de papel higiênico para o edifício precisava ter sua assinatura. É bem verdade que Baez é um de seus subordinados mais capacitados e independentes. Tivera de lhe chamar a atenção, no começo, por não tê-lo consultado quando cuidara do caso da Resistência. Baez se encarregara de Kandinsky como se fosse um problema menor, e só o informara a respeito da gravidade da situação duas semanas depois do primeiro ataque aos sites do governo, quando já não havia alternativa. De toda maneira, esse ato frustrado de independência o fizera ganhar pontos aos olhos de Ramírez-Graham, que logo o transformou em um de seus homens de confiança. Houve rumores nos corredores: com apenas três meses de trabalho na Câmara Negra, Baez já era promovido para o Comitê Central.

A sala de monitoramento abriga os aparelhos do sistema de circuito fechado com o qual se faz a vigilância do edifício e de seus arredores. Baez está curvado sobre os ombros de um dos encarregados do controle; Ramírez-Graham tira o Starburst de um dos bolsos da calça e se aproxima dos dois. Seus olhos se fixam no que eles estão observando: Turing, sim, Turing, folheia algumas pastas no lugar que Ramírez-Graham chama de Arquivo do Arquivo, o pequeno recinto onde somente ele está autorizado a entrar. Para uma pessoa encarregada do Arquivo, devia ser frustrante haver uma ilha inacessível bem no meio daquele oceano de documentos ao seu alcance. E também uma grande tentação procurar saber o que se escondia ali, os mitos da constituição da Câmara Negra.

Mitos da constituição: Ramírez-Graham precisa falar com Turing. Precisa revelar-lhe quem é o verdadeiro Albert, o que é a Câmara Negra de verdade. Seria doloroso, mas alguém precisa fazê-lo. Quanta ousadia naquele plano macabro. *Really impressive*. Mas, como dizia um professor seu, por que ter ideias se elas não forem ousadas? Não se deve concluir daí, porém, que a ousadia justifica o abandono da verdade.

— Chefe — diz Baez, ansioso —, vai demiti-lo?

— Se o demito, tenho de demitir todo mundo.

— Não estou entendendo.

— Também não sei se estou entendendo a mim mesmo. — Dá meia-volta, mastigando seu Starburst. — Por favor, diga ao senhor Sáenz que o estou aguardando no meu gabinete.

Turing entra no gabinete de Ramírez-Graham, os olhos voltados para o chão, como quem procura passar despercebido. Ramírez-Graham não consegue evitar um sentimento de pena em relação a ele. A *ghost with glasses*. Nem isso: até mesmo um fantasma tem mais presença do que ele.

— Sente-se, por favor. Café? Um doce? — Oferece o pacote de Starburst.

— Não, obrigado.

— É um favor que o senhor me faz. Foi difícil encontrá-los. Disseram-me que os encontraria numa loja de produtos importados, mas nada. Só fui consegui-los com uma velhinha no Bulevar.

Ramírez-Graham se levanta e se aproxima da janela. Senta-se novamente. Deve dizer-lhe tudo o que pensa? Não tem alternativa.

— Senhor Sáenz, não sei se o senhor sabe que existem câmeras escondidas em todas as salas e recintos deste prédio. As câmeras o flagraram várias vezes fazendo coisas estranhas no Arquivo. Inclusive não muito higiênicas.

Turing se mexe na cadeira.

— O copo do McDonald's. O Papa-Léguas.

— Ah... Posso explicar isso. É que tenho um problema. Incontinência. Eu lhe trarei um atestado médico.

— Deixei isso passar porque, bem, não estava incomodando ninguém. — Ergue a xícara de café, sustenta-a no ar como se tivesse se esquecido dela; Svetlana sempre achava graça nesse gesto dele, dizia que ele parecia estar posando, imóvel, à espera do flash de algum fotógrafo. — Mas alguns minutos atrás as câmeras o flagraram na seção secreta do Arquivo. Sim, eu já sei, devíamos ter isolado essa seção do resto do edifício, colocado uma porta com sete cadeados. Era tentador demais deixá-la ali, tão ao alcance da mão. Somos todos humanos, afinal. Foi um dos vários problemas que encontrei ao chegar aqui. Mas não há tempo para cuidar de tudo, por mais boa vontade que se tenha.

— Não estava fazendo nada de errado, não roubava documentos. Era apenas curiosidade.

— O senhor queria saber coisas sobre Albert. Sobre o seu criador.

— Ele foi insultado aqui. Eu queria me certificar de que não estavam certos.

— E não encontrou os documentos. Não os encontrou porque eu os tirei de lá. Também tinha a mesma curiosidade. Albert é um grande enigma para todos nós. A propósito, qual foi o insulto?

— Que Albert... era um fugitivo nazista.

— *Yes*, sim, também ouvi rumores sobre isso, e lamento informar-lhe que não sei o quanto isso tem de verdade. Mas não acho que sejam verdadeiros. E, se fossem, ele seria extraditado com a volta da democracia, como fizeram com Klaus Barbie.

— É verdade. Não fizeram nada com ele. A partir de 1982, deixou de ser o chefe, mas continuou como assessor, e todos sabiam que na verdade era ele que continuava a mandar em tudo.

— Ele teve sorte. Tudo o que se faz na Câmara é tão secreto que muita gente custou a se dar conta de seu papel durante as ditaduras. Enfim. Não sei o que lhe dizer. Mas posso lhe dizer, sim, outras coisas importantes.

Turing emite alguns sons guturais, como se limpasse a garganta.

— Na última vez que o visitei — diz —, ele pronunciou três palavras. Kaufbeuren. Rosenheim. Uetenhain. Constatei que as duas primeiras são nomes de cidades alemãs. Não as ouvi muito bem, mas, pesquisando, descobri como se escrevem. Kaufbeuren, Rosenheim. Não consegui nada sobre a terceira, mas talvez eu não tenha ouvido bem. Minha esposa saberia, mas não sei onde ela está. Liguei-lhe várias vezes, mas parece que seu celular está sem sinal.

— E as cidades alemãs o fazem supor que Albert não era um agente da CIA, e sim um nazista. Quem sabe? Talvez tenha sido um agente da CIA a serviço dos alemães durante os anos da Guerra Fria. Mas não é sobre isso que quero falar. Tenho algo mais importante a lhe dizer.

Não tinha provas cabais, mas estava convencido de que não se enganava. Fora formado numa cultura em que se diziam as coisas de frente. Seria muito doloroso para Turing, mas, a longo prazo, ele reconheceria isto como um favor. Que o pouparia de continuar vivendo uma mentira.

— Senhor Sáenz — diz. — O senhor é uma das maiores glórias da Câmara Negra. Por isso, sinto muito ter de dizer o que vou dizer. Lembra-se de seus primeiros anos aqui? Quando conquistou sua fama de infalível? De ser capaz de decifrar tudo o que Albert deixava sobre sua mesa? Vou lhe dizer como o senhor conseguiu fazê-lo.

Pigarreia. Limpa a garganta.

— Conseguiu-o porque todas aquelas mensagens estavam destinadas a serem decifradas.

— Não estou entendendo.

— É muito fácil, e ao mesmo tempo bastante complicado. Vou começar pelo começo. Albert. Segundo os documentos confidenciais que li, no final de 1974, terceiro ano da ditadura de Montenegro, Albert, que estava na Bolívia como assessor da CIA, pediu uma audiência com o ministro do Interior. Disse-lhe, talvez com outras palavras, que quando o ano terminasse seria enviado para outro país, mas que estava disposto a sair da CIA e ficar na Bolívia, oferecendo, por isso, os seus serviços. Disse-lhe que um governo como o de Montenegro precisava ter um serviço especializado de inteligência e que ele poderia colocar à disposição de Montenegro toda a sua experiência na CIA e encarregar-se de organizar esse serviço. O ministro lhe respondeu, e o que eu li não eram transcrições de gravações mas o informe que o ministro enviou ao presidente, que o Estado já tinha um órgão de inteligência.

Ramírez-Graham se aproxima do aquário, dá umas batidinhas no vidro como se quisesse chamar a atenção dos peixes. Lembra-se, então, que não os tinha alimentado. E o faz enquanto continua a falar:

— Albert retrucou que o governo não tinha algo como a NSA. Uma agência encarregada exclusivamente de interceptar sinais eletrônicos e informação codificada de todo tipo, e de decodificá-la para manter o governo a par dos planos da oposição. Os novos tempos impunham a constituição de uma agência como essa. A infiltração comunista na América do Sul, o financiamento soviético e cubano aos partidos políticos e grupos guerrilheiros marxistas precisavam ser combatidos com todas as armas de que o Estado pudesse dispor. O ministro lhe disse que Albert não trabalhava na NSA. Albert respondeu que havia atuado durante um período fazendo a ponte entre a CIA e a NSA, e que sabia do que estava falando. O ministro via em Albert coisas que não combinavam bem. Seu sotaque, por exemplo, não tinha nada a ver com o de um norte-americano falando espanhol. Era, como dizer?, tão confuso quanto o de um alemão que tivesse aprendido primeiro inglês e depois espanhol. Apesar disso, achou-o fascinante.

— Isso tudo eu já sei — disse Turing, impaciente.

— Espere. Espere um pouco. Não tenho provas contundentes sobre o que vou dizer. Há muitas coisas que estão nas entrelinhas dos documentos, como que sussurradas. Mas ponho as mãos no fogo pelo que vou dizer. Então, como eu lhe dizia, ocorreu ao ministro uma daquelas ideias devido às quais ele se julgava mais inteligente do que seus companheiros de turma do Colégio Militar. Aceitar a proposta de Albert e radicalizá-la.

Uma pausa. Bebe um gole de café.

— De vez em quando era preciso eliminar alguns opositores, e certos militares mais escrupulosos se opunham a isso, pois não se podia colocar o prestígio do Exército em risco. Esses militares haviam formado o grupo Dignidade. Pediam, entre outras coisas, que se deixasse mais claro o significado de "crime político", expressão que o governo usava para justificar a prisão, o exílio ou qualquer outra coisa que se decidisse fazer com um opositor. E que ninguém fosse preso sem que houvesse provas concretas. E às vezes, como o senhor sabe, não havia provas.

Passa a mão no vidro atrás do qual está a máquina Enigma. Como seria usar uma máquina como essa? Como era possível programar sistemas criptográficos sem um programa de software?

— O ministro achava que era melhor pecar por excesso do que por omissão, como faziam os governos do Chile e da Argentina. Melhor equivocar-se de má-fé do que deixar vivo um possível agitador comunista. A guerra suja não admitia luvas brancas. Os militares do grupo Dignidade achavam esse argumento insuficiente. Mas talvez pudessem admitir a necessidade de se eliminarem algumas pessoas caso fossem apresentadas provas convincentes de sua participação em manobras conspiratórias. E Albert poderia ser aproveitado para isso.

— Aproveitado?

— Seria possível forjar mensagens interceptadas e usá-las como melhor lhes conviesse. Pediu que Albert o procurasse novamente. Faria uma consulta ao presidente. Em uma semana, estava aprovado o plano de se constituir secretamente a Câmara Negra, órgão ligado ao SIN e que seria dirigido, em princípio extraoficialmente, por Albert.

— É mentira. Albert nunca foi usado por ninguém. Era inteligente demais para isso.

— Nos primeiros meses de 1975, Albert foi usado pelo setor duro do governo de Montenegro. No entanto, no final daquele ano, já participava da conspiração. Percebera que estava sendo usado; no começo, não disse nada; depois, revelou que sabia o que estava acontecendo e que estava disposto a continuar com o seu trabalho. Talvez não tivesse outra opção: sabia muita coisa, e se renunciasse, seria morto.

Turing está com o olhar assustado. Ramírez-Graham percebe o desgosto em seu rosto, mas não pode parar. Termina o café.

— Nessa época, ele já tinha atingido certa sofisticação ao forjar uma informação supostamente interceptada. Por exemplo, punham um anúncio com mensagens secretas nos jornais, essas mensagens eram depois descobertas, e se acusava então algum grupo de oposição de tê-lo publicado. Assim foram pegos, por exemplo, os militares e civis envolvidos no plano Tarapacá para derrubar o governo. O governo não tinha provas suficientes para eliminá-los. Inventou as mensagens secretas que falavam sobre a conspiração para torná-la realidade e depois se justificar diante dos membros do grupo Dignidade.

— E onde eu entro nisso tudo?

Ramírez-Graham faz uma pausa.

— Albert sugerira que, para evitar suspeitas dentro da Câmara Negra, a informação forjada devia chegar ao menor número possível de criptoanalistas; a maioria se ocuparia com a análise de mensagens verdadeiras. Albert tinha um criptoanalista favorito a quem passava todas as informações forjadas. Escolhera-o por considerá-lo imune aos vaivéns políticos, incapaz de pensar nas consequências de seu trabalho ou de sentir remorsos por causa dele. Um homem que vivia na História como se se achasse fora dela.

Pela primeira vez em toda a conversa, Turing ergue os olhos, que se encontram com os de Ramírez-Graham.

— Sinto muito, senhor Sáenz. Todas as mensagens que o senhor decifrou foram tiradas por Albert de um manual de história da criptoanálise. Não seria difícil provar isso. Capítulo 1, um código de substituição monoalfabética. Capítulo 2, um código de substituição polialfabética... Na verdade, nem o senhor nem este prédio tiveram outra razão de ser que não a de esconder o quanto a ditadura de

Montenegro podia ser sinistra na hora de lidar com seus inimigos. A inércia fez com que o senhor continuasse aqui, e este edifício continua funcionando, mesmo já não existindo mais as razões que deram origem à sua existência. Acredite-me, senhor Sáenz, entendo como tudo isso é difícil para o senhor. E deve entender o quanto é difícil para mim também. Depois de ficar sabendo de tudo isso, acha que é fácil, para mim, permanecer aqui?

4

Sob uma luz de neon vermelha, o recepcionista do Edifício Dourado está visitando o Playground num computador. Seu avatar está num bordel com prostitutas clonadas de algumas das estrelas pornôs mais conhecidas na vida real. Acaba de fechar um acordo com uma mulher alta de botas até os joelhos e seios à mostra. Ela pega seu avatar pela mão e o leva, atravessando cortinas de seda, para um corredor de paredes vermelhas com uma fileira de quartos contíguos de cada lado. Você lhe pergunta quem ela é. Quer entabular uma conversa normal. Algo que o traga de volta ao mundo cotidiano. Tudo vai ficar mais difícil, você sabe. As pessoas não deveriam inteirar-se daquilo que não estão preparadas para saber.

— Briana Banks23. — Era a primeira vez que você escutava aquela voz frágil, como se suas cordas vocais não fossem capazes de se esticar para produzir um som de textura densa. Os donos dos direitos on-line dela devem estar ganhando mais dinheiro do que a Briana Banks verdadeira. Existem mais de setenta réplicas no Playground.

Aperta o botão de pausa; a imagem do Playground se congela. Você observa Briana, as nádegas firmes cobertas por um short prateado, as pernas muito compridas; seios salientes e cintura apertada; parece obra de um designer gráfico febril que varou a noite repassando catálogos de pin-ups e decidiu superar todos os modelos.

O recepcionista lhe entrega a chave do quarto 492. "Então vai com a Carla outra vez", diz ele, com um discreto sorriso de cumplicidade.

"Para nós, não existe coisa melhor do que um cliente satisfeito." Você desvia o olhar, sentindo a vermelhidão tomar conta de seu rosto; sai dali, dirigindo seus passos vacilantes para o elevador. Viver não é nada fácil. Nunca foi. E agora, é menos ainda.

Um. Dois. Três. Quatro. Cinco. Seis. Observa com atenção os números brancos bem no meio dos botões pretos. Antes de apertar o Quatro, você se pergunta se poderia haver alguma mensagem secreta oculta por trás dessa progressão numérica tão simples. Nada está garantido; até mesmo os lugares mais inócuos são capazes de esconder uma escrita, uma assinatura. E poucas coisas, para você, têm o mesmo poder de uma mensagem não decifrada. Como se o milagre do mundo adquirisse força pelo simples fato de estar escondido.

Gostaria de ficar horas a fio dentro dessa caixa metálica barulhenta, nessa caverna de paredes espelhadas. Que sua ida para cima nunca cessasse. Depois você abriria a porta e daria num território desconhecido, onde não existiria essa ansiedade que agora o domina. Pois nada é o que parece ser, e as águas transparentes do rio voltaram a ficar pantanosas. As mulheres das suas fantasias aparecem com os braços marcados pela cartografia das drogas. A lenda sobre o seu trabalho se transformou, para os jovens, num anedotário tão memorável quanto obsoleto. Os atos praticados em toda a sua vida — sua ininterrupta prestação de serviços à nação — são, para alguns, rastros consolidados de uma carreira voltada para o crime; e não ajuda muito o fato de ter descoberto, hoje, que talvez eles estejam certos, e que ainda por cima grande parte de sua vida não tenha passado de uma mentira.

Troca as entranhas do elevador por um espaço que lhe é familiar. Com quem você irá se encontrar atrás da porta para a qual está se dirigindo agora? A líder de torcida californiana ou a Carla verdadeira? E o que ela tem a ver com o resto, agora todo desordenado, de sua vida? Será que tudo remete a um plano do qual você vislumbra apenas as entrelinhas? Será que um destino secreto amaldiçoou você e os seus rastros ao mesmo tempo?

Sente falta de Albert. Ele lhe diria que a paranoia é algo salutar. Um homem admirável, seu descobridor; no entanto, nem mesmo ele o teria preparado para o que você descobriu hoje. O insolente do Ramírez-Graham. E o pior de tudo é que você acha que ele tem razão. Seria difícil, muito difícil, viver tendo essa certeza.

Os anos passados ao lado de Albert foram únicos. Você se emocionava com o simples fato de saber que estava no mesmo edifício que ele, que podia caminhar alguns metros e encontrar em seu gabinete aquela figura esmagadora, seu vozeirão retumbante, sua inteligência extraordinária. Assim você trabalhava melhor, aplicava-se mais nas tarefas, sentia estar lutando por um objetivo que transcendia a sua insignificância como homem comum. Dedicara toda a sua vida a esse estrangeiro. Vivia à caça de segredos, sabia que todos abrigam enigmas em suas vidas, e, no entanto, para ele você não tinha segredos. Sim, você suspeitava que ele não o tratava do mesmo modo, que havia coisas que escondia de você. Mas daí a esconder todo o sentido do seu trabalho na Câmara Negra? Nenhuma criptografia seria suficiente para escrever de modo cifrado tanta mentira.

Ah, Albert: tinha sido muito cruel com você. E o pior de tudo é que você estava disposto a perdoá-lo, a tentar ao menos entendê-lo. Quem era você, no fim das contas, para se colocar no nível dele, atrevendo-se a questioná-lo, perguntar sobre as verdadeiras causas de sua motivação? Queria saber o que havia por trás de tudo, mas, quando se tratava de Albert, você entrava num território proibido.

Carla abre a porta e observa-o imóvel a meio caminho entre o elevador e o quarto. Está descalça e veste um baby-doll de cor púrpura que você acha pouco apropriado para o momento. É o mesmo que ela havia usado numa das tardes que você mais se recorda de seu relacionamento, quando teve uma de suas tantas explosões. Estavam deitados vendo televisão; tinham acabado de fazer amor, você fumava e ela bebia uma lata de cuba-libre. De repente, Carla fez uma brincadeira qualquer a respeito de seu membro. Disse que lembrava o de um cliente com quem estivera na semana anterior. O comentário o feriu: você desconfiava que ela continuava a se encontrar com alguns clientes, mas preferia não tocar no assunto e achava melhor que ela mesma também não tocasse. Você começou a ler uma pasta com as novas regras de trabalho impostas por Ramírez-Graham. Passaram-se dez minutos. Ela desligou a televisão e pediu desculpas; você não respondeu. Ela então arrancou a pasta da sua mão, rasgou as folhas uma por uma e jogou-as no chão. Você se levantou, vestiu-se, com as meias pelo avesso, a gravata sem nó. Disse que voltaria quando a raiva dela passasse. Quando ela estivesse melhor. "O que talvez nunca mais aconteça", você disse, sem olhar para ela. Ela gritou: o que é que você sabia da vida dela? De seus problemas? Você tentava ajudá-la, mas era tudo muito superficial: era incapaz de entender como é difícil lutar contra a dependência. "Filho da puta", ela gritou. "Veado. Egoísta. Não sabe o que é uma dor verdadeira." Quando você já estava saindo do quarto, ela atirou a lata de cuba-libre, que atingiu a parede e manchou um pouco o seu paletó. Você estava tão fora de si que desceu de escada (havia um elevador à disposição, sem nenhum motivo para que não fosse usado). Chegou ao seu carro com vontade de desaparecer da vida de Carla. No entanto, não conseguiu ir embora: ficou sentado no Toyota, ruminando o seu arrependimento. Voltou então para o 492: se você não a ajudasse, quem o faria?

— Aconteceu alguma coisa? Estava aqui esperando e agora encontro você aí... liguei lá para baixo e me disseram que você tinha subido, mas não chegava nunca.

Como responder àquela pergunta? Como lhe dizer que você acaba de descobrir que os últimos 25 anos de sua vida foram um engodo? Como lhe dizer que, sim, você tem mesmo as mãos manchadas de sangue? Pior de tudo: de um sangue que não é apenas de pessoas culpadas.

Você se aproxima e desaba nos braços dela.

5

AS NUVENS CINZENTAS se movem velozes. Ouvem-se trovões a distância. Relâmpagos iluminam o céu por alguns instantes. Imóvel... Entre estes lençóis malcheirosos. Urinando sobre mim mesmo entre as pernas... A baba escorrendo de minha boca entreaberta. Preciso fingir que a morte está próxima...

Não chegará. Não chegará.

Sou uma formiga elétrica...

Já estive muitas vezes nesta situação. Uma faca me atravessou a barriga cinco séculos atrás. Uma bala explodiu dentro do meu cérebro há mais de um século. Eu continuo... Não sei fazer outra coisa...

Já faz algum tempo que Turing saiu... Felizmente... Passará o tempo rastreando minhas palavras. Como se elas tivessem algum sentido. Talvez tenham... Eu não consigo vê-lo. A memória falha. O que é raro. Se é que se trata mesmo de coisas da minha memória... E não de outra coisa. Por exemplo. De uma lembrança parasita de um dos seres que fui... Que sou.

Fico comigo mesmo. Como costuma acontecer. Cansado das minhas próprias ideias. Incapaz de ser surpreendido pelas minhas sensações...

Sou muitos... Mas sou um...

Os historiadores se preocupam com os dirigentes das guerras. Acham que quem determina os movimentos das tropas são os principais responsáveis... Pelo curso dos acontecimentos... Preocupam-se também com os soldados. O destino de uma nação repousa sobre a sua coragem ou sobre a sua covardia. Não lhes interessam muito os criptólogos... Os que codificam e os que decifram. O trabalho num escritório não é emocionante... Muita matemática... Lógica demais...

E, no entanto, são eles que definem o curso das guerras.

Isso nunca foi tão verdadeiro como na Primeira Guerra Mundial. Durante o dia, batalhas selvagens... Quinhentos mil alemães mortos. Se somarmos Verdun e o Somme. Trezentos mil franceses... Cento e setenta mil britânicos...

Mas a verdadeira batalha se dava nas salas dos criptólogos e criptoanalistas... O rádio tinha acabado de ser inventado. Os militares estavam fascinados... Com a possibilidade de se comunicar entre dois pontos sem necessidade de cabos... Isso significava que havia mais mensagens. Significava também que todas elas podiam ser interceptadas... Os melhores eram os franceses. Os franceses éramos os melhores. Interceptamos um milhão de palavras dos alemães ao longo da guerra. Criava-se um código... E ele era decifrado... Criava-se outro... Era decifrado... E assim sucessivamente. Guerra sem descobrimentos criptográficos para a história. Boas intenções... Que acabavam em fracasso. Entregando todos os seus segredos.

Na guerra, eu fui o francês Georges Painvin... Trabalhava no escritório de Chiffre em Paris... Procurava pontos fracos nos códigos alemães. Um dos mais importantes era o ADFGVX... Começou a ser utilizado em março de 1918. Pouco antes da grande ofensiva alemã daquele mês. Misturava procedimentos de substituição e transposição de forma intrincada... O código era transmitido em Morse. As letras ADFGVX eram chaves. Pois não eram parecidas entre si em código Morse. E não havia chance de confusão.

Em março de 1918, Paris estava a ponto de cair. Os alemães tinham chegado a 100 quilômetros de distância. Preparavam-se para o ataque final... Não tínhamos alternativa. Nós, aliados. A não ser desmontar o código ADFGVX... E dessa forma sabermos onde se concentraria o ataque.

E eu... Georges Painvin... dediquei-me exclusivamente a isso. E emagreci. Um quilo. Dois quilos. Dez quilos. Quinze quilos. Até que na noite de 2 de junho consegui decifrar uma mensagem escrita nesse código... Isso possibilitou que outras mensagens fossem decifradas.

Uma delas pedia munição com urgência... A mensagem fora enviada de um lugar a 80 quilômetros de Paris... Entre Montdidier e Compiègne. Se os alemães estavam precisando de munição ali... Significava que atacariam por essa região. Nossos aviões de reconhecimento o confirmaram. Soldados aliados foram enviados para reforçar aquela parte da linha de fogo... Os alemães já não podiam contar com o elemento surpresa. E depois perderam a batalha.

Minha garganta está inflamada... É... Difícil... Respirar... As passagens de ar se fecham. Um ser imortal também sente dor... E a conhecida sensação de aproximação da morte.

Sou uma formiga elétrica... Conectado nesses tubos. Gostaria de fugir. Pular pela janela e encontrar a liberdade... Como fiz certa vez.

Cansa-me esta espera em busca de outro corpo... Em quem eu me encarnarei desta vez? Em quem o espírito da Criptoanálise terá continuidade...

Talvez num adolescente que se isola num salão de jogos. Com uma palavra-cruzada... Com acrósticos... Com anagramas... Ou fazendo cálculos num computador. Procurando criar os seus próprios algoritmos... Um algoritmo que atinja a raiz dos seus pensamentos. Nossa inteligência tem alguma coisa de artificial... Ou talvez seja a inteligência artificial das máquinas que nos permita entender a nossa própria... O prisma através do qual vemos a nós mesmos.

Acabo de ouvir um tiro... E não posso fazer nada. O guarda que estava na porta atirou. Ou talvez alguém atirou nele... Talvez estejam vindo me pegar. Não me surpreenderia. Nada me surpreende... A não ser a longa espera... Quão longa é a espera...

Não sei onde eu fui criança. Não sei se fui criança.

Trabalhava em Kaufbeuren.

Está chovendo. Há trovões. Talvez o tiro tenha sido um trovão. Não. Não dá para confundir uma coisa com a outra.

Mas o que Painvin fez. O que eu fiz. Não foi tão importante para o curso dos acontecimentos... Como o que ocorreu no caso do telegrama Zimmermann... Nesse caso sim se pode dizer que essa decodificação alterou o destino final da guerra. E ninguém discutirá... Nem mesmo os historiadores que não entendem nada de criptografia. Ou talvez sim.

Aconteceu em 1917... Os alemães tinham chegado a uma conclusão. A única maneira de derrotar a Inglaterra era eliminando as provisões que chegavam à ilha a partir do exterior... O plano consistia em usar submarinos para afundar qualquer embarcação que tentasse chegar até a ilha. Inclusive as neutras... Inclusive as norte-americanas... Havia o temor de que os Estados Unidos reagissem aos ataques... E decidissem entrar na guerra. Era preciso evitar isso... Os estrategistas germânicos propuseram então um plano absurdo. E ele foi aprovado...

Sabiam que havia tensão entre os norte-americanos e os mexicanos. A ideia era fazer com que o México declarasse guerra aos Estados Unidos... Esse ataque manteria os Estados Unidos ocupados... A defesa de seu território os impediria de dar atenção à Europa... Havia também a possibilidade de que o Japão se aproveitasse da guerra para desembarcar tropas na Califórnia... Nesse período... o México mantinha boas relações com o Japão. O que irritava os norte-americanos.

Os passos se aproximam. Vêm em minha direção. Uma sombra recortada no vão da porta. Abro os olhos. Com meu olhar vazio. Como se não estivessem abertos.

Não conheço este homem. Tem manchas no rosto. Cor de vinho.

A decisão de isolar a ilha britânica com uma guerra de submarinos foi tomada no castelo de Pless... Na Alta Silésia... Onde ficava o comando do estado-maior alemão. O chanceler Hollweg era contra esse plano... Mas quem controlava as decisões sobre a guerra eram Hindenburg e Luddendorf... E eles conseguiram convencer o cáiser.

O homem para ao meu lado... Está com um revólver nas mãos. Com silenciador... Não precisaria usá-lo... Poderia simplesmente desconectar os tubos que me permitem respirar. E que me transformam... Numa...

Formiga elétrica...

Seis semanas depois de tomada a decisão. Entrou em cena o recém-nomeado ministro das Relações Exteriores... Arthur Zimmermann... Enviou um telegrama a Felix von Eckhard. Embaixador alemão no México.

Em seu trecho mais importante... O telegrama dizia...

Planejamos dar início a uma guerra ilimitada de submarinos no dia 1º de fevereiro. Será uma tentativa. Apesar de tudo. De manter os Estados Unidos neutros. Se isso não funcionar. Proporemos uma aliança com o México nas seguintes condições. Conduzir a guerra de forma conjunta. Chegar à paz de forma conjunta. Apoio total e acordo de nossa parte para que o México reconquiste seus territórios anteriormente perdidos. No Texas. Novo México. E Arizona.

Um tiro no peito.

O telegrama foi transmitido por telégrafo. No México não havia estações de rádio com capacidade técnica suficiente para receber o telegrama de Berlim.

A bala me dilacera o corpo...

Ele foi enviado, então, para a embaixada alemã em Washington. Graças a um acordo com Woodrow Wilson... Os alemães usavam cabos de transmissão norte-americanos para enviar suas mensagens codificadas entre Berlim e Washington. De forma que não havia, nesse aspecto, nada que pudesse levantar suspeita.

Uma mancha de sangue se forma no pijama.

O que os alemães não sabiam era que as mensagens entre Berlim e Washington. Passavam pela Inglaterra.

Uma mancha que se espalha... O fluxo da vida...

Mais precisamente. Pela Sala 40. A prestigiada seção de criptologia da Inteligência Naval. No edifício do Almirantado. Oitocentos operadores de rádio. Oito criptólogos.

Uma mancha que se apaga. Mas não se apaga.

O homem das faces manchadas deixa o quarto. Albert fecha os olhos. Está morto... Eu estou morto... Já era hora. Preciso procurar um outro corpo para mim.

Estive preso em Rosenheim. Mercados. Ruínas. Torres medievais. Um vale. Um menino.

Naquele período, os operadores de rádio cifravam mensagens aplicando sequências contidas em livros sobre códigos... Um método rudimentar e perigoso. Quando um barco inimigo afundava... A primeira coisa que se procurava localizar era o livro de códigos. No final de 1914... Um destróier alemão foi afundado. Numa caixa de alumínio. Foram encontrados vários livros e documentos... Os homens da Sala 40 descobriram que um dos livros de códigos era o *Verkehrsbuch*. Que era usado... Entre outras coisas... Para a troca de mensagens entre Berlim e os adidos navais... De suas diversas embaixadas no exterior.

Quando o telegrama Zimmermann chegou à Sala 40... Dois criptólogos... O reverendo Montgomery e Nigel de Grey. Leram a primeira linha.

130. 13042. 13401. 8501. 115. 3528. 416. 17214. 6491. 11310.

Normalmente, a primeira linha registrava o número do livro de código utilizado para cifrar a mensagem... O número 13042 os fez lembrar de um outro número... 13040... Pertencente a um livro de códigos usados pelos alemães, e que existia na Sala 40... Onde havia também um livro com variações desse código. De forma que foi fácil. Para mim. Montgomery... E para mim... De Grey... Decifrar pelo menos as partes principais da mensagem.

Estou morto. Outro corpo.

Quando usavam livros de códigos. Os alemães costumavam cifrar duas vezes as suas mensagens... Por precaução... No entanto... Não tinham agido assim no caso do telegrama Zimmermann. Em fevereiro de 1917... O presidente Wilson foi informado a respeito do telegrama. Em março... De modo surpreendente... Zimmermann admitiu a autenticidade do telegrama. No dia 6 de abril... Os Estados Unidos declararam guerra à Alemanha.

Estou. Morto.

Não estou.

Outro corpo. O mesmo.

Formiga elétrica.

6

O JUIZ CARDONA ACHA uma farmácia numa esquina a duas quadras da casa de Albert. A porta está fechada; ele toca a campainha e, no momento seguinte, uma mulher de olhos pequeninos e nariz aquilino surge numa janelinha numa das laterais. Abre a porta.

— Pode entrar, pode entrar — diz ela, dando as costas para ele, abrindo gavetas em busca de álcool e gaze. Cardona coloca a maleta no chão. A água escorre pela sua roupa e molha o tapete.

— Desculpe, estou sujando tudo.

— Não se preocupe.

Cardona sente frio nos braços e nas pernas, o mal-estar da roupa úmida aderindo ao corpo; preferia já estar de volta no hotel, sentado junto a um radiador ou a um aquecedor que o esquentasse.

— Sente-se — diz a mulher, indicando uma cadeira sobre a qual está deitado um gato siamês. — Está todo molhado. É preciso tratar disso com rapidez. Pode infeccionar. Como aconteceu isso?

— Obrigado, senhora — diz Cardona, sem se mexer, grudado à sua maleta. — Estava no lugar errado na hora errada. Passei no meio da manifestação na praça.

— Sinto muito, sinto muito. Mas se o senhor me perguntar, direi que estou totalmente de acordo com o que está acontecendo. A conta de luz do mês passado subiu oitenta por cento. O senhor deve ter visto isso. Vêm para cá para lucrar num país pobre. Sente-se, por favor.

Cardona se aproxima da cadeira. O gato se deixa acariciar, sem a menor intenção de abandonar o seu posto; fede a urina e está perdendo o pelo: pedaços de pele aparecem nas suas costas. A mulher bate com as mãos no balcão; o gato dá um pulo e desaparece nos fundos da farmácia. Cardona se senta; o comentário da mulher o levara de volta aos seus dias no governo. Ele se recorda, então, de uma conversa que teve com Valdivia, o ministro das Finanças, nos corredores do palácio presidencial. Tinham acabado de sair de uma reunião ministerial em que se discutira o problema da formação de alianças contrárias às licitações referentes aos recursos nacionais e às empresas estatais; Valdivia trazia no rosto um ar de preocupação. "Ah, meu caro juiz, nosso povo é um osso duro de roer. Querem a retomada econômica, mas, quando surgem investidores externos, fazem um escarcéu. Não entendem que as empresas capitalistas não são sociedades beneficentes. Elas só investem aqui porque querem ganhar dinheiro. É um círculo vicioso, e não sei como sairemos dele." "Acho que não há saída", dissera Cardona. "Um país pobre não está acostumado a vencer. Não está acostumado com a ideia de as pessoas ganharem dinheiro que não seja para manter a família. Vem daí a expressão *ganhar a vida*. Trabalhar honradamente significa ganhar a vida. Se alguém ganha dinheiro, se acumula muito para si mesmo, é um egoísta, um corrupto, ou as duas coisas ao mesmo tempo." "Sim. Queremos a modernidade, o progresso, mas temos muito medo de perder nossas tradições. Queremos as duas coisas, mas isso é impossível. Aqui o modelo neoliberal está condenado a fracassar, se é que já não fracassou." Cardona gostaria de ter dito que não era apenas aquilo. Tratava-se, também, da forma como o modelo vinha sendo aplicado. Em vez disso, porém, perguntara: "Mas o senhor acha que as pessoas preferem que os investidores desistam? O melhor, então, seria fechar de vez as fronteiras." "Vão fazê-los desistir, e no dia seguinte amanhecerão de mãos vazias. Será uma vitória sem vencedores. Dessas que nosso povo gosta." A mulher examina a ferida de Cardona mais de perto. "Vai precisar de alguns pontinhos", diagnostica. "Sem anestesia?" "Calma." "Vai doer?" "Vai ser rápido."

Ele fecha os olhos e relaxa. Pergunta a si mesmo se terá forças suficientes para chegar até a casa de Turing. Precisa fazê-lo; precisa concluir o que começou.

Deixa a farmácia. A chuva arrefeceu. A ferida arde, mas pelo menos está fechada. Era um corte profundo, que exigira três pontos. A casa de Turing fica num loteamento nos arredores da cidade. Conseguirá chegar lá? Estudou os nomes das ruas, felizmente Río Fugitivo tem avenidas que a cruzam de um extremo ao outro e fazem com que seja difícil se perder. O problema é que, com os bloqueios, é impossível ir de carro (e, mesmo que fosse possível, também não pode parar um táxi e pedir que o leve até a cena de seu futuro crime, não é?). Andando, levaria cerca de 45 minutos, e, do jeito que está a cidade, cheia de manifestantes e policiais, seria arriscado. A chuva poderia voltar com força, e ele teria de se proteger em algum canto. Está exausto, a roupa molhada e manchada de sangue. Os eternos fatores do contra, aglutinando-se para impedir o ato necessário. O que fazer, então? Ir até o hotel, tomar um banho? Jogar-se na cama e se encher de drogas? Deixar tudo para o dia seguinte? Impossível. Amanhã Ruth ficará sabendo da morte de Albert, fará todas as conexões e suspeitará de Cardona. Saberá que o julgamento de responsabilidades era uma farsa. Uma mentira necessária a ocultar a verdade inclemente. Pois, aqui, de nada serve a lei, subterfúgio para que os poderosos ditem a seu bel-prazer o curso dos acontecimentos; eu sempre soube disso, mas não queria acreditar. Talvez eu tenha achado que minha palavra ou minhas convicções pudessem vencer. Teimosa vaidade, se é que foi isso mesmo. Mas, não, no fundo, o que eu queria mesmo era ser um deles. E só posso perdoar a mim mesmo fazendo a lei com as minhas próprias mãos. Atuando como juiz e como carrasco. A derrota da lei é a minha vitória. E é só dando tiros que conseguirei escapar do meu próprio túmulo. Ele limpa o rosto com um lenço sujo. As manchas cor de vinho do rosto agora brilham. Ele decide ir em frente.

Atravessará Río Fugitivo nessa tarde do segundo dia de revolta popular alheio à onda da vontade coletiva, mas ao mesmo tempo, paradoxalmente, convencido de que aquilo que fez e aquilo que fará faz parte, de modo imprescindível, dessa mesma vontade. Uma tarde histórica, e eu aqui, ajudando a construir a história destruindo-a. Deparará com ruas e esquinas cheias de pedras, madeiras e vidros de garrafas quebradas; automóveis que desafiaram o bloqueio e acabaram com os pneus furados; fogueiras que persistem apesar da chuva — que finalmente parou —, labaredas em que são consumidas cadeiras velhas, trastes e papel de jornal; bombeiros desesperados tentando apagar os focos de incêndio com mangueiras de água sem força; grupos de jovens vindos das zonas populares em direção ao centro da cidade; militares a postos e policiais tirando pedras das ruas e correndo atrás de manifestantes com gás lacrimogêneo; jornalistas com microfones, câmeras de televisão que filmam sem parar, captando e exibindo ao vivo a violência para o país inteiro, dando início à sua tarefa de preservar essas cenas para os noticiários on-line e da televisão, para os resumos semanais de domingo, para os arquivos históricos. Ninguém reconhece Cardona. E ele também não faz nenhum esforço para ser reconhecido. Caminha paralelamente às avenidas mais concorridas, evitando o choque direto com os bloqueadores. Sente-se bem assim. Feliz por ter se retirado do governo a tempo, não fazendo parte de seu colapso. Ah, se essa fosse toda a verdade. Caravanas frenéticas de palavras para proteger a verdade. Demitiu-se ou foi demitido? Tinham-no obrigado a apresentar a renúncia. Talvez tivessem percebido que não era um deles. Ou não haviam se dado conta de que queria ser um deles. Por vezes sentia falta dos almoços e dos jantares na residência presidencial. *Celeste fue la triste historia de mi corazón*, pensava ele, lembrando vagamente versos de Rubén Dário, coração desacostumado a se perder de tanta atenção recebida. Montenegro tinha, por vezes, uma maneira estranha de falar; enfiava um charuto na boca, mordia-o e começava a emitir frases. As palavras saíam de seus lábios cambaleando, como se embriagadas. Era preciso fazer um esforço especial para entendê-las. Ele exercia o poder até mesmo nos menores detalhes, obrigando pessoas como Cardona a usarem ao máximo a sua capacidade de concentração para saber o que ele dizia; fazendo-as ver que estavam em suas mãos, que, assim como o charuto, também as tinha entre os dentes, podendo mordê-las a qualquer momento, com toda a força, para esmagá-las. Cardona detém-se às vezes, exausto, com dores, e indaga a si mesmo como será que isso tudo vai acabar. Montenegro cairá? Não se deve ter isso como certo: o governo já cambaleou várias vezes e sempre encontrou uma forma de se manter de pé. As forças de oposição têm a força necessária para abalar as estruturas do governo, mas não para dar o empurrão final que precipite a sua queda. Certamente teme-se despertar os fantasmas de golpe de Estado que rondam a história do país; ninguém está feliz com a situação atual, mas o esforço que a reconquista da democracia representou duas décadas ainda pesa muito. Diante de tanta vacilação e de tantas incertezas, alguém deveria fazer com Montenegro aquilo que Cardona tinha feito com Albert: aproximar-se dele e atirar-lhe no peito à queima-roupa. Fim da história. A agonia de uma estrutura podre, que certamente dará lugar a uma outra estrutura não menos podre. Mas isso já é um problema das gerações futuras. Respira aliviado ao dobrar uma esquina e descobrir, três quadras adiante, o loteamento onde Turing mora.

7

CERTA NOITE, KANDINSKY decide visitar os pais. A porta é aberta depois de um lapso de tempo que lhe parece longo demais. É a mãe, cujos olhos brilham ao vê-lo: fundem-se num abraço. Está mais magra, pode sentir-lhe os ossos das costas.

— Entre, entre. Que surpresa. Você está muito branco.

Todos nós, pouco a pouco, vamos perdendo peso, vamos nos desintegrando. Ele deparará, no corredor, com o semblante ameaçador do pai, o macacão manchado de graxa, uma camiseta cinza desfiada. Apertará sua mão com frieza.

— Pensei que tivesse nos esquecido.

Tudo lhe parece pequeno, sujo e malcheiroso. Viveu ali mesmo por mais de 15 anos? Como conseguiu suportar? Observa as caixas amontoadas umas sobre as outras no corredor, a luz vacilante de uma lâmpada na pequena sala, com uma televisão em cores, as paredes tomadas de umidade, o pôster de São José e a estatueta da Virgem de Urkupiña com uma vela acesa aos pés na cozinha. Sente falta da oficina, queria ver as bicicletas — esqueletos desengonçados pendurados de ponta-cabeça — à espera das mãos hábeis do pai, as ferramentas em cima de uma mesa de madeira, parafusos e correntes no chão de terra. Quando era menino, em Quillacollo, podia passar horas vendo o pai trabalhar. Daí a montar ou desmontar tudo que viesse parar em suas mãos, os rádios e os televisores que encontrava no lixo, era apenas um passo.

Não diz nada. Achava que se sentiria como um estranho, mas comprová-lo, na prática, dói mais do que imaginou. Tinha mantido, ainda, uma leve esperança: a casa dos pais também era sua. Mas já não há retorno possível. E agora?

Não lhes pedirá desculpas pelo seu orgulho; assumirá que a visita já expressa, por si só, esse pedido. Não lhes contará o que faz na vida; deixará com eles um maço de notas e se despedirá, dizendo-lhes que nunca deixou de pensar neles, que podem contar com ele.

Entra no quarto que dividia com o irmão, Esteban. Sente-se atingido pelo cheiro de roupa suja, de ar parado. Sua cama sumiu; Esteban está deitado, fumando, e lendo com a ajuda de uma lâmpada. É encorpado, mais alto do que ele. Kandinsky estende-lhe o braço direito. O irmão não responde à saudação, deixa cair cinzas num cinzeiro sobre o criado-mudo.

— Como vai, irmãozinho?

— Fodido, mas ainda honesto.

O tom não convida a que continue a conversa. Kandinsky também não sabe o que dizer, o que perguntar. Nota a diferença das roupas. Ele veste uma calça jeans e um casaco preto recém-comprados; Esteban, uma calça velha cor de café e uma camisa vermelha desbotada.

— O que está lendo?

— Nada que possa lhe interessar muito. — As palavras entre os dentes, como se tentasse conter o aborrecimento causado pela sua presença. — Só o velho Marx.

— Por que acha que isso não pode me interessar?

— Você não é do tipo.

— Você poderia ficar surpreso.

Fodido, mas ainda honesto. O que ele quis dizer? Agora entende: foi aquela vez que veio entregar um envelope com dinheiro para o pai. Eles não sabem como ganhar a vida, e chegaram à conclusão de que aquelas notas só podiam ter sido obtidas de forma desonesta. Afinal, de que outro modo ele poderia tê-las conseguido? O país não dava asas a esse tipo de milagre. São honestos, e mais orgulhosos ainda do que ele: podiam perdoá-lo por não ter dado sinal de vida durante aqueles anos todos, mas não por fazer coisas ilícitas para sair da pobreza.

— Estão sendo injustos comigo.

— Que seja. Você não tem o direito de reclamar de nós.

Kandinsky sai do quarto. Passa pelo pai sem se despedir. Dá um beijo apressado na mãe e vai embora. Um dia eles ficarão sabendo a verdade. Um dia o entenderão.

Caminha pela calçada que contorna o edifício principal do San Ignacio. Seus dedos se movimentam nervosamente. O formigamento volta a atingir as mãos e os pulsos. A dor, por vezes, torna-se insuportável.

Um cão aparece entre os pinheiros por trás da cerca, a boca aberta deixando escorrer saliva; seus caninos mordem o alambrado, assustando Kandinsky. Este dá-lhe uma cusparada e sai correndo.

Reúne-se numa sala de chat do Playground com os quatro membros da Recuperação que escolheu para acompanhá-lo na etapa seguinte de seu plano (Corso, Baez, Vivas e Padilla). O chat é criptografado com um sistema de 128 bits, um dos mais seguros encontráveis no mercado. Por intermédio de seu avatar BoVe, Kandinsky lhes diz que todo o trabalho feito contra o governo do Playground foi apenas uma etapa preparatória para o que virá depois.

```
Kandinsky: tamos em guerra um novo tipo d
guerra sintam orgulho foram esclhids p o +
dificil
Baez: qual o inimigo?
Kandinsky: sistmas d cguranca sites d govrno
d multncionais com interesses n pais
Corso: quais objetivos?
```

```
Kandinsky: V final nem + nem –
Corso: D+
Kandinsky: ainda podem cair fora
Padilla: todos com vc precisms de objetivos
especificos
Kandinsky: globaLux o resto criatividad usem
todo arsenal virus DOS grafiti
Baez: somos pt coalizão
Kandinsky: n somos pt d nada mas mtos pensam
como a resistncia seremos a resistncia somos
a resistncia
```

Pede que cada um atue por sua própria conta, para evitar que os serviços de inteligência encontrem estruturas semelhantes que tornem possível descobri-los. Reportar-se-ão a ele uma vez por semana numa sala de chat previamente combinada.

Despedem-se. Voltam a se encontrar no bairro dos anarquistas do Playground, desta vez com os demais membros da Recuperação. Falam como se a conversa na sala de chat privada nunca tivesse acontecido.

Os ataques assinados pela Resistência têm início simultaneamente aos protestos da Coalizão contra o aumento das tarifas de energia elétrica (há manifestações de rua de todos os tipos nas principais cidades do país, mas o centro dos acontecimentos é Río Fugitivo). Essa coincidência leva os comentaristas dos principais meios de comunicação, assim como os assessores do ministério do Governo, a concluir que os dois grupos operam de forma articulada: as mobilizações tradicionais, que tiveram grande êxito na segunda metade do século XX, conseguiram juntar forças com um novo tipo de mobilização, que usa a tecnologia digital para enviar sua mensagem e paralisar, às vezes durante horas, às vezes durante dias, os sistemas de informação governamental e de algumas grandes corporações.

Os meios de comunicação cobrem os maciços protestos nacionais contra o governo, nos quais o líder dos *cocaleros* consegue, com seu discurso antineoliberal e anti-imperialista, aglutinar as forças de esquerda dispersas e fragmentadas ao longo dos últimos 15 anos. No entanto, os analistas não o consideram um candidato com chances para as eleições presidenciais do próximo ano: afirmam que seu apoio se limita às regiões rurais do país e não atinge os departamentos do centro. Os meios de comunicação dedicam ao líder *cocalero* a mesma cobertura que dão aos movimentos da Resistência: estão fascinados pela figura de Kandinsky, tendo-o transformado rapidamente numa mistura cibernética de Dom Quixote e Robin Hood. Não há fotografias dele nem testemunhos que deem conta de sua identidade; esse enigma desencadeia uma série de especulações. Alguns dizem que se trata de um estrangeiro, por causa do apelido que adota e porque uma habilidade tecnológica como a sua só pode vir de fora; outros dizem que se trata de um rebelde local e que o governo deveria até mesmo sentir orgulho de seu trabalho. Muitos jovens de diferentes classes sociais se apropriam daquilo que ele representa — a rebeldia contra a globalização, a decisão de enfrentar um governo entreguista —, e não faltam os aprendizes de hackers — os copycats, que brotam às dúzias —, que tentam seguir seus passos e atacar os sites das prefeituras e das câmaras municipais ou de alguma empresa de desenvolvimento regional...

Deitado no colchão de seu quarto, vendo Lana Nova divulgar as notícias em seu celular enquanto deixa as mãos repousarem, Kandinsky desfruta o noticiário positivo sobre seu movimento. Desfruta ainda mais o que se refere aos ataques vitoriosos de seus subordinados. O mais criativo é Baez: implementou uma versão eletrônica do que fazem alguns movimentos de jovens argentinos e chilenos quando descobrem onde mora algum oficial da época das respectivas ditaduras. Os jovens vão até a casa ou o apartamento do oficial, pintam as paredes com frases alusivas ao seu passado e dão conhecimento à vizinhança e aos meios de comunicação de que ali mora uma pessoa que participou de massacres e torturas. Essa estratégia de ataque é conhecida como *escrache*. Baez possui uma relação de antigos funcionários da ditadura de Montenegro e lhes envia e-mails com uma mensagem contundente: *assassino tem as mãos manchadas de sangue*. Chama isso de Ciberescrache. Começou por alguns de seus colegas na Câmara Negra. O passo seguinte será tornar públicos os nomes.

Num fim de semana, Nelson Vivas e Freddy Padilla são assassinados, num dia um, noutro dia o outro. Vivas é esfaqueado na madrugada do sábado, ao deixar o edifício do *El Posmo*; no domingo à noite, Padilla leva um tiro na nuca na porta de sua casa. Os meios de comunicação divulgam essas mortes como sendo acidentes isolados; ninguém parece saber que os dois são membros da Resistência.

A primeira coisa que ocorre a Kandinsky é que os serviços de inteligência do governo conseguiram desarticular a sua organização, e que logo chegarão aos outros membros. Decide não fazer nenhum contato com ninguém durante alguns dias. Nada acontece.

Passadas algumas semanas, nenhuma explicação aparece para o que ocorreu com Vivas e Padilla. TodoHacker, um site que Kandinsky visita com bastante frequência, aventurou-se a especular que os sujeitos assassinados eram hackers integrantes da Resistência e que o responsável por suas mortes é Kandinsky. Motivo: Kandinsky é um megalomaníaco, mais interessado em preservar o seu poder do que em lutar contra o governo. Delírio puro. De toda maneira, uma coisa o preocupa: como é que a responsável pelo TodoHacker soube que Vivas e Padilla eram membros da Resistência? Quem será o seu informante? Alguém de seu círculo mais íntimo? Ou ela estaria trabalhando mais uma vez para o governo?

Descarta Baez e Corso. Não pode ter-se enganado tanto; mesmo assim, irá vigiá-los de perto.

Só pode ser o governo, que está atrás dele e sabe mais sobre ele do que ele próprio imagina.

Hackeando o TodoHacker, ele se convencerá de que a responsável pelo site — uma colegial chamada Flavia Sáenz — não sabe nada além daquilo que já informou e tateia no escuro, sem provas concretas para sua acusação. Dias desses ele ainda fará com ela uma brincadeira de mau gosto, convidando-a a integrar a Resistência. Seria bom assustá-la, fazê-la ver que estão atrás dela.

Reúne-se com Corso e com Baez numa sala de chat reservada. Dá-lhes sinal verde para reiniciarem os ataques na segunda-feira da semana seguinte. Terão uma dimensão insuspeita pelo governo, e crescerão ao longo da semana de modo a coincidir, na quinta-feira, com o bloqueio de ruas e avenidas programado pela Coalizão. Corso parece hesitante.

Na quarta-feira da semana seguinte, em pleno ataque desenfreado da Resistência aos computadores do governo e da GlobaLux, Corso é morto a tiros num cibercafé no Bohemia.

Kandinsky se sente cercado. Decide desligar os computadores e não sair do apartamento até entender o que está acontecendo. Pergunta a si próprio, ao mesmo tempo, como poderá fazer isso com os computadores desligados.

8

CARLA O AJUDA A ENTRAR no quarto. Você se encosta na cama. Ela se deita ao seu lado; você busca refúgio para sua cabeça entre os seios dela. O brilho avermelhado de uma lâmpada os envolve no entardecer já envolto pela noite.

— Estou cansado. Muito cansado.

— Aposto que não é só isso.

— Qualquer frase que eu disser vai soar melodramática e falsa.

Fala sem olhar para ela, como de hábito. É mais fácil pronunciar as palavras necessárias para camuflar seus sentimentos, ou para expressá-los de maneira indireta.

— Tente — insiste ela.

Depois de um longo silêncio cortado pelo som dos automóveis na rua, você o faz, procurando, desta vez, avançar sem dar muitas voltas:

— Vivi esse tempo todo uma vida que não é minha.

— O quê? Isso não me ajuda em nada a entendê-lo.

Você preferia cair no sono e acordar numa outra realidade. Aquela que lhe coube conheceu momentos intensos em certa época; foi se tornando comum nos últimos anos e, de repente, revelava-se, retrospectivamente, mentirosa. Albert, seu chefe tão admirado, foi o dramaturgo que alimentou a sua vida com fatos enganosos que tiveram consequências fatais. Todos os seus atos são irreversíveis; não há como recuperar as vítimas do talento que você possui para a criptoanálise.

Ah, se ao menos você tivesse errado uma vez. Mas Albert o escolheu porque sabia que você não erraria. Ou talvez os problemas que ele lhe passou não fossem tão difíceis. Tinham sido feitos, de propósito, na medida do seu talento.

E você, que teria dado a própria vida por ele! E você, que ainda hoje, admita, seria capaz de dar a sua vida por ele! Que humilhação! Que humilhação agradável e dolorosa!

Você se segura em Carla como se estivesse prestes a afundar. Conseguiria ela mantê-lo à tona? Seria pedir demais. Para você, basta poder acariciar-lhe os braços e deparar com suas feridas infeccionadas devido ao uso abusivo que ela faz das próprias veias. Com tanta metadona no corpo, não tem condições de se responsabilizar nem sequer por si mesma. Nos meses anteriores, ela é que tinha se segurado em você, obrigando-o, entre outras coisas, a usar o seu cartão de crédito — os números criptografados em cada transação, a presença dos códigos nos gestos mais elementares da vida cotidiana — para pagar o quarto na pensão, as dívidas com o Edifício Dorado, as infrutíferas horas de desintoxicação na clínica e, sim, não se engane de novo, a metadona, comprada às escondidas. Será que você pensou realmente que poderia retirá-la do abismo em que se achava? Ou será que, talvez, com essas atitudes de bom samaritano, estava pagando na verdade culpas inconscientes que ameaçavam emergir para a superfície? No final das contas, Ruth tinha razão. E as mensagens também: suas mãos estavam manchadas de sangue.

— Miguel, não estou entendendo você.

— Eu não falei nada.

— Acho que o ouvi murmurar alguma coisa.

— Não ligue. Devo estar delirando. É trabalho demais. Muito estresse.

— Que merda está acontecendo com você? Preciso que fique bom. Estou sem dinheiro e não tenho onde dormir esta noite. Fui expulsa da pensão. Trancaram minha mala num depósito e só posso retirá-la se lhes pagar o que devo.

Ergue a voz. Não, por favor: você não quer mais um acesso de raiva desbocado.

— Não tem o suficiente para se manter até o fim da semana?

— Você acha que algumas notinhas duram para sempre. Estou cansada, Miguel. Não podemos continuar assim.

Você sabe ao que ela se refere. A relação que iniciou com você não era gratuita. Embalado no prazer de sua pele, você falou mais do que devia. Contou-lhe que a relação com Ruth estava desgastada e que do amor inicial restara apenas uma amizade frágil. Insinuou que, caso tudo continuasse andando tão bem entre você e Carla, não seria difícil se animar a pedir o divórcio. Ah, as coisas que você disse, o palavreado fácil das promessas. Chegou a recusar seriamente mesmo que poderia haver algum futuro para você e Carla? Ou seria apenas mais uma de suas complacentes ilusões? Tenta enxergar-se num apartamento alugado lendo no computador a última edição de *Criptologia*, enquanto Carla, deitada na cama, perfura as veias com uma agulha afiada e suja e lhe pede gritando que a ajude a segurar a seringa. Ele sente por ela uma mistura de compaixão e carinho, mas não amor. E deve admitir também que, na verdade, não tem aproveitado muito o sexo: depois da agitação de animal enjaulado, acomete-lhe o vazio, e, sim, a nostalgia da intensidade da juventude, quando o amor não precisava do sexo para sobreviver. Ou era na adolescência?

— Não estou sugerindo nada — diz ela, e você sabe que está mentindo. — É que já faz algum tempo eu vinha pensando em me mudar para Santa Cruz. Só fiquei porque você quis que eu ficasse. E agora vejo que foi tudo em vão.

Seus seios trazem a fragrância de um dos perfumes de que ela gosta, capazes de perturbar os seus sentidos. Plantas venenosas ou flores podres que vencem por nocaute o adversário. Ruth é mais sutil em seus odores, mais refinada em sua escolha de jasmins e amêndoas discretas. O mais triste é que você parece ter perdido há tempos a arte de entender as sutilezas: no universo asséptico da Câmara Negra, na solidão do Arquivo, sentia falta do cheiro de Carla, não do de Ruth.

— Não sei se é um bom momento para falar sobre isso.

— Qual é o bom momento, então? Estou avisando que, se não chegarmos a alguma solução, esta será a última vez que nos vemos.

Um tom de ameaça na voz. Só mesmo você poderia estar numa situação em que uma prostituta drogada se sente no direito de colocá-lo contra a parede. Albert não tinha razão: você chegou a isso porque o seu pensamento nunca foi capaz de pensar aquilo que devia pensar. Não existe nenhuma lógica dando alguma ordem ao mundo por trás das bifurcações associativas das suas ideias. E se existe algum sentido forte o bastante para conseguir articular o caos dos fatos — cifrar o *incifrável*, se é que essa palavra existe —, somente um ser superior poderia estar no centro da conspiração.

Carla acaricia seu rosto marcado pelas rugas, e você se vê prestes a chorar como não fazia desde a infância, quando o mundo era jovem e suas sensações também. De onde você tirou essa rigidez de expressão? Onde conseguiu essa carapaça útil para escapar daquilo que há em torno de você e de suas ambiguidades? O tempo o transformou num ser que você nunca imaginou aos 15 anos, quando seu pai se fechava no quarto com uma garrafa de uísque e você ouvia, amortecidos, os gritos que ele nunca proferia na frente dos filhos, o pranto ao descobrir que as tantas horas semanais de trabalho não eram suficientes para sustentar a família, e você murmurava, para si mesmo, que não seria assim, não iria se esconder, nem de você mesmo nem dos outros.

Beija-a. Há ternura, durante alguns instantes, no contato entre os lábios. Então, como costuma acontecer, tudo vem abaixo com a língua de Carla, que, voraz, penetra em sua boca.

Fecha os olhos. Está exausto, totalmente exausto.

Ao abri-los, surpreende-se com a luz do dia que entra pelas janelas. É de manhã. Você adormecera ali. A bexiga aperta. Carla se espreguiça ao seu lado.

— Bom dia, dorminhoco. Agora temos que pagar muito pelo quarto. Fiquei com pena de acordá-lo.

— Queria ir a uma igreja — você diz, de repente, com uma convicção que o surpreende. Carla olha-o sem entender. Você se levanta e vai ao banheiro. — É sério — continua falando enquanto urina. — Preciso ficar sozinho algumas horas. Prometo que volto.

— Não diga isso se não está sentindo de verdade essa necessidade — diz ela, sentando-se na cama, olhando para você com os olhos injetados de sangue.

Você se arruma. Sua mente urdiu os próximos passos enquanto você dormia ao lado de Carla. Não sabe se tem algum futuro com ela, mas sabe, pelo menos, que não tem futuro algum com Ruth. Irá à Câmara e apresentará sua demissão a Ramírez-Graham. Irá a uma igreja confessar os seus pecados, mesmo sabendo que não quer nenhuma expiação. Irá para casa pedir a Ruth a separação. Fará as malas e alugará um apartamento. Levará Carla para viver com você. Tentará refazer a vida, com as mãos manchadas de sangue e tudo.

Dá-lhe algum dinheiro para a pensão.

— Pago tudo quando sair — você diz. — A gente se encontra aqui à tarde, entre as 18 e 19 horas.

Beija-a no rosto e deixa o quarto.

9

FLAVIA SE LEVANTA DA CAMA, mau hálito na boca, as bochechas marcadas pelo travesseiro. Dormiu algumas horas profundamente e teve um sonho estranho no qual se encarnava num Ser Digital, entrava no Playground e pedia asilo numa embaixada: não queria voltar para Río Fugitivo. O asilo fora concedido, e ela experimenta uma grande sensação de libertação.

Vai até o banheiro em passos trôpegos. Olha-se no espelho. Está com olheiras, e mil veias parecem ter estourado no branco dos olhos. Escova os dentes.

Apoia as mãos na pia. Num átimo, tudo lhe volta, e seus esforços para se mostrar forte desaparecem. A quem queria enganar?

Não consegue acreditar que Rafael se foi; que não existe mais. Não poderá reaparecer sob a forma de outro avatar, como acontece nas mortes dentro do Playground. Todos os seus dias desembocaram nesse momento sem glória. É tão fácil acabar com uma vida que paira, inconsciente de si mesma, sobre as coordenadas do tempo e do espaço.

Não quer chorar; nem sequer algumas lágrimas tímidas. Quer que alguém pague pelo que aconteceu com Rafael. Está decidida a retomar o ataque. Seu embate com Kandinsky ainda não terminou. Ocorreu-lhe uma nova forma de chegar até ele.

Clancy dorme na cozinha. Os passos silenciosos de Rosa. Do lado de fora, o trinar dos pardais, o motor agitado de uma máquina de cortar grama, um vizinho guardando o carro na garagem. As nuvens ocultam o sol; logo vai chover. Os camponeses ficariam felizes, suas colheitas não sofreriam a seca do ano passado. Se já estava chovendo tanto em novembro, como seria, então, em dezembro e janeiro? Repete *janeiro pouco, fevereiro louco, janeiro louco, fevereiro pouco*. Seu pai costumava brincar com essa frase quando ela era criança.

Serve-se um copo de suco de laranja, sentindo-o ácido demais, capaz, quase, de lhe cortar a língua. Uma fila indiana de formigas sai de um buraco sob a geladeira e avança sobre o açucareiro; Flavia as observa, deixando-as em paz.

Os pais ainda não chegaram. O pai deixara uma mensagem na secretária eletrônica: estava na Câmara Negra, havia muito tumulto nas ruas, e ele esperaria a situação se acalmar.

Senta-se diante do computador. Clancy a seguiu e agora se deita aos seus pés. Ela decide aplicar o plano que tem em mente. Não será fácil, mas é melhor do que nada.

Visita as salas de chat preferidas pelos hackers no Playground. Deixa Wolfram de lado e cria Pestalozzi, um hacker do San Agustín que afirma não tolerar os do San Ignacio. Passa algumas horas divulgando sua mensagem de ódio. Alguém, ela imagina, morderá o anzol.

Criara também DreamWeaver, um hacker do San Ignacio que discute com Pestalozzi e lança inúmeros insultos contra a Resistência. Flavia precisa manter a conversa entre eles teclando em dois teclados ao mesmo tempo. Não é fácil, mas ela já tem boa experiência nisso. Ao cair da tarde, alguns hackers entram também na conversa, mas saem dela rapidamente: o tema não parece despertar a intensidade de emoções necessária para que se estabeleça uma discussão acalorada.

Flavia está prestes a fazer uma pausa — o esforço provoca dores nas mãos —, quando alguém entra na conversa atacando DreamWeaver e defendendo Pestalozzi. Chama-se NSA2002. Enquanto sustenta uma conversação triangular, Flavia procura rastrear com um dos computadores os passos de NSA. A partir de onde ele entrou na rede?

Fica surpresa com a resposta: NSA2002 entrou na rede por um computador interno da Câmara Negra. Pode ser que esteja fazendo um *telnet* a partir de outro computador, usando a Câmara Negra para confundir seus possíveis perseguidores. Para Flavia, porém, parece coincidência demais que o computador utilizado seja justamente daquele lugar. Além disso, que sentido teria fazer um *telnet* para uma conversa inócua sobre o amor ou o ódio em relação ao San Ignacio?

A verdade tem para Flavia uma força incontestável: NSA2002 é Kandinsky, o lendário herói da Resistência, o homem por trás da morte de Rafael. Kandinsky trabalha na Câmara Negra.

10

Ruth caminha um passo atrás do policial. Sobem escadas de cimento tão íngremes que Ruth precisa se esforçar para manter o equilíbrio; os corredores fedem a urina. Num dos lances da escadaria, uma sombra pequena passa correndo pelos pés de Ruth; ela imagina ser um rato.

— Você tem sorte — diz o policial, de repente.

— Por quê? Não fiz nada de errado.

— Ou todas fizeram ou nenhuma fez nada. E eu acho que todas fizeram. Mas algumas são algumas, e a maioria não é ninguém.

— Isso é um trava-línguas?

— Cale a boca, caralho, e siga-me.

O policial dá um espirro; Ruth o acompanha em silêncio. Repete para si: Eulalia Vázquez, Eulalia Vázquez. Já esqueceu o outro nome. Escuta o barulho da chuva por trás das paredes e no telhado. Faria bem para os seus cravos no jardim.

O policial a encaminha para a sala do diretor, um homem gordo e suado por volta dos 50 anos. Está sentado atrás de uma escrivaninha de mogno, falando num Samsung cromado: às suas costas, o brasão nacional e uma fotografia do presidente Montenegro; à direita, um pôster dos River Boys e outro de Jet Li. Há alguns pedaços de cerâmica soltos no piso e moscas nas paredes e sobre as pastas que repousam numa mesa lateral mais baixa.

— Boa tarde, boa tarde. — Desliga o Samsung e se ajeita. — Acabam de nos informar que temos conosco a esposa de um respeitável funcionário do governo. Como é possível?

— É isso que eu queri...

— É só uma forma de expressão. Não precisa responder. Sabemos o que aconteceu. Foi um erro.

— Um grande erro, eu diria. Faz mais de um dia que estou aqui.

— A senhora há de compreender, estamos todos em estado de alerta, e é melhor adotar medidas cautelares, ou até pré-cautelares, do que depois nos arrependermos por não termos feito nada. Embora às vezes nos arrependamos do que fizemos. É complicado. Enfim, a senhora há de compreender. E se não compreende, de todo modo já não podemos desfazer o que foi feito. O que quisemos fazer. Talvez um erro para evitar um erro. É isso. Pedimos desculpas. Faremos com que seja posta em liberdade imediatamente.

— Não me resta outra coisa senão agradecer-lhe, senhor...

— Felipe Cuevas, às suas ordens.

— Gostaria que me devolvessem também o que me foi confiscado.

— Bem, isso já é farinha de outro saco. Ou melhor, do nosso saco. E é justamente sobre isso que queremos lhe falar. Informaram-nos que houve um erro. E que o seu manuscrito foi incinerado pela polícia. Pedem-nos que lhe transmitamos um pedido de desculpas.

Ela suspeitava que lhe diriam algo parecido. Era impossível que o manuscrito voltasse para suas mãos intacto. Seria enviado para a Câmara Negra a fim de ser analisado. Ali descobririam que se tratava de um compêndio com todos os crimes políticos ocorridos no país graças à eficiência dos criptoanalistas da Câmara Negra.

Ela junta as mãos, enfia o indicador direito na boca, morde a unha até que se quebre. Vázquez, Vázquez.... Qual era o nome mesmo? Não se lembra mais.

— Sair sem o manuscrito — diz ela, quase gritando — é o mesmo que nada. Seria melhor até mesmo continuar aqui.

— Não pode ficar aqui. Precisamos de todo o espaço de que dispomos. Há muitas prisões, hoje foi um caos. Pior do que ontem. Quando também já foi um caos. O que faz de hoje um dia de caos ao quadrado. Ou ao cubo. De qualquer maneira, bem maior do que o de ontem. E mesmo a palavra caos já não dá conta do que aconteceu.

Ruth deixa que se forme um silêncio prolongado. Ouvem-se os golpes incessantes do vento e a chuva nas janelas.

— Não — diz, por fim. — Não não não não não não não.

— É o que achávamos também. Capitão, faça-a assinar os documentos e acompanhe-a até a porta.

O olhar de Ruth esquadrinha as paredes descascadas pela umidade, o piso de cerâmica com rachaduras, o teto com teias de aranha. Uma mosca pousa na sua mão; ela a deixa caminhar pelo antebraço. Depois dá meia-volta e segue atrás do capitão. Faz o que lhe mandam fazer, mecanicamente. Assina o que tem de assinar, passa por corredores estreitos e chega à rua. O capitão lhe entrega a pasta e o celular e sai sem se despedir.

Ela caminha descalça. A brisa acaricia seu corpo. O sol se escondeu por trás de algumas nuvens cor de chumbo, a chuva se transformou em garoa.

A primeira coisa que fará chegando em casa: telefonar para o hospital a fim de saber os resultados de seu exame. Depois esperará Miguel. Precisa ter uma longa conversa com ele; ou talvez seja curta, talvez já nem haja necessidade de palavras.

Encerrado esse capítulo, procurará entrar em contato com o juiz Cardona. Não sabe o que lhe dizer. Seus passos vão ficando mais firmes. Na verdade, não sabe o que fará quando chegar em casa.

11

MEU DESTINO NÃO SE esgota em um homem... Meu destino sobrevive a todos os homens...

Emito esta frase nesta tarde de luto e agonia. Com a morte no corpo e ao mesmo tempo impossibilitado de morrer... Olhando por uma janela na qual pousam as cores do anoitecer depois da chuva. A luz lilás do crepúsculo. O verde de uma pimenteira alta. Ondulando no vento. O azul-pálido do céu.

O homem que atirou em mim foi embora... Meu peito está aberto por causa das balas. Meu sangue escorre por vários orifícios... Os lençóis ficam manchados com mais uma substância grudenta. Estão habituados à minha saliva deslizante... Ao suor dos meus poros. À minha urina ácida. Agora, boio sobre um lago avermelhado.

Passam-se os minutos... Sei que não acabarei assim. No máximo me desligarei desta vida para ressurgir em alguma outra... Talvez na Nova Zelândia ou no Paquistão. Serei um criptógrafo ou um criptoanalista... Voltarei a encobrir a realidade com algum código. Ou a revelá-la com outro...

Estou cansado. Sou Albert. Fui. Sou muitos outros mais.

Huettenhain. Não fui Huettenhain.

Passa-se cerca de uma hora e muda o guarda de plantão. Moreno e dentuço. Ele me descobre... Ouço-o chamar seus superiores com uma voz assustada. Pedir uma ambulância... Bem que gostaria de poder dizer-lhe que se acalme. Que confie em mim. Ou ao menos em quem me criou. Em quem nos criou... Porque deve ter sido o mesmo Criador para todos. Ou não... Talvez no meu caso tenha sido um demiurgo travesso. Talvez isso pudesse explicar essa brincadeira cósmica... De eu ser algo infinito, mas com um corpo finito.

Imortal com um corpo mortal...

Minha respiração se faz levemente. Como se não quisesse se fazer notar. Como se preferisse a mansidão ao desespero... Como se também soubesse o que a espera. Ou o que não a espera.

Dois enfermeiros me transferem, rudemente, para uma maca... Para eles, sou apenas um vulto a mais. Saio do meu quarto. Sentirei falta da janela, nada mais... Nem mesmo as fotografias. Que logo deixarão de me pertencer. Colocam-me numa ambulância... Talvez seja a última vez que percorro as ruas de Río Fugitivo. Suas pontes sob as quais se escondem mendigos e cachorros mortos. E suicidas. E suicidados...

É justo que este seja meu último meio de transporte. As ambulâncias estão muito ligadas à minha passagem por estas paragens. As forças de segurança deste Estado gostavam de utilizá-las... Seus paramilitares se deslocaram nelas em vários golpes de Estado... Um símbolo inocente para crimes hediondos.

E eu por trás de alguns deles. Decodificando... Ou inventando decodificações. Para que caíssem aqueles que tinham de cair.

Sou uma formiga elétrica.

Meu espírito não tem uma moral definida. Às vezes. Como agora. Reencarno em homens vis... Outras vezes, em seres que combatem o mal. Ou ambos os seres são a mesma coisa?

Fui. Por exemplo. Marian Rejewski. O criptoanalista polonês que ajudou a desarticular o mecanismo intrincado da Enigma... A poderosa máquina de criptografia nazista.

Com a Enigma... O papel e o lápis ficavam ultrapassados. E a própria tecnologia se encarregava da encriptação de mensagens...

Mecanizava-se a capacidade de transmitir mensagens secretas. A Enigma parecia uma máquina de escrever portátil... Escrevia-se uma letra no teclado... Os teclados estavam conectados por cabos a discos giratórios que embaralhavam as letras... Dessa forma, uma letra se transformava em outra. Uma frase, em outra... E depois saíam dos discos alguns cabos que se direcionavam para um quadro com luzinhas pequeninas... Cada luzinha era uma letra. As luzes que se acendiam eram as letras cifradas que iam formando a mensagem cifrada...

Mas isso não era tudo.

Cada vez que se cifrava uma letra. O disco girava 1/26 de uma volta. Para que quando se teclasse novamente a letra... Esta fosse cifrada com outra letra... E que outra luzinha se acendesse. Cada Enigma tinha três discos giratórios. Ou seja: 26x26x26... Num total de 17.576 opções. Isso para não falar do refletor... E do anel... Que complicavam ainda mais a coisa.

Foi inventada pelo alemão Arthur Scherbius em 1918... Começou a ser produzida em massa em 1925. E a ser utilizada pelo Exército alemão no ano seguinte... O Exército alemão chegou a adquirir 30 mil Enigmas. Quando a Segunda Guerra Mundial começou. Nenhum país podia ser comparado à Alemanha quanto à segurança de seu sistema de comunicações... Com a Enigma. Os nazistas levavam uma grande vantagem sobre os Aliados... Perderam-na graças a muitas pessoas. Principalmente Rejewski...

E o inglês Alan Turing...

Certa vez fui esses dois homens. Ajudei a derrotar os nazistas.

Fui Rejewski. Nasci em Bromberg... Cidade que depois da Primeira Guerra Mundial passou a pertencer à Polônia. E chamou-se Bydgoszcz.. Estudei matemática em Götinga. Era tímido. Usava óculos com lentes grossas... dediquei-me à estatística porque queria trabalhar numa empresa de seguros... Em 1929, recebi uma proposta para ser professor-assistente na universidade de Poznan... A 100 quilômetros de Bydgoszcz. Ali, encontrei a minha verdadeira vocação.

Ali me encontrei comigo mesmo. O Biuro Szyfrów do governo polonês havia instituído um curso de criptografia para o qual fui convidado... Poznan fora escolhida por ter pertencido à Alemanha até 1918... A maioria dos matemáticos dali falava alemão. A intenção do Biuro era preparar jovens matemáticos... Na intrincada arte de decifrar os códigos do Exército alemão... Assumia-se até então que os melhores criptoanalistas eram os que trabalhavam com a linguagem. A chegada da Enigma mudou tudo. O Biuro considerou que os matemáticos poderiam fazer aquilo melhor... E acertou... Pelo menos no meu caso.

Os enfermeiros avaliam que estou morto. Como tantos outros em tantas outras ocasiões.

A ambulância avança e para. Avança e para... O motorista é obrigado a descer e falar com as pessoas que ainda bloqueiam as ruas... Ouço frases entrecortadas das negociações. Por favor. Deixem-nos passar... Estamos com um senhor à beira da morte. Pedem-lhe dinheiro... Às vezes vêm espiar pela janelinha traseira... Ver-me deitado na maca. De boca aberta...

Uma formiga elétrica que parece desligada.

Seguimos em frente.

Para lidar com a Enigma. Baseei-me no fato central de que a fragilidade de qualquer sistema criptográfico reside nas repetições... A repetição básica da Enigma ficava no começo. Na chave da mensagem... Que constava de três letras e se repetia duas vezes, por uma questão de segurança... Essa chave determinava a posição dos discos giratórios. Sua sequência... A posição dos anéis... Et cetera... E era encontrada no Manual de Cifras das Forças Armadas. O codificador indicava dessa forma a chave que utilizaria. Quem recebia a mensagem lia a chave e ajustava sua máquina para o sinal que chegaria em seguida... De modo que o texto cifrado fosse decifrado automaticamente.

Ocorreu-me algo muito simples... Se as seis primeiras letras de uma mensagem constituíam a chave... E se tratava de um único grupo de três repetido duas vezes. Digamos DMQAJT... Então a primeira e a quarta letra. A segunda e a quinta. A terceira e a sexta. Representavam as mesmas letras. Só que codificadas com trocas diferentes...

Alguém que recebesse uma boa quantidade de mensagens da Enigma diariamente. Podia obter muita informação sobre as primeiras seis trocas... Tínhamos à nossa disposição pelo menos cem mensagens por dia E assim fomos descobrindo a chave do dia... O sinal chave... Levamos um ano para chegar a ele... E depois a comunicação dos alemães ficou transparente para nós. Passamos a década de 1930 lidando diariamente com as chaves da Enigma.

Ninguém deveria subestimar o que fizemos... Ninguém deveria subestimar o que eu fiz.

Construímos até mesmo uma máquina. Chamada bomba... Capaz de repassar em menos de duas horas todas as possíveis estruturas iniciais da Enigma... Até chegar à chave do dia. Tudo isso acabou em dezembro de 1938... Quando os alemães decidiram tornar mais segura a sua máquina. E lhe acrescentaram dois discos giratórios. Isso foi suficiente para tornar impossível a decodificação. No dia 1° de setembro de 1939. Hitler invadiu a Polônia... A guerra começou. E eu não pude fazer nada. Justamente quando mais precisavam de mim...

Paramos novamente. Abrem a porta. A luz atinge os meus olhos. Sinto-a avançando pelas retinas... Chegamos a um hospital... Os enfermeiros carregam a maca. Entram na sala de emergência. Talvez eu devesse lhes dizer que não há nenhuma emergência... Acontecerá o que tem de acontecer.

Talvez eu vá embora. Talvez não.

No fundo, dá no mesmo.

Talvez seja esse o meu castigo.

Kaufbeuren. Rosenheim. Nomes que ressurgem.

O menino... Onde é que eu fui menino? Há imagens de um vale. E de um menino. Mas não sei se esse é o meu vale. E se sou esse menino.

Fui Alan Mathison Turing. Nasci em 1912, em Londres. Em 1926, comecei a ter aulas em Sherborne. Em Dorset. Era um adolescente tímido... Só me interessava por ciências. Até que conheci Christopher Morcom... Ele também se interessava por ciências. Ficamos amigos durante quatro anos... A desgraça veio em 1930. Christopher morreu de tuberculose... Nunca ficou sabendo sobre os sentimentos que eu tinha em relação a ele. Nunca tive coragem de lhe dizer... Foi. A única. Pessoa. Que. Amei. Em. Toda. A. Minha. Vida.

Decidi me dedicar às ciências. Christopher tinha conseguido uma bolsa para entrar em Cambridge... Eu também quis obtê-la. Para fazer por ele o que ele já não podia fazer... E a obtive em 1931. Coloquei uma foto dele sobre a minha mesa de trabalho... E me concentrei nos estudos. Quatro anos depois, fiz minha tese de doutorado... Passei alguns anos em Princeton. Em 1937, publiquei meu trabalho mais importante sobre lógica matemática. "Sobre números computáveis." Nela. Eu descrevia uma máquina imaginária cuja função consistia em seguir passos predeterminados para multiplicar. Ou somar. Ou diminuir. Ou dividir. Uma *máquina de Turing* para uma função específica... Depois me ocorreu fazer uma *máquina universal de Turing...* Capaz de fazer tudo aquilo que cada uma das máquinas de Turing conseguia fazer separadamente...

Os primeiros computadores surgiram dessas ideias. Quando foi possível chegar a uma tecnologia adequada.

Não é por acaso que procuro encontrar os algoritmos que tornam possível o funcionamento de nosso cérebro... Os passos lógicos com os quais o pensamento permite que seja pensado... A ordem oculta por trás de nossa associação de ideias desordenada...

Cada um de nós é. À sua maneira. Uma máquina universal de Turing. O mundo funciona como uma máquina universal de Turing. Há um algoritmo que regula todos os batimentos do universo... Ou talvez se trate apenas de algumas linhas de códigos... Todos os passos. Dos mais simples aos mais complexos... Isso ficará comprovado. Quando houver a tecnologia adequada... Podem-se passar anos. Décadas.

Séculos. A única coisa certa é que eu... Que estou perdendo sangue num belo quarto de hospital. Estarei presente.

Em 1939, fui chamado pelo The Government Code and Cypher School para trabalhar como criptoanalista. Quarenta milhas ao norte de Londres. Numa mansão aristocrática em Bletchley... Era onde se concentravam os esforços do governo para interceptar e ler as mensagens inimigas... Dez mil pessoas trabalhavam ali. Éramos os herdeiros da prestigiada Sala 40 da Primeira Guerra Mundial. Nos primeiros meses em Bletchley... O trabalho em relação à Enigma... Baseou-se nos descobrimentos de Rejewski... Mas já era preciso encontrar uma alternativa.

Rapidamente a guerra foi tornando complicada a situação. A Enigma tinha agora oito discos giratórios. E em maio de 1940. As primeiras seis letras da mensagem desapareceram... Os alemães tinham encontrado uma outra forma de transmitir a chave. As bombas que construí para enfrentar a Enigma eram muito mais complicadas do que as de Rejewski... Concluí o primeiro desenho no começo de 1940. A primeira chegou a Bletchley em março do mesmo ano... E foi chamada de Vitória. Era capaz de escanear em pouco tempo a imensa quantidade de sinais interceptados diariamente... Em busca de palavras que os militares usavam com frequência. Como *oberkommando*... Comando Maior... E logo os decodificadores começaram a trabalhar.

A ideia básica era que na Enigma... Uma letra nunca era encriptada com a mesma letra. De modo que se no texto cifrado aparecesse um O... era certo que a palavra *oberkommando* não começava ali. Essas palavras que se assumia que podiam existir numa mensagem eram necessárias para o funcionamento das bombas... A bomba codificava essas palavras com a maior quantidade possível de opções... Quando se descobria uma combinação de letras. Então a bomba podia indicar a chave do dia usada para aquele sinal...

Era. Com efeito. A precursora do computador.

No começo... Podia-se levar uma semana para encontrar a chave. As bombas com um desenho mais avançado conseguiam fazê-lo às vezes em menos de uma hora. Em 1943, havia sessenta bombas em funcionamento... Graças a elas... No primeiro ano da guerra... A Inglaterra já tinha condições de ler as mensagens secretas do exército alemão... Graças a elas... Churchill soube da intenção de Hitler de conquistar a Inglaterra. E se preparou para defendê-la...

Uma das principais razões para a derrota nazista. Se deve. À derrota precoce da Enigma.

Há um som de vozes no quarto... Não entendo o que estão falando sobre mim. Deram-me uma injeção intravenosa, e a anestesia logo tomará conta do meu corpo... As luzes se apagam...

Vem-me à mente uma imagem borrada. A de Miguel Sáenz em seu primeiro dia de trabalho na Câmara Negra. O corpo inclinado sobre a escrivaninha.

Deu-me a impressão de uma pessoa extremamente dedicada ao trabalho. Muito pouco sujeita a distrações... Parecendo um computador universal de Turing... Era todo lógica... Todo input... E todo output... Foi então que me ocorreu chamá-lo de Turing.

Ele sempre achou que o apelido se devia a seu talento para a criptoanálise.

O motivo era outro.

12

RAMÍREZ-GRAHAM PREPARA um sanduíche na cozinha de seu apartamento quando toca o celular. É Flavia, com a voz ansiosa. Ela lhe diz que Kandinsky está operando a partir da Câmara Negra.

One of my guys? Será possível? *Yes indeed.* O suspeito pode ser ele próprio, Ramírez-Graham. Por que não? Aprendeu na NSA que se deve suspeitar de todos, até de si mesmo.

— Tem certeza de que não há possibilidade de um equívoco?

— Essa possibilidade sempre existe. Mas suponho que, se você pediu minha ajuda, foi por algum motivo, não? Se agirmos rápido, talvez tenhamos tempo de pegá-lo. Vou tentar prendê-lo no chat. Existe a possibilidade de que esteja fazendo um telnet, mas, bem, não temos nada a perder.

— Insisto: você tem certeza? Não quero chamar a polícia por causa de um alarme falso.

— Será falso se continuarmos parados aqui, só falando. Não tenho certeza de nada. Fiz o que me foi pedido. Vocês cuidam do resto. E um alarme falso também não seria o fim do mundo. Ande logo.

Ramírez-Graham desliga e telefona para o inspetor Moreiras. Pede-lhe que cerque a Câmara Negra e não permitia que ninguém saia de lá.

— Foi um dia muito duro, e parece que não vai acabar nunca. Você percebe bem o que está me pedindo?

— É importante. Escute o que estou dizendo, por favor. Depois eu explico tudo.

Moreiras resmunga e desliga o telefone. Ramírez-Graham termina de preparar o seu sanduíche de ovo. Chegara ao apartamento fazia apenas meia hora: as manifestações da praça tinham se espalhado por todo o Enclave, e ele não conseguira sair do prédio até que a polícia desbloqueou as ruas vizinhas. A única coisa que ele esperava era estar próximo do final. Não lhe importava que fosse uma adolescente quem lhe desse as chaves para solucionar o problema; queria apenas pegar Kandinsky e voltar para Georgetown.

Na rua, aspira o ar fresco do ambiente depois da chuva. Ocorre-lhe que logo logo poderá estar vivendo a cena de um filme que deve ter visto: o criminoso encurralado num dos andares do edifício, enquanto o chefe de polícia emite ordens aos gritos em seu walkie-talkie e vai se aproximando com passo decidido — ou talvez de elevador — do andar onde se dará o enfrentamento final. Verá finalmente a cara de Kandinsky, se é que a tal Flavia está com razão. *Yeah, right.*

Em seu automóvel, volta a falar com Moreiras e com Flavia. Moreiras informa que a Câmara Negra já foi toda cercada e que em seguida se encontrará com ele ali.

— Pedimos a todos que descessem até a Sala Vigenère. Uma pessoa não desceu. Está trancada numa das salas do último andar.

É onde ficam as salas do Comitê Central... Será alguém de seu círculo mais próximo? Santana, Baez, Ivanovic...? *Could I have been duped that bad?*

Flavia informa que Kandinsky continua no chat.

— Segure-o mais 15 minutos — pede Ramírez-Graham.

— Algo nisso tudo está me preocupando, não sei... O problema era complicado. E a solução, fácil demais.

— Os maiores criminosos cometem os erros mais estúpidos.

— De todo modo, é decepcionante.

As ruas vizinhas à Câmara Negra estão mais escuras do que de hábito, como se os proprietários das casas e edifícios da região estivessem evitando gastos desnecessários de eletricidade ou como se um apagão repentino da GlobaLux lhes tivesse impingido uma noite mais difícil do que as outras. Um grupo de soldados sobe num caminhão: Ramírez-Graham ouve no rádio que o governo chegou a um acordo com a Coalizão e mandou desmilitarizar a cidade.

Apesar de toda a escuridão, nenhuma casa ou edifício se iguala à Câmara Negra em sua capacidade de se fundir totalmente com a noite, como se um buraco negro localizado no seu ponto mais elevado a tivesse engolido. Ramírez-Graham entra no prédio, sente-se ofuscado com a vibrante luminosidade interna. Moreiras e três policiais o aguardam sob o grande emblema da Câmara Negra, o homem inclinado sobre uma mesa, e o condor segurando em suas garras uma faixa com um lema em código Morse.

— Meus rapazes estão tomando os depoimentos. De todos, menos daquele que ficou no último andar.

— Está faltando alguém em particular?

— Faltam muitos. Alguns já tinham ido para casa quando você ligou, de modo que não sabemos quem pode ter ficado no último andar. Devemos subir? Você conhece bem cada andar, a distribuição das salas. Não devemos ir pelo elevador, que é arriscado.

Moreiras é corpulento e tem o queixo caído, mas há algo suave em seu rosto, uma expressão angelical que não combina com o posto que ele ocupa. Ou talvez, raciocina Ramírez-Graham, justamente por parecer bonzinho é que pode tomar as decisões que toma.

— Já sabe que estamos aqui?

Para Ramírez-Graham, o homem inclinado no emblema da Câmara Negra faz lembrar Miguel Sáenz. Esteve com ele à tarde, quando se aproximou de seu gabinete para lhe entregar o pedido de demissão. Ele o aceitou; ao se despedir, chamou-o pela primeira vez de Turing. Deu-lhe um tapinha nas costas, brincou com ele e o acompanhou até o elevador. Turing não conseguiu sair dali por causa dos distúrbios; haviam-no visto andando pelos corredores do edifício, trazendo nas mãos uma caixa com seus objetos pessoais. Parava diante de uma parede ou de uma janela e ficava olhando para uma ou outra como se estivesse lendo, ali, alguma mensagem secreta.

— Tenho certeza que sim — diz Moreiras. — Cortaram a luz do último andar. Meus homens estão vigiando as portas de acesso, mas no escuro também não podem fazer muita coisa.

— Isso se pode arrumar. Temos um gerador para casos de emergência. Mandarei acenderem as luzes.

Ramírez-Graham pensa em Svetlana, nos cachos negros de seus cabelos e na silhueta de seu corpo pequeno na penumbra do quarto. Sente medo: não gostaria de chegar ao último andar e levar um tiro. Não quer saber de mais ironias em seu destino; espera ter a oportunidade de voltar a vê-la, para lhe dizer como sente falta dela e lhe pedir perdão por ter-se enganado. *Will you*? Por mais que suas palavras e seus gestos sejam recebidos com uma indiferença glacial, quer ter a oportunidade de agir como tem de agir, mesmo que seja uma única vez.

Sobem pelas escadas iluminadas por lâmpadas de luz amarelada. Ramírez-Graham se coloca atrás de todos os outros; teria preferido ficar no térreo e deixar que o pessoal do SIN se ocupasse disso, mas é o chefe da Câmara Negra, deve dar o exemplo de coragem. Além disso, quer ver a cara do traidor. Seria mesmo possível que fosse alguém de seu círculo mais próximo? O rosto sorridente de Svetlana o acompanha em cada um de seus fatídicos passos. Não deveria estar tão pessimista.

Chegam ao último andar. As luzes foram acesas. Moreiras pergunta aos policiais se estão prontos. Eles respondem com um leve movimento de cabeça, como se não estivessem seguros de sua afirmação, como se soubessem que a pergunta é apenas retórica e que não se espera deles a verdade, mas apenas uma resposta igualmente retórica.

Moreiras abre a porta com um empurrão e se enfia debaixo de uma mesa à direita. Os outros policiais o seguem e entram na sala; Um deles vai até onde Moreiras está, os outros dois vão para o lado esquerdo. *So this is it*, pensa Ramírez-Graham. *The real thing*. Isso tudo é de verdade, não estou imaginando ou vendo um filme. E no entanto ninguém tira da minha cabeça que isto não é autêntico. Ou melhor: isto não parece tão verdadeiro *like in the movies*. *Of course*, um tiro no ombro me fará mudar de opinião na hora. A realidade: isto sim é que dói.

Passam-se alguns minutos em silêncio. Moreiras pede gritando que a pessoa que estiver ali se entregue. Ninguém responde.

Grita novamente, dando uma última chance. Ninguém responde. Ele avança pelo corredor empunhando o revólver com ambas as mãos, movendo o corpo para um lado e para o outro. Os policiais o seguem. Ele não percorre mais de 20 metros, quando então seus ouvidos registram um som de vidros quebrados e o retumbar de tiros; Ramírez-Graham se joga para trás, não sabe de onde vieram os disparos. Quando se levanta, observa, da porta, uma agitação no corredor. Moreiras está estirado no chão, o rosto salpicado de sangue; um dos policiais tenta reanimá-lo, enquanto outro o cobre e o terceiro avança atirando.

De repente, Ramírez-Graham ouve um grito; outro corpo tomba. De onde está, não consegue ver de quem se trata. O policial informa que se trata do homem que atirou em Moreiras. Levanta-se e salta para o corredor. O policial que tentava reanimar Moreiras olha para ele com uma expressão de desamparo.

— Não está mais respirando — exclama, voltando a se debruçar sobre o corpo de Moreiras.

O policial que atirou faz sinais com a mão de que o perigo acabou. Ramírez-Graham se aproxima. Os dois avançam na direção do corpo caído no fundo do corredor.

Ramírez-Graham não precisa vê-lo para saber que Kandinsky é Baez, que Baez é Kandinsky. Sua carreira em Río Fugitivo chegou ao fim.

Agora sim, acha que Flavia tinha razão. O final é decepcionante. E ele só consegue raciocinar que fora fácil pegar Kandinsky nessa noite porque Kandinsky queria ser pego.

13

O JUIZ CARDONA OBSERVA os guardas na cabine de metal à entrada do loteamento, suas silhuetas recortadas atrás de um vidro provavelmente blindado, à prova de balas. Não seria de estranhar: a voragem dos dias atuais, a eclosão da violência, às vezes premeditada e em grande parte regida pelo acaso. Como era aquela frase de que eu gostava? Daquele romance, no colégio. Lancei meu coração ao acaso, e a violência o captou. Deve ser assim. Não importa como ela era; o que importa é como essas coisas se sedimentam em nossas mentes, como certos processos biológicos operam para construir nossa memória a partir dos restos do real. Um dos guardas lê um jornal; ergue os olhos, e Cardona percebe que é vesgo. O outro assiste a um canal de notícias na televisão. Cardona conhece a rotina: pedirão sua identidade e telefonarão para a casa a fim de confirmar se alguém o aguarda. Impossível passar por eles. O melhor é voltar e se sentar no ponto de ônibus, duas quadras atrás. Ali, naquele entardecer de brisa úmida depois da chuva, fumará um cigarro e será visitado pela memória de sua prima-irmã, ou talvez por seu fantasmagórico vaivém no Palácio Quemado. O banco do ponto está vazio; ele se senta com a maleta apoiada nos joelhos, tomado, de repente, de cansaço. Os pontos sobre o olho direito doem, suas pernas parecem pesadas. Ele já não suporta a camisa e as calças molhadas, o rangido dos sapatos de couro. Toca nas manchas cor de vinho das bochechas. Será que cresceram?

Costumam ser imprevisíveis, mas nunca falham em momentos de tensão: ilhotas capazes de se transformar em arquipélagos enormes. Ele sente falta do PMB, de se anestesiar e distanciar-se do próprio corpo. Mirtha não se sentiria orgulhosa dele. Ninguém se sente, nem sequer ele mesmo. Isso é o que me redime, meu fardo mortal dissoluto, meus erros irrefutáveis, minha podridão inerente. Faço tudo isso para me sentir capaz de me olhar novamente num espelho, e sei que não há saída, nada pode me salvar, nenhum tiro na testa de ninguém. Não há espelho algum. Da mesma forma, atiro já estando fora de mim mesmo, simplesmente porque é melhor fazê-lo do que não fazê-lo. Devia me trancar num falanstério abandonado, seria bem melhor. Ele acredita ouvir o fluxo do sangue em suas veias. Qual será o som que o sangue produz ao se movimentar dentro dele? O de uma torrente de água transbordante? Assim, enraivecida? Ou talvez, melhor, o de um plácido riacho numa tarde de sol? Minha aparência é a de um regato manso, mas, no fundo, estou mais próximo do murmurar explosivo de uma inundação. Ele não consegue ficar sentado. Vai até a cabine onde ficam os guardas. Ainda não sabe o que lhes dizer; alguma coisa lhe ocorrerá. O vesgo o vê se aproximar e abre uma janelinha; o outro continua absorto nas imagens da televisão. "Boa noite, em que posso ajudá-lo?" "Quero falar com Ruth Sáenz. Sou o juiz Gustavo Cardona. Tenho uma entrevista marcada com ela." "Pode me mostrar sua identidade, por favor?" O juiz abre a carteira e lhe entrega o documento. O guarda olha para a fotografia e depois observa Cardona demoradamente. "Seu rosto não me é estranho." "Para mim também não. De manhã, ainda costumo me reconhecer." "Estou falando sério." "Eu também. Fui ministro da Justiça uns anos atrás." "No governo anterior?" "Não, neste. Fiquei pouco tempo. Quatro meses, para ser preciso. Sabe como é, a gente entra e sai como carta de baralho." "Desculpe, é que minha memória não é das melhores. Não vejo a senhora desde ontem. Os dias têm sido caóticos com essa história dos bloqueios. Mas parece que já chegaram a um acordo." "Nem precisa me dizer. Estes dois pontos aqui são por causa dos malditos bloqueios. Quando é que vamos aprender? Como se o governo tivesse ouvido o povo alguma vez. E o marido dela?" "O senhor Miguel? Também não o vejo desde ontem. Costuma chegar umas sete horas, vamos ver hoje. Já são sete horas, não? De qualquer maneira, vou ligar para lá: a filha deve estar em casa. Não ouviu as últimas notícias? Uma comissão de ministros chegou a falar com a GlobaLux. Parece que vão rescindir o contrato." O guarda pega o telefone e disca alguns números. Cardona olha para os lados, movimenta os pés, procura esconder o nervosismo. Concentra-se nas imagens da televisão: um jornalista entrevista alguns jovens nas proximidades da praça principal. O que acha da renúncia do prefeito? E da ocupação dos escritórios da GlobaLux? E da decisão dos executivos da GlobaLux de deixar o país e exigir do governo uma indenização milionária? As respostas mencionam uma vitória do povo, conduzido pela Coalizão. Pobres iludidos. Dois dias de destruição na cidade, mais de dez mortos. Um passo à frente, vinte para trás. O povo não ganhou nada, o povo continua sem eletricidade. Mas é verdade que Montenegro está balançando, está mais frágil do que nunca e pode cair com um sopro. Basta o vice criar ânimo. Mas ele não fará isso. Ninguém fará. Uma lealdade mal explicada fará com que Montenegro cumpra seu mandato até o fim. Enquanto isso, a recessão se aprofunda e o país afunda. "A filha lhe pede que entre", diz o guarda. "Os pais não estão, mas ela disse que o senhor pode aguardá-los em casa." O guarda abre a porta. Cardona faz com a cabeça um gesto de agradecimento e logo se detém. "Precisa revistar minha maleta?" "Não se preocupe. Não é preciso tanto. Segunda quadra, quarta casa à direita." O juiz Cardona caminha pelo piso de paralelepípedos da rua principal do loteamento. As casas dos dois lados são todas iguais, do desenho da chaminé no telhado às paredes de tijolo aparente e à forma serpenteante da entrada da garagem; mudam apenas alguns detalhes, como a beleza ou o abandono das plantas no jardim, ou a coloração amarelada ou azulada dos reflexos nas janelas do andar de cima. Ele treme de medo diante da possibilidade de bater na casa errada e encerrar seus dias confundido com um assaltante. Segunda quadra. Primeira, segunda, terceira, quarta... Detém-se. Toca a campainha. A filha de Ruth abre a porta e deixa-o entrar. Está descalça, veste uma camiseta cinza com o escudo amarelo de Berkeley. Quem ela pensa que é com essas tranças extravagantes? Uma filha loura de Bob Marley? Ele percebe que ela está com pressa. "Boa noite. Entre, entre. Para dizer a verdade, não sei onde minha mãe está. Meu pai ligou e disse que chegaria mais tarde. Fique à vontade. Se quiser beber alguma coisa, tem cerveja e limonada na geladeira. Agora, com sua licença, preciso voltar para o meu quarto." "Está tão apressada", diz Cardona, com os olhos deslizando pelo corpo da adolescente. "Pode-se saber o que é tão importante?" Desculpe, mas se eu lhe contar, você não vai acreditar." "Pode tentar." "É algo muito secreto." "Prometo não abrir a boca. Sou um túmulo. Todos nós seremos um túmulo." Flavia gira os olhos como se refletisse. Faz um muxoxo, uma expressão de orgulho. No fim das contas, é mesmo uma adolescente, pensa Cardona. Incapaz de se segurar. Com muita vontade de falar. É decepcionante como tudo vem confirmar os estereótipos. Mas Flavia dá meia-volta e sobe a escada aos saltos. Cardona fica sozinho, perguntando-se se a conversa que acaba de ter foi mesmo real. Dirige-se à cozinha, abre a geladeira, serve-se um copo de Paceña. Sente-a amarga. Acaba o copo e se serve mais um. Senta-se à mesa, deixando-se levar pelo aspecto doméstico da cena ao seu redor: recipientes com condimentos vários alinhados contra a parede — alho, orégano, cominho, hortelã —, uma lata de azeite, manchas de café no piso de cerâmica, um copo trincado ao lado de um liquidificador. Turing, o homem capaz de executar seu trabalho com tanta frieza e eficiência a ponto de ser responsável por várias mortes, também toma café da manhã aqui, toma um café quente, põe sal em seus ovos mexidos nas manhãs de domingo. Ah, quisera eu tivesse capacidade de sentir compaixão: este seria o momento ideal para ser tomado desse sentimento.

Pergunta-se quem chegará primeiro. Tira o revólver da maleta e guarda-o no bolso direito do paletó. Observa o movimento vagaroso dos ponteiros no relógio de parede.

Menos de meia hora depois, a porta principal se abre e Miguel Sáenz adentra, titubeante, a sua própria casa. Da cozinha, Cardona segue os movimentos de uma pessoa que se sente incomodada por estar naquele lugar. Os óculos com armação grossa, o paletó amassado, os sapatos de couro preto: ele não é a pessoa mais apropriada para julgar a aparência externa de nenhum outro homem neste momento, mas surpreende-o o aspecto fracassado e patético de Sáenz. Este é o responsável indireto pela morte de sua prima-irmã e de tantas outras pessoas? Esperava encontrar uma figura mais segura de si, alguém cujo talento se impusesse à primeira vista. Cardona se levanta e se apoia no vão da porta que separa a cozinha do hall de entrada. Sáenz ergue os olhos e depara com Cardona. "Quem... quem é você?" "Juiz Gustavo Cardona. Boa noite, Turing." "O que quer aqui? Quem o deixou entrar?" "Sua filha." "Ela está bem?" "Muito bem." "Não o conheço. Está esperando minha mulher?" "Estou esperando pelo senhor. Apenas pelo senhor." "Alguma coisa importante?" "O senhor nem imagina."

14

NO FINAL, VOCÊ NÃO FOI para casa nem para uma igreja. Alguma coisa, talvez a força do hábito, fez com que se dirigisse para a Câmara Negra. Dizia a si mesmo que fazia isso para apresentar sua demissão; sabia, porém, que isso era apenas um pretexto. Queria se despedir do edifício onde tinha passado metade da vida. Teve de deixar o carro duas quadras antes. O bloqueio o impedia de passar, e você preferiu evitar maiores problemas. Os bloqueadores o deixaram passar a pé depois de cobrarem alguns pesos. Você se surpreendeu com a ausência de soldados; provavelmente a maior parte estava na praça e nas pontes. Não havia efetivo bastante para estar em todos os lugares. Mesmo assim, não se justificava aquela falta de alguma autoridade nas cercanias de um local tão estratégico para a segurança nacional. Precisava ver o noticiário no celular, para se inteirar do que estava acontecendo.

Ao entrar no elevador Otis em que já esteve tantas vezes, sente-se tomado pela melancolia. Tudo então acabava assim: não com uma explosão, mas com um soluço de lamentação. Encaminha-se para o fundo da terra, para o país dos mortos. Encaminha-se para o Arquivo; você já é parte do Arquivo.

Limpa a escrivaninha, coloca numa caixa de papelão os documentos e pertences pessoais. Apaga arquivos no computador e organiza o e-mail. Dá uma volta de despedida pelos corredores do Arquivo. Em qual estante ficaria arquivado o seu dossiê? Ou se desfariam de todo esse andar, e tudo aquilo que você foi e o que fez se tornariam apenas alguns bits na memória de um computador? Era este mesmo o seu destino: você era um código e seria transformado num código.

Urina algumas poucas gotas num canto. Não queria mais usar o copo com a figura do Papa-Léguas. Seria filmado? Pouco importava.

Apresenta o pedido de demissão a Ramírez-Graham. Acredita captar certa emoção nas palavras dele. Talvez não seja má pessoa, afinal. Talvez seu problema seja o posto de Albert, que se afigura grande demais para ele. Não é culpa sua: qualquer um sairia perdendo nessa comparação.

Os policiais não o deixam sair do prédio. Linares diz que há uma determinação para que todos permaneçam no local até segunda ordem: a situação, que parecia estar sob controle dos militares na noite de quinta-feira, voltou a piorar. Há distúrbios na praça principal.

A notícia não o incomoda. Está chovendo, e é melhor esperar o fim da chuva sob algum teto. Confia em que a autoridade saberá controlar a situação. Enquanto isso, você tem mais tempo para se despedir do edifício.

Foi uma procissão lenta, passar em cada sala, dar adeus àquelas paredes que guardavam tantos momentos históricos e, de passagem, às pessoas que trabalhavam entre elas. Sabia que não iria embora totalmente: alguma coisa do seu espírito permanecia ali.

As poças de água nas ruas estão iluminadas por tênues e intermitentes lâmpadas de mercúrio. Quando você deixou o edifício, não havia luz nas ruas vizinhas. Teve de caminhar umas dez quadras até avistar alguma. Vai contando os focos para ver se sua intermitência podia formar alguma mensagem coerente em código Morse; não deve se descuidar, o mundo fala com você ininterruptamente, e você deve ouvi-lo e procurar entendê-lo. Às vezes um sentido se forma; geralmente, o mundo expele símbolos delirantes, frases que não levam a nada, imagens sem nenhum contexto.

Toca o celular: uma mensagem de Santana anuncia uma situação de emergência na Câmara Negra. Ele solicita a todos que estejam no edifício que não tentem resistir à abordagem dos agentes do SIN e que cooperem com eles. Que se reúnam na Sala Vigenère. Você não entende o que está acontecendo. Faz 45 minutos que saiu do edifício. Esforça-se para não dar bola para o assunto. Repete a si mesmo que, afinal, você já não trabalha mais ali.

Vê uma mensagem de Ruth que não tinha notado antes: ela quer falar com você urgentemente. Teve uma emergência; por excesso de zelo policial, passou a noite anterior e todo o dia de hoje na prisão. Saiu de lá faz pouco tempo, estava andando pela cidade e chegaria tarde em casa. Você raciocina: Flavia ficou sozinha a noite inteira. Tomara que não tenha acontecido nada.

Liga para Ruth. Coitada. Ficará surpresa quando lhe disser que está saindo de casa. Quando lhe pedir a separação, talvez o divórcio. Você tinha prometido a Carla que pediria o divórcio. Talvez o melhor seja se separar por alguns meses, ver como ficam as coisas com Carla e depois pensar em algo definitivo como o divórcio. Deve admitir: muitas coisas ainda o ligam a Ruth. Os anos não passam em vão.

Ouve a sua voz e se dá conta de que certos assuntos devem ser conversados pessoalmente. Diz que lamenta o que ocorrera com ela e que logo estaria em casa. Ela diz que ainda não chegou em casa. Você lhe conta que pediu demissão da Câmara Negra; surpresa, ela pede detalhes. Depois, depois.

— Na verdade — você diz —, queria lhe pedir um favor. Para você, que conhece História, as cidades de Kaufbeuren e Rosenheim dizem alguma coisa?

— Em Kaufbeuren ficava um dos mais importantes centros de inteligência dos alemães durante a Segunda Guerra Mundial. E Rosenheim... tenho quase certeza de que foi uma das cidades onde os Aliados reuniram os prisioneiros alemães do serviço de inteligência, entre eles vários criptoanalistas. Por...

Ah, Ruth, que tinha resposta para tudo. Sentiria falta dela. Constrói aos poucos a história de Albert.

— Só mais uma pergunta... E Uetenhain? Diz alguma coisa para você?

— Soletre o nome...

Você o faz.

— Erich Huettenhain — diz ela, sem ter pensado muito. — Com H e dois Ts. Muitos criptoanalistas nazistas receberam novas identidades e foram levados para trabalhar para os governos norte-americano e inglês. Huettenhain era um deles, um dos mais importantes: nenhum dos sucessos dos nazistas em matéria de criptoanálise foi obtido sem a participação dele. Foi levado para os Estados Unidos clandestinamente e trabalhou para os americanos durante a Guerra Fria.

Um criminoso de guerra trabalhando para o governo... Como eram pragmáticos os norte-americanos. Seria possível...?

— Você acha que... Albert pode ser Huettenhain?

— A idade não bate. Talvez seja filho dele. E, muito obrigado... Você poderia ter-me perguntado também como estou de saúde...

Ruth desliga. Você imagina uma história. A de Albert, um jovem criptoanalista nazista que atuava em Kaufbeuren e que, com a chegada dos Aliados, foi transferido para um centro de detenção em Rosenheim. Um criptoanalista brilhante que tinha um mentor chamado Huettenhain. Quando ofereceram a este a liberdade em troca de uma nova identidade e da colaboração com o governo norte-americano, ele aceitou e pediu, apenas, que o mesmo fosse oferecido ao jovem Albert. Albert recebeu, então, uma nova identidade; fez carreira na CIA durante a Guerra Fria e, nos anos 1970, foi enviado à Bolívia. Quando conheceu você, viu a oportunidade de reproduzir a relação que tinha com Huettenhain...

As duas hipóteses estavam corretas. Albert era um nazista, mas não um fugitivo. Albert era um agente da CIA. E talvez não fosse por acaso que, quando delirava, quando assumia a identidade de alguns dos criptógrafos e criptoanalistas mais importantes da história, nunca fazia nenhuma menção a alguém que tivesse trabalhado entre 1945 e 1974: período intermediário entre sua entrada clandestina nos Estados Unidos e sua chegada à Bolívia. Os anos em que trabalhara para a CIA. Talvez, para fazer o que teve de fazer pelos Estados Unidos — um país, no fim das contas, inimigo —, o alemão Albert tenha precisado bloquear sua vida anterior a 1945. Mas agora que o delírio e a morte se impunham, ele bloqueava os anos de traição à pátria. A Câmara Negra o livrara de seu destino norte-americano.

Era possível. Você nunca conheceria a história completa. Mas bastava-lhe sentir-se parte dessa grande continuidade criptoanalítica que ia de Huettenhain a Albert e de Albert até você.

O jipe de um vizinho seu para junto à calçada. O homem se oferece para levá-lo até sua casa. No jipe, vocês conversam sobre a maneira como o governo deixou de solucionar a tempo um conflito sem muita importância, permitindo que ele escapasse de seu controle.

— O que me preocupa não são tanto os bloqueios — diz o vizinho. — Estamos acostumados com isso e, inclusive, não lhes damos muita atenção. O que me preocupa de verdade são os vírus nos computadores, os ataques aos sites. Isso não acontecia aqui antes, e agora aconteceu e precisa ser levado a sério. Trabalho no aeroporto e somos muito vulneráveis a um ataque como esse. Um vírus nos paralisaria em fração de segundos.

— São poucos, esse pessoal da Resistência — você diz, sem olhar para ele. — Ainda não atingimos um nível tecnológico que faça do cibercrime algo realmente preocupante.

Você está minimizando uma verdade: a Resistência inviabilizou o funcionamento da Câmara Negra. E os ataques foram simultaneamente genéricos e particulares. Com as mensagens que enviaram ao seu correio eletrônico reservado — pois está convencido disso: foi gente da Resistência —, tinham conseguido se infiltrar no seu próprio inconsciente, conseguindo uma coisa que Ruth tentara em vão durante anos: fazê-lo se sentir culpado.

Faz um esforço enorme de raciocínio para eliminar essa culpa. Apela para todas as forças do seu pensamento, e embora este às vezes pareça pensar o que você quer que ele pense, no fundo, avança por seus próprios caminhos, conforme seus próprios caprichos. Você quer programar o seu pensamento, mas é o seu pensamento que, na verdade, o programa.

— Tanto faz — diz o vizinho. — Do jeito que os computadores estão hoje conectados uns aos outros, o fato de serem poucos não é uma limitação para eles. Será um grande problema. O governo não dispõe de dinheiro para fazer o óbvio: criar uma unidade especial para esse tipo de crime.

Como lhe falar da Câmara Negra?

— E a iniciativa privada — prossegue ele —, como sempre, vai muito bem, obrigado. Para mim, isto que está acontecendo agora é apenas uma amostra. O mais sério ainda está por vir. Dentro de alguns anos.

— Não somos muito bons para planejar — você diz, sem muita vontade de continuar a conversa. — Reagimos a tudo do jeito que dá, em pleno andamento.

Seguem o trajeto em silêncio.

Você procura notícias no celular. Lana Nova, com as maçãs do rosto reluzentes e uma blusa preta marcando-lhe os seios, anuncia que a repressão policial causou 11 mortes em Río Fugitivo, duas no planalto de La Paz e uma no Chapare; também foram mortos três policiais. Acuado em várias frentes, o governo decidira ceder às reivindicações da Coalizão e prometia organizar rapidamente uma reunião com os policiais em greve em La Paz, os *cocaleros* no Chapare, os aimarás nas províncias próximas ao lago Titicaca e os empresários de Santa Cruz. Montenegro decidiu apenas sobreviver em seus últimos meses de governo, sem resolver nenhum problema totalmente, apenas jogando-os para a frente, para que o peso ficasse nas costas do governo que assumiria em agosto. As eleições ocorreriam dentro de sete meses;

em janeiro começariam as campanhas presidenciais, e já se apresentavam como candidatos o líder dos *cocaleros* e o tão fotogênico quanto bobalhão ex-prefeito de Cochabamba. Você não compreende a atitude fraca de Montenegro: se não impuser sua autoridade, e isso ele sabe melhor do que ninguém, reinarão o caos e a anarquia, e qualquer grupo de tresloucados se sentirá com força suficiente para colocar o Estado em xeque. Na verdade, já está fazendo isso. Não conhece muito bem a política, e não quer se meter a fazer análises sobre as múltiplas facetas do conflito; a única coisa que sabe é que o país está desta maneira devido à ausência escandalosa de obediência ao princípio de autoridade.

Desliga o Ericsson. Seu último pensamento o surpreendeu com a força de uma epifania: no fundo, se voltasse a trabalhar na decifração dos códigos secretos de grupos de oposição ao governo, procuraria fazê-lo como sempre o fez, com eficácia, sem se importar com as consequências. As causas e os efeitos se concatenam de forma inevitável, prendendo em sua rede tanto inocentes quanto culpados, e todos ficariam paralisados se começassem a pensar nas reverberações finais de seus atos. Só nos resta desempenhar da melhor maneira possível o papel que nos fez vir a este mundo. Se Albert usou você e jogou com sua boa-fé, o problema não é seu, mas dele mesmo, Albert. Você fez o que lhe foi solicitado; não lhe competia saber se estava sendo enganado ou não.

E aquela vontade de visitar uma igreja? Apenas um momento de fraqueza. Não existe arrependimento possível. Quantos homens, ao longo dos séculos, não trabalharam inocentemente a serviço de governos desprezíveis? Isso significa que sua inocência está manchada? Talvez sim, mas, de todo modo, a culpa não é sua. Não fosse assim, poderíamos pensar que a história é uma brincadeira de meninos certinhos. Que só se salvam aqueles que trabalharam para governos bons e democráticos, e por isso mesmo utópicos. *Assassino: tem as mãos manchadas de sangue*... Sim, elas estão, deve admiti-lo. Como também estão as de quase todos os habitantes do país durante aquela década, cúmplices, por ação ou por omissão, de tudo o que acontecia. Você sente pena das mortes injustas decorrentes da eficiência de seu trabalho. Sente muita pena. Mas, além de assumir suas responsabilidades, você não pode fazer mais nada.

O veículo para na entrada do loteamento; um dos guardas abre a cancela amarela. O vizinho o deixa na porta de casa.

No hall, você dá de cara com um desconhecido. É alto e forte, com manchas nas bochechas, e parece ter tomado muita chuva. O que está fazendo na sua casa?

— Sou o juiz Gustavo Cardona. Boa noite, Turing.

— O que quer aqui? Quem o deixou entrar?

— Sua filha.

— Ela está bem?

— Muito bem.

— Não o conheço. Está esperando minha mulher?

— Estou esperando pelo senhor. Apenas pelo senhor.

— Alguma coisa importante?

— O senhor nem imagina.

— Não quero imaginar nada. Fale rápido, antes que eu chame a polícia.

— Sou primo-irmão de uma mulher assassinada em 1976. Ela morreu graças ao trabalho do senhor e de seu chefe, Albert.

— Foi o senhor quem me mandou as mensagens?

— Não mandei mensagem nenhuma. Apenas achei que alguém precisa dizer não à impunidade. Outros juízes cuidaram dos paramilitares, dos que apertaram o gatilho. Um outro, mais ambicioso, cuidará um dia de Montenegro. E eu cuidarei de vocês.

— O senhor está delirando.

— Todos nós deliramos. Acontece que o delírio de alguns é menos inofensivo do que o de outros.

Cardona saca a arma e atira. Atingido na boca do estômago, você perde a respiração; o sangue lhe mancha os óculos, que caem no chão e se quebram em pedacinhos. Você leva as mãos à barriga e cai. Estirado no chão, ainda consegue ver uma sombra apoiada no corrimão da escada no andar de cima. A sombra grita. É sua filha. É Flavia.

Você pensa, pois não sabe fazer outra coisa a não ser pensar, pois o pensamento só se extingue com a sua morte, que tudo agora faz sentido. Agora entende que o seu destino era tentar, em vão, decifrar os códigos que o levariam a deparar com o Código. O que o interessava não era a decifração em si, mas o processo de busca da decifração. As pequenas vitórias que obteve não foram capazes de derrotar a opacidade do universo. Mas, nessa opacidade, você acredita enxergar o trabalho paciente de um Ser Superior, alguém que se situa além de todos os códigos e que os explica a esses mesmos códigos. Explica inclusive você, que também é um código, assim como o homem que acaba de matá-lo, assim como a pequena Flavia, Ruth, Albert. Todos irmanados na perda, códigos em busca de outros códigos dentro do labirinto onde lhes coube viver durante alguns melancólicos anos.

Seu último pensamento é que parou de pensar, que, na realidade, nunca pensou, sempre delirou; aquele desconhecido tinha razão, todos nós deliramos, você vive um delírio, o pensamento é uma forma de delírio, com a diferença de que há delírios mais inofensivos do que outros.

Você preferia que seu delírio fosse inofensivo. Mas sabe que não foi. E o admite. Está em paz. E fecha os olhos.

Epílogo

BATEM À PORTA. Kandinsky hesita em abri-la. Há vários dias que não sai do apartamento. Mas raciocina que, se fosse a polícia, certamente a batida não seria tão delicada. Pergunta quem é, em voz alta.

— Baez.

A resposta o surpreende. Será algum engano?

— Não conheço ninguém com esse nome.

— Você... sabe quem eu sou. Pode confiar em mim. Não tenho nada a ver com a polícia.

Abre a porta levemente, dando com um jovem de olhar nervoso, uma camisa cor de café que cobre a parte superior do jeans. Convida-o a entrar. Baez se detém no meio da sala vazia.

— Então você é...

— Então você é...

Abraçam-se cautelosamente. Apesar de serem os únicos sobreviventes da Resistência, Kandinsky estranha esse contato físico: trata-se de algo novo, pois está acostumado a dialogar nas salas de chat ou no Playground por intermédio de seu avatar. Ainda não sabe o que dizer, nem entende o que está acontecendo. Espera que Baez fale primeiro.

— Imaginava que seu apartamento fosse diferente. Não sei. Não tão vazio. Não tão minimalista. Bagunçado. Com as paredes cheias de pôsteres.

— Dos hackers que eu admiro? Não existem.

— Símbolos revolucionários. Alguma coisa assim.

— Paredes cheias de pichações? Não preciso de nada disso aqui.

Baez se aproxima do canto onde fica o computador. Toca no teclado.

— Não consigo acreditar que estou na presença do grande Kandinsky.

— Como chegou aqui?

— Foi fácil. E qualquer pessoa poderá fazer isso rapidamente. Eu conhecia o nome do seu avatar como chefe do grupo no Playground. Lembre-se que trabalhei uma vez no escritório que administra o Playground. Foi antes de entrar para a Câmara Negra. Cuidava dos arquivos secretos onde ficavam guardadas as identidades verdadeiras de todos os que entravam no jogo. Tínhamos ordens estritas no sentido de não as revelarmos nem mesmo aos familiares. Quem o fizesse era demitido.

Kandinsky sente as pontadas e aperta as mãos.

— Está com dores? Deveria procurar um médico. Tem que se cuidar, pois precisamos de você. Como eu dizia, de vez em quando eu passava os nomes para um Rato amigo meu. E descobri um ponto vulnerável no sistema, um ponto a partir do qual eu conseguia hackear a distância sem que ninguém suspeitasse de mim. Depois de sair de lá, continuei entrando no sistema, para conseguir alguns nomes e ganhar alguns pesos quando o Rato os vendia. Fiz isso há bastante tempo, para descobrir quem estava por trás do BoVe. Fiquei sabendo onde você morava, mas preferi manter o mistério. Viria visitá-lo somente quando fosse necessário. Claro, para mim foi fácil, pois eu sabia o que queria. Mas suponho que em algum momento alguém da polícia ainda vai tirar a conclusão certa nessa história toda.

Kandinsky esboça um sorriso. Não errou ao apostar no potencial de Baez como um hacker especial e meticuloso. A empresa que cuida do Playground, alvo preferido dos hackers, tinha um sistema de segurança que conseguia bloquear quem quer que tentasse burlá-lo.

— E posso saber por que queria falar comigo?

— Porque meu chefe na Câmara Negra, Ramírez-Graham, está atrás da Resistência, aproximando-se cada vez mais da possibilidade de chegar a você. A responsável pelo TodoHacker está dando assessoria a ele.

— É uma garotinha idiota. Não temos por que temê-la.

— Tenho muito respeito por ela. Sabe tudo sobre nós. Sua eficiência é fatal. Foi graças a ela que muitos foram pegos no passado. Gente importante.

— Você está falando de uma mulher...

— Eu sei. Dizem que não há hackers mulheres. E as que existem não são das melhores. Mas há exceções à regra, e ela é uma delas. Não se trata de ter medo, mas sim de não subestimar os nossos inimigos.

— Foi graças a ela que o seu chefe mandou assassinar os outros membros da Resistência?

— Não. Quem fez isso fui eu.

Kandinsky aguarda que algum gesto de Baez indique que isso foi uma brincadeira. Sua seriedade, porém, o surpreende.

— Cedo ou tarde, meu chefe... Ramírez-Graham ia chegar até eles — diz Baez. — As pessoas que trabalham com ele são de primeiro nível. E, pressionadas, acabariam falando. Então, através desse meu amigo Rato, contratei uma pessoa para acabar com eles. O último, Rafael Corso, foi eliminado minutos depois de ter uma reunião com Flavia. Não sei se chegou a contar tudo para ela, não sei o quanto ela realmente sabe. Mas situações extremas exigem, de nossa parte, atitudes igualmente extremas. Eles foram sacrificados por uma causa maior. E eu também estou disposto a me sacrificar por essa causa. A nossa causa, a da Resistência. A causa da Resistência.

Há na fala de Baez um fanatismo que Kandinsky jamais esperara encontrar. Sim, sabia que ele era um dos ativistas mais dedicados desde os tempos do bairro anarquista no Playground; acertara ao trazê-lo para a Resistência. Mas alguma coisa nele o assusta. Talvez essa determinação de enxergar as pessoas apenas como peças descartáveis de uma grande engrenagem. Baez se dizia o responsável pela morte de três correligionários. Não havia nele nenhum remorso, como se fosse mais um desses jovens perturbados que passavam horas diante de uma tela de computador enfiados no Playground e que, no fim das contas, não faziam nenhuma distinção entre as mortes virtuais ocorridas ali dentro e aquelas, reais, ocorridas do lado de fora. Isso nunca acontecera com ele, que sabia separar os dois mundos muito claramente. Que um fosse muito mais chato e prosaico do que o outro, era outra questão. Com todos os seus defeitos e injustiças, o objetivo de sua luta estava no mundo real.

— Você mandou matá-los? Os nossos companheiros de luta? Assim, sem mais nem menos?

— Não foi nada fácil tomar a decisão. Mas tenho um plano, e, assim que eu lhe disser qual é, você certamente vai concordar que se trata da melhor saída para salvar o grupo. Está se sentindo mal?

Kandinsky deixa os braços caírem, flácidos, nas laterais do corpo: não sente as mãos, elas parecem adormecidas. Antes, a síndrome afetava somente a mão esquerda, e ele começara a digitar com a direita. Agora esta também fora atingida.

— Continue, continue. Não ligue para isso.

— Antes de conhecê-lo eu não era ninguém. Desperdiçava meus dias indo de um emprego para outro, sem rumo algum. Trabalhar na empresa responsável pelo Playground foi revelador. Ali, senti que estava colocando meu talento a serviço do inimigo. E me dei conta, então, de que não bastava ter um bom emprego. Era preciso encontrar uma causa para abraçar com paixão, pela qual pudesse viver. Ou morrer.

Baez anda enquanto fala, mexe os braços, olha para Kandinsky com fervor. Kandinsky está habituado a ter o domínio das situações e não sabe como retomar a iniciativa. Escuta de boca aberta cada uma das palavras de Baez, a forma como vão se acumulando uma surpresa atrás da outra.

— Então encontrei você e consegui definir meu caminho — prossegue Baez. — De repente, tudo passou a ter sentido. Você me ensinou muita coisa. Escolheu a mim em meio a tantos seguidores. Não consigo nem acreditar que estou aqui na sua frente. Você me escolheu, e quero retribuir o que fez por mim. E quero que me deixe ser Kandinsky.

— Que seja eu?

— Assumirei sua identidade no Playground para confundir Flavia. Meu chefe... Ramírez-Graham colocará todos os seus homens atrás de mim. Eles me pegarão e acreditarão que se trata de Kandinsky. Serei preso, e eles comemorarão a vitória e acreditarão ter resolvido o problema. Kandinsky permanecerá como um herói, um símbolo da rebelião contra o neoliberalismo e a globalização. Você desaparecerá por alguns meses e depois voltará à rede com outra identidade. Será, talvez, um discípulo de Kandinsky, uma pessoa disposta a continuar a sua luta. E recrutará pessoas, e a Resistência ressurgirá das cinzas. Estando eu preso como Kandinsky, conseguiremos manter vivo o mito, e com você livre e seu talento para usar a tecnologia continuará a serviço da grande causa...

Baez faz uma pausa, limpa a garganta.

— Você me olha como se eu estivesse louco. Não estou. Acha que confundo o mundo real com o virtual? Não é nada disso. Por isso mesmo é que quero me sacrificar. Por isso mesmo é que quero que você continue vivo.

Ao final da explanação de Baez, Kandinsky se sente convencido de que o plano, tão improvável quanto arriscado, merece admiração. Pela primeira vez na vida, tem a sensação de estar diante de uma pessoa mais inteligente e mais fervorosa do que ele. E a ironia maior é que essa pessoa o admira e acaba de usar sua inteligência e seu fervor para lhe apresentar uma saída. Deveria dizer-lhe, na verdade, que ele é quem deveria se sacrificar, para permitir que Baez escapasse.

Mas não o faz. Aproxima-se e o abraça.

— Espero que um dia você me visite na prisão — diz Baez. — Com outra identidade, é claro.

Kandinsky observa o rosto de Baez: está entristecido, com um aspecto trágico que não combina com o tom jocoso de suas palavras.

Dois dias depois, Kandinsky toma conhecimento da morte de Baez, ocorrida num tiroteio dentro da Câmara Negra. Os meios de comunicação exibem fotografias coloridas de um Baez adolescente, falam do fim de Kandinsky e da desarticulação da Resistência. Única vitória de Montenegro em meio a tantos fracassos recentes, comentam.

Ao ver as fotografias, Kandinsky entende que permitiu que um anônimo optasse por uma morte gloriosa. Compreende um pouco mais por que Baez fez tudo aquilo: em seu plano havia uma mistura de arrogância e desprendimento. Baez decidiu se despedir do mundo brincando de ser Deus e criando para si, ao mesmo tempo, um passado heroico, uma mitologia que o tirasse do esquecimento. Kandinsky está vivo, mas sente que sua identidade foi usurpada. Não tinha pensado dessa forma ao aceitar o plano de Baez. Talvez devesse simplesmente continuar sendo Kandinsky até o final, qualquer que fosse este.

Não há tempo para se lamentar. Kandinsky precisa pensar nos passos a serem dados. Seus dedos tamborilam no ar, programando seu futuro. Primeira coisa: consultar um especialista.

Ao sair da clínica, em Santa Cruz, com as mãos imobilizadas, sente-se finalmente livre para voltar à casa dos pais. O irmão o vê descer de um táxi e depois entrar na casa acompanhado pelo taxista, que carrega a sua maleta. Não o detém; talvez a determinação daquele gesto o tenha pego desprevenido, assim como a firmeza dos passos, a convicção de quem reivindica um espaço que nunca deixou de ser totalmente seu.

Kandinsky abraçará os pais e lhes dirá que sentiu muita falta deles. Perguntarão sobre as mãos e ele dirá que quebrou alguns dedos numa briga. Voltará a instalar-se naquele que um dia foi o seu quarto, pedirá desculpas ao irmão pela invasão, prometendo não incomodá-lo. Esticará o saco de dormir no chão e se entregará a uma longa sesta. Ao acordar, procurará se preparar para mais perguntas no jantar. Seria melhor contar a verdade sobre as mãos: afinal, não havia nada comprometedor. Inventará para si mesmo uma identidade parecida com a de Baez: obtivera um certificado de programador, começara a trabalhar na empresa que administra o Playground, pedira demissão por sentir que estava trabalhando para o inimigo. Justiça poética, no final das contas.

Espera permanecer alguns meses na casa dos pais, pelo menos até completar 21 anos. Nesse período, ficará afastado dos computadores, deixando seus dedos descansarem. Depois, voltará à carga. Já definiu o nome de seu novo grupo: KandinskyVive.

Este livro foi composto na tipologia Electra LH Regular, em corpo 11/16, e impresso em papel off-white 80g/m² no Sistema Cameron da Divisão Gráfica da Distribuidora Record.